SENNEGRAB

Jobst Schlennstedt, 1976 in Herford geboren und dort aufgewachsen, studierte Geografie an der Universität Bayreuth. Seit Anfang 2004 lebt er in Lübeck. 2006 erschien sein erster Kriminalroman. Hauptberuflich ist er Geschäftsführer eines Lübecker Beratungsunternehmens. Im Emons Verlag erschienen die Westfalenkrimis »Westfalenbräu« und »Dorfschweigen«. Außerdem die Küstenkrimis »Tödliche Stimmen«, »Der Teufel von St. Marien«, »Möwenjagd«, »Traveblut«, »Küstenblues«, »Todesbucht«, »Spur übers Meer«, »Lübeck im Visier«, »#hanseterror«, »Hafenstraße 52«, »Nebelmeer« und »Lübsche Wut« sowie der Thriller »Küste der Lügen«. Mit »Sennegrab« liegt jetzt der dritte Band seiner Kriminalreihe um den Bielefelder Kriminalkommissar Jan Oldinghaus vor.
www.jobst-schlennstedt.de

JOBST SCHLENNSTEDT

SENNEGRAB

Ostwestfalen Krimi

emons:

Bibliografische Information der Deutschen Nationalbibliothek
Die Deutsche Nationalbibliothek verzeichnet diese Publikation in der Deutschen Nationalbibliografie; detaillierte bibliografische Daten sind im Internet über http://dnb.d-nb.de abrufbar.

MIX
Papier aus verantwortungsvollen Quellen
FSC® C083411

Umschlagmotiv: Steffen Hummel/Lookphotos
Umschlaggestaltung: Nina Schäfer, nach einem Konzept von Leonardo Magrelli und Nina Schäfer
Umsetzung: Tobias Doetsch
Gestaltung Innenteil: César Satz & Grafik GmbH, Köln
Lektorat: Hilla Czinczoll
Druck und Bindung: CPI – Clausen & Bosse, Leck
Printed in Germany 2019
ISBN 978-3-7408-0526-5
Ostwestfalen Krimi
Originalausgabe

Es waren nur zwölf Monate, in denen ich nicht da war,
aber als ich zurückkehrte, war nichts mehr wie zuvor …

Jan Oldinghaus, Kriminalkommissar im KK 11, Bielefeld

Das Ticken der Wanduhr

Diesmal war es in Ordnung gewesen. Zumindest besser als beim ersten Mal. Und auch besser, als sie erwartet hatte.

Wenn die Umstände andere gewesen wären, hätte sie es vielleicht sogar als gut empfunden. Womöglich sogar genossen. Wenn sie sich zum Beispiel vor zwanzig Jahren kennengelernt hätten. Als ihr eigenes Leben noch so viel einfacher gewesen war. Und seines wahrscheinlich auch.

Doch jetzt war alles anders. Sie hatten Sex miteinander gehabt und anschließend gemeinsam eine Zigarette geraucht. Bevor er dann einfach ging. Wortlos, nur mit einem kurzen Nicken. Und einem Blick, den sie in ihrem Leben allzu oft gesehen hatte.

Er war ihr nichts schuldig. Immerhin hatte er von Anfang an mit offenen Karten gespielt. Klipp und klar gesagt, dass er nicht mehr von ihr wollte als das bisschen Körperlichkeit, das sie seit ein paar Wochen miteinander verband.

Und sie hatte sich darauf eingelassen. So wie sie es schon immer getan hatte. Mit all diesen Typen, die in ihrer Wohnung für kurze Zeit ein und aus gegangen waren, ohne dass auch nur einer von ihnen jemals ernsthaftes Interesse an ihr gezeigt hätte.

Sie schob das Laken beiseite und blickte an ihrem Körper herab. Sie war blass, die leichte Sommerbräune längst verschwunden. Erste Spuren ihres Alters waren deutlich zu sehen. Die Haut wurde von Jahr zu Jahr schlaffer, knackig war ihr Körper schon lange nicht mehr. Ihr Bauch, auf den sie einst so stolz gewesen war, fühlte sich nur noch weich an.

Und trotzdem konnte sie sich sehen lassen. Dass sie bereits Mitte vierzig war, wussten die wenigsten. Manchmal, wenn sie sich in Unterwäsche vor dem großen Spiegel im Flur betrachtete, mochte sie ihren Körper. Nicht im Sinne von Sich-selbst-Lieben, eher ein Akzeptieren, dass sie so war, wie sie war. Dass sie mit all ihren Fehlern und Makeln einfach leben konnte, ohne sich zu schämen.

Doch diese Momente waren in letzter Zeit immer seltener geworden. Die Wirklichkeit war mittlerweile eine ganz andere.

Sie atmete tief durch und mühte sich aus ihrem Bett. Der Sex war körperlich anstrengend gewesen. Er hatte Dinge mit ihr ausprobiert, für die sie sich eigentlich längst zu alt fühlte. Aber es war anders als mit den anderen Typen gewesen. Er war hart, aber nicht erniedrigend gewesen. Sie hätte jederzeit Nein sagen können. Das glaubte sie zumindest.

Er war gut zu ihr. Oder wenigstens nicht schlecht, korrigierte sie sich selbst. Wohin die Sache führen würde, wusste sie nicht. Der Gedanke, dass es diesmal zu mehr als ein paar heimlichen Treffen reichte, schien ihr im Grunde absurd.

Die leise Hoffnung, die sie trotz alledem verspürte, wurde im nächsten Moment mit voller Wucht von einem Gefühl der Panik verdrängt. Sie schrak zusammen. Der schrille Ton der Klingel hallte durch ihre Wohnung.

Hektisch raffte sie sich hoch und zog sich ein langes T-Shirt über. Dann atmete sie mehrmals tief durch, um sich zu beruhigen. Es kam so selten vor, dass jemand bei ihr klingelte, dass das Geräusch sie vollkommen aus der Bahn warf.

Sie schielte auf die Uhr, die am Ende des Flurs hing. Eine günstige IKEA-Uhr, die sie sich gekauft hatte, als sie hier vor acht Jahren eingezogen war.

Zwanzig nach zehn.

Er musste etwas vergessen haben. Vielleicht hatte er sich ihr Angebot, bei ihr zu schlafen, doch noch einmal durch den Kopf gehen lassen.

Leise schlich sie die letzten Meter über den Flur bis zur Wohnungstür. Ihr war unwohl. Der Gedanke, dass vielleicht jemand anders zu ihr wollte, jagte ihr plötzlich Angst ein. Sie kannte keine Menschen, die unangemeldet bei ihr aufkreuzten. Und erst recht nicht so spät am Abend.

Zitternd nahm sie den Hörer der Gegensprechanlage in die Hand und meldete sich mit einem unsicheren »Hallo, wer ist denn da?«.

Sie ließ einige Sekunden verstreichen, dann wiederholte sie ihre Worte.

Am anderen Ende der Leitung war jedoch nichts außer Stille und dem leisen Rauschen des Winds zu hören.

Sie legte wieder auf. Dann presste sie ihre linke Wange gegen die Wohnungstür.

»Bist du da?«, flüsterte sie und hoffte, einfach nur seine Stimme zu hören.

Aber niemand antwortete.

»Hast du es dir anders überlegt? Willst du heute Nacht doch bei mir bleiben?«

Keine Antwort.

Die Stille erdrückte sie förmlich. Einzig das leise, monotone Geräusch des Sekundenzeigers der Wanduhr war zu hören.

Mit dem Rücken zur Tür rutschte sie zu Boden. Minutenlang blieb sie so sitzen. Bis sich ihr Herzschlag endlich wieder normalisiert hatte und die kurzzeitige Panik, die sie verspürt hatte, verschwunden war.

Sie kannte diese Augenblicke. Unvorhergesehene Situationen, die sie komplett aus der Bahn warfen. In denen sie die Kontrolle verlor. Die sie sofort panisch werden ließen. Dazu die allgegenwärtige Furcht vor dem Alleinsein, während sie gleichzeitig fremden Menschen gegenüber misstrauisch war. Angstzustände waren ihr ständiger Begleiter. Schon seit ihrer Pubertät, kurz nachdem sich ihre Eltern getrennt hatten.

Sie verdrängte die Erinnerungen und schloss die Augen. Diesmal war es anders, das hatte sie sofort gespürt. Da war diese Traurigkeit in seinen Augen gewesen, die sie an sie selbst erinnert hatte. Noch wusste sie nicht allzu viel über ihn, aber vielleicht waren sie sich näher, als sie momentan zu hoffen glaubte.

Für einen kurzen Moment hatte sie das Gefühl, durch die geschlossene Wohnungstür sein Atmen zu hören. Sein herbes Parfüm kitzelte ihr noch immer in der Nase. Warum antwortete er ihr nicht? Oder klingelte noch einmal?

Sie verharrte noch immer hinter der Tür. Zusammengekauert, die Arme fest um die Beine geschlossen. Sie hatte Angst davor, aufzustehen und die Tür zu öffnen. Angst davor, dass er es womöglich nicht war. Angst vor dem Ungewissen. Angst vor allem, was da draußen auf sie wartete.

»Bist du da?«, fragte sie. Diesmal etwas lauter.

Eine Antwort blieb erneut aus.

Weil dort hinter der Tür überhaupt niemand war, der sie hören konnte. Bestimmt hatte nur unten an der Haustür jemand geklingelt. Vielleicht ein Klingelstreich der Jugendlichen aus der Nachbarschaft. Sie musste endlich damit aufhören, überall nur Gefahren zu sehen.

Sie raffte sich auf, drehte sich um und starrte die Tür an. Sie musste ihre Angst einfach überwinden. Dann umklammerte sie den Griff so fest, dass ihre Handknöchel weiß wurden, und hielt noch einmal kurz inne.

Im nächsten Moment riss sie die Tür auf.

Das dunkle Treppenhaus wurde nur schwach vom Schein des zunehmenden Monds, der durch die Milchglasbausteine fiel, beleuchtet.

Kein elektrisches Licht.

Ihre Augen hatten Probleme, sich an die Dunkelheit zu gewöhnen. Sekunden vergingen, in denen sie nicht erkennen konnte, was gerade um sie herum geschah. Sofort fuhr ihr wieder die Panik durch den Körper. Hektisch trat sie einen Schritt zurück, um die Tür wieder zuzuschlagen.

Im nächsten Moment erkannte sie einen schwarzen Schatten, der vom Treppenabsatz sprang und auf sie zustürmte. So schnell, dass sie keine Chance mehr hatte, auszuweichen.

Das kalte Metall des Hammers, den sie mit verschwommenem Blick auf sich zurauschen sah, traf sie mit solcher Wucht, dass sie nur für den Bruchteil einer Sekunde überhaupt Schmerz empfand.

Während das Blut aus der Wunde knapp oberhalb ihrer rechten Schläfe strömte und auf den Teppichboden ihres Flurs tropfte, verlor sie das Bewusstsein und sank in sich zusammen.

Den zweiten Schlag auf ihren Kopf spürte sie bereits nicht mehr.

Kloß im Hals

Einige Sekunden lang überlegte Jan Oldinghaus, die Tür einfach wieder zuzuziehen. Wenigstens die erste Nacht nach seiner Rückkehr könnte er irgendwo anders verbringen.

Vielleicht bei seinem besten Freund Philipp. Oder bei seiner Schwester Isabel. Für einen kurzen Augenblick dachte er sogar an seine Eltern.

Schließlich fuhr er sich mit beiden Händen durchs Gesicht und strich sich die halblangen rotblonden Haare zurück. Dann betrat er seine Herforder Wohnung doch und ließ die Tür hinter sich langsam ins Schloss fallen.

Jan Oldinghaus war jetzt ganz allein. Zum ersten Mal seit fast einem Jahr würde er die Nacht ohne jemanden in seiner unmittelbaren Nähe verbringen. Nicht in einem viel zu kleinen Tourbus, nicht in irgendeinem mittelmäßigen Hotelzimmer in einem abgelegenen Kaff jenseits der Zivilisation oder – wenn es mal besonders gut gelaufen war – in einem eigens angemieteten Haus, in dem er gemeinsam mit der Band und allen Crewmitgliedern geschlafen hatte.

Ihn übermannte eine seltsame Mischung aus Sehnsucht nach dem Leben der vergangenen Monate und völliger Erschöpfung, verbunden mit dem Wunsch, seine Wohnung in den nächsten Tagen nicht mehr zu verlassen.

Auch nach all den Monaten glaubte er, hier noch immer den Geruch von Räucherstäbchen wahrzunehmen. Seine Untermieterin Mareike hatte damals immer häufiger ihre Yogakurse in seiner Wohnung veranstaltet. Mit dem Ergebnis, dass er sich am Ende fremd in seinen eigenen vier Wänden gefühlt hatte. So hatte er ihr die Wohnung noch bereitwilliger überlassen und sich in die Arbeit gestürzt.

Bis zu dem Tag, als Banjo, der Manager seiner Band »Underdogs«, ihnen Sylvia Vankerckhoven vorgestellt hatte. Sie war Chefscout in einer der größten Castingshow-Produktionsfirmen Europas und hatte die »Underdogs« für die Show »Next Big Thing« ausgewählt. Sie hatten allen Ernstes für die Teilnahme an einer Samstagabendshow im Fernsehen eine Zusage bekommen.

Jans Schwester Isabel war damals erst seit Kurzem die Leadsängerin der Band gewesen, nachdem sie spontan für den eigentlichen Frontmann Tom hatte einspringen müssen. Philipp, sein bester Freund seit Kindheitstagen, am Bass. Elli an der Gitarre und Jens am Keyboard. Und er selbst am Schlagzeug. Das waren die »Underdogs« – eine Coverband, die zu weitaus mehr in der Lage war, als bekannte Songs nachzusingen.

In der Castingshow waren sie von der ersten bis zur letzten Livesendung diejenigen gewesen, die Jury und Publikum am meisten begeistert hatten. Vor allem mit ihren eigenen Stücken hatten sie überzeugt. Auch Jan hatte zwei Lieder beigesteuert. Die melancholischen Songs, wie Isabel sie nannte, waren die Gänsehautmomente in den Shows gewesen. Am Ende hatten sie sich souverän gegen die anderen neun Bands durchgesetzt und einen Plattenvertrag bei einem Major-Label gewonnen. Nach drei Monaten waren sie dann schließlich auf große Tournee durch Deutschland, Österreich und die Schweiz gegangen.

Während er seinen Blick durch den Flur seiner Wohnung schweifen ließ, hatte er das Gefühl, als läge dieses Kapitel seines Lebens bereits Jahre zurück. Dabei waren seit dem letzten Auftritt, ihrem Abschlusskonzert, gerade einmal drei Tage vergangen. Vielleicht lag es daran, dass sich die Zeit auf Tour wie ein Roadmovie angefühlt hatte, in dem sie die Hauptrollen spielten. Mit Sicherheit aber auch daran, dass jedem Einzelnen von ihnen unterwegs schon nach wenigen Wochen klar geworden war, dass dieser Weg, im Musikgeschäft Fuß zu fassen, ganz und gar nicht das war, was sie sich bei Gründung der Band mit Anfang zwanzig vorgestellt hatten.

Autogrammstunden, Fototermine, Konzerte in Diskotheken und Auftritte auf Stadtfesten – nach der ersten kurzen Euphoriewelle hatte ihnen der Stress zunehmend zugesetzt. Jeden Tag in einer anderen Stadt aufzutreten und zu schlafen, war kräftezehrend gewesen.

Jan bewegte sich langsam durch seine Wohnung. Es fühlte sich fremd an. Nicht nur, dass Mareike nicht mehr da war und ihre manchmal anstrengende, aber stets fröhliche Art ihm jetzt schon fehlte. Da war noch etwas anderes, das ihm zu schaffen machte.

Er schaltete das Licht in der Küche ein und ließ sich auf einem alten Panton-Stuhl nieder, den Mareike bei ihrem Auszug offenbar nicht mitgenommen hatte. Aus der Jackentasche zog er eine Bierdose, die er eben noch an der Tankstelle gekauft hatte, und öffnete sie. Nach einem kräftigen Schluck lehnte er sich zurück und schloss die Augen.

Seit dem Anruf seiner Mutter vor zwei Wochen kreisten seine Gedanken nur noch um seine Eltern. Er ahnte oder vielmehr wusste bereits, dass sein Leben in nächster Zeit eine Richtung nehmen könnte, die ihm alles andere als recht war.

Jahrelang hatte er sich immer wieder gefragt, wie es sein würde, wenn sich sein Vater Heinrich eines Tages aus gesundheitlichen Gründen ganz aus der Bewirtschaftung des elterlichen Hofes zurückziehen würde. Wenn er auch innerlich loslassen musste von dem, was sein Leben ausgemacht hatte.

Cord, sein verhasster älterer Bruder, hatte sich schon vor Jahren für diesen Moment in Stellung gebracht. Er hatte nie einen Zweifel daran aufkommen lassen, dass er derjenige war, der den Hof einmal übernehmen würde. Aber auch ihr Vater hatte zu keiner Zeit ein anderes Ziel verfolgt. Und trotzdem hatte er Jan Vorwürfe gemacht, als der ihm mitgeteilt hatte, dass er seine Zukunft nicht auf dem Hof sehe.

Schließlich war es genau so gekommen, wie Cord es geplant hatte. Bereits seit einigen Jahren war er für die Geschäfte mit dem Gestüt und den Ackerbaubetrieb verantwortlich. Sein Vater hatte allerdings noch immer mit am Verhandlungstisch gesessen und, so wie Jan ihn kannte, wahrscheinlich nicht selten das letzte Wort gehabt.

Doch damit war es jetzt vorbei. Sylvia, seine Mutter, hatte sich am Telefon unmissverständlich ausgedrückt. Heinrich hatte vor zwei Wochen einen Schlaganfall erlitten. Nicht den ersten, doch die Warnschüsse in den letzten Jahren waren so glimpflich verlaufen, dass sie niemand ernst genommen hatte. Diesmal war es allerdings so schwerwiegend, dass sich die Ärzte schon nach einem Tag sicher gewesen waren, dass der Patriarch der Familie nie wieder der Alte werden würde.

Seine Mutter hatte sich kurzgefasst und doch genug gesagt. Widerwillig hatte Jan die Nachricht zur Kenntnis genommen. Es fiel ihm schwer zu akzeptieren, dass ausgerechnet er nun für seinen Vater da sein sollte, wie es bei seiner Mutter durch die Blume bereits angeklungen war. Während Cord sich dieser Verantwortung entziehen und sich ausschließlich um den Hof und die Geschäfte kümmern würde. Und das auch noch mit Billigung ihres Vaters.

Jan hatte seit diesem Anruf einen Kloß im Hals. Er merkte, wie sehr ihn die Gedanken an seinen Vater und Cord auch jetzt wieder aufwühlten. Wie wütend sie ihn machten.

Er hatte kein gutes Verhältnis zu seinem Vater. Noch nie gehabt. Oder besser gesagt, er hatte überhaupt kein Verhältnis zu ihm. Vaters Liebling war immer Cord gewesen. Deren Beziehung war so viel intensiver, dass es Tag für Tag eine neue Erniedrigung gewesen war. Wie konnte ein Vater nur eins seiner Kinder lieben, während ihm die anderen so egal waren?

Und dann war da noch diese Affäre, die Heinrich ihm vor einiger Zeit gebeichtet hatte. Aus der sogar ein Kind hervorgegangen war. Sein Halbbruder, der durch eine tragische Geschichte nicht mehr am Leben war.

Das Einzige, was ihn bei dem Gedanken an seinen kranken

Vater und die schwierigen Zeiten, die vor ihnen lagen, ermutigte, war die Gewissheit, dass seine Schwester Isabel an seiner Seite war. Zusammen würde es ihnen hoffentlich gelingen, diese Situationen zu meistern.

Er atmete tief durch, öffnete die Augen wieder und griff nach seiner Bierdose. Die Sehnsucht nach den vergangenen Monaten kam zurück. Überall und nirgends zu sein, bloß nicht in der Nähe seiner Familie.

Bis zu seiner Rückkehr in den Dienst bei der Kripo Bielefeld blieben ihm noch exakt zehn Tage. Er würde die Zeit nutzen müssen, um einige Entscheidungen zu treffen.

Falsche Entscheidung

Diese Stadt war sein Zuhause.

Diese Stadt, die er so liebte und manchmal doch hasste. Für die er nach außen hin kämpfte, die er bisweilen aber tief im Innern bekämpfte. Die er zeit seines Lebens verlassen wollte, was er jedoch niemals geschafft hatte.

Bielefeld. Sein Zuhause. Seine Heimat. Da lag sie vor ihm. So schön und unscheinbar. So lebendig und behäbig. So faszinierend und langweilig.

Die brennende Spitze der Zigarette sah in der Dunkelheit wie ein Glühwürmchen aus, das regungslos in der Luft verharrte. Er nahm einen kräftigen Zug und pustete den Rauch in kleinen Ringen wieder aus.

Das Gefühl, dass die ganze Sache womöglich in die falsche Richtung laufen könnte, war von Anfang an da gewesen. Von dem Moment an, in dem er den Anruf angenommen und sich auf diesen Gesprächstermin eingelassen hatte.

Er hatte ihn gekannt, viele Jahre waren sie sich immer wieder über den Weg gelaufen. Aber niemals hätte er geahnt, wie schwierig es mit ihm sein konnte. Dass das Gespräch heute Abend bereits nach wenigen Minuten vollkommen außer Kontrolle geraten war, hätte er sich beim besten Willen nicht vorstellen können. Ein normaler Austausch über das, was in den letzten Monaten vorgefallen war, und darüber, was vielleicht gemeinsam vor ihnen lag, war überhaupt nicht möglich gewesen. Stattdessen war er sofort auf Konfrontation gegangen. Dabei war es ihm vollkommen egal gewesen, dass sie nicht allein waren, denn die meisten Teilnehmer der Konferenz vom Nachmittag waren noch anwesend. Dass wahrscheinlich viel zu viele Leute mitbekommen hatten, worüber sie in Streit geraten waren.

Es war ein Fehler gewesen, hier überhaupt aufzutauchen. Jetzt, in diesem Moment, wo er auf die Lichter seiner Stadt hinabblickte, konnte er sich nicht einmal mehr erklären, weshalb er dem Gespräch zugestimmt hatte. Was er sich davon versprochen hatte. Zu glauben, dass er der bessere Geschäftspartner sein würde, war irrwitzig gewesen.

Es war gekommen, wie es kommen musste. Er schüttelte nur noch den Kopf. Über sich selbst, weil er so naiv gewesen war. Und über ihr Gespräch vor ein paar Stunden, das um ein Haar mit Handgreiflichkeiten geendet hätte.

Ein letzter Zug. Dann schnippte er die Zigarette weg. Über den Zaun, den Abhang des Johannisbergs hinunter.

Erst jetzt fiel ihm auf, dass die Lichter im Restaurant des Hotels erloschen waren. Es musste bereits nach Mitternacht sein. Auch die Bar, an der er nach dem Streit den Rest des Abends gesessen hatte, war mittlerweile geschlossen. Es war an der Zeit, ein Taxi zu rufen und sich nach Hause bringen zu lassen. Das Zuhause, das nur noch aus einer schicken Hülle bestand. Wie es im Innern aussah, wusste nur er. Ginge es nach ihm, würde es noch eine Weile so bleiben, aber ihm war klar, dass die Situation nicht mehr lange zu verheimlichen war.

Die Dunkelheit war mittlerweile so durchdringend, dass er Probleme hatte, sich zu orientieren. Dass er an der Bar wahrscheinlich einen Gin Tonic zu viel getrunken hatte, kam in diesem Moment erschwerend hinzu. Er stolperte beinahe über seine eigenen Füße und konnte sich gerade so noch am Geländer festhalten.

Als er wieder aufsah, schrak er derart zusammen, dass er sich auf die Zunge biss. Den Schmerz im Mund verdrängte der Schock. Er war sich sicher, für den Bruchteil einer Sekunde in einigen Metern Entfernung plötzlich eine Gestalt gesehen zu haben. Jetzt war sie nicht mehr da.

Er scannte die Umgebung. Versuchte, in der Dunkelheit irgendein Detail zu erkennen. Ein Paar Augen. Womöglich hatte er ein Tier gesehen.

Doch da war niemand.

Hatte er sich das gerade etwa nur eingebildet? Der Streit heute Abend, die ganzen anderen schrecklichen Dinge, die um ihn herum geschahen ... Vielleicht war das, was er gerade erlebte, nur eine logische Folge aus alledem. Er bildete sich Dinge ein. Halluzinierte bloß. Sah eine Gefahr, wo gar keine war. Doch je mehr passierte, desto anfälliger wurde er.

Geschäftlich hatte ihn der heutige Abend jedenfalls kein Stück weitergebracht. Immerhin wusste er jetzt, woran er war. Wenn er dabei sein wollte, musste er wohl oder übel bei seinen ursprünglichen Plänen bleiben und sich damit abfinden, dass es nicht das war, was ihn wirklich zufrieden machte. Zwischenmenschlich würde es schwierig werden, aber längst nicht so unmöglich wie das, was er heute Abend erlebt hatte.

Er fischte eine weitere Zigarette aus der Packung in seiner Jackentasche und zündete sie sich an. Dann sah er zurück auf die im Dunkeln daliegende Terrasse des Restaurants, ließ seinen Blick noch einmal weitläufig kreisen, um sich zu überzeugen, dass ihm seine Psyche nur ein Schnippchen geschlagen hatte. Was ihm allerdings sofort wieder Angst einjagte, weil er wohl einfach nicht Herr über seine Psyche war.

Er rauchte die Zigarette so schnell runter, dass ihm schwindelig wurde. Schließlich wandte er sich ab und bog auf den serpentinenartigen Weg ein, der den Johannisberg hinabführte. Um diese Uhrzeit auf ein Taxi zu warten würde wahrscheinlich länger dauern, als zu Fuß in die Altstadt zu gehen, dachte er. Er würde noch einen letzten Absacker trinken, ehe er sich Gedanken darüber machte, wo er heute Nacht schliefe.

Je weiter er sich vom Restaurant und dem angrenzenden Hotel entfernte und je mehr Kurven er hinter sich ließ, desto dunkler wurde es um ihn herum. Anfangs sah er sich immer wieder um, obwohl er sich die Gestalt vorhin wohl nur eingebildet hatte. Doch mit jedem Meter, den er zurücklegte, schwand ein wenig von seiner Unruhe. Er war allein. Es gab niemanden, der ihn verfolgte. Seine Angst, so real sie ihn auch überkam, war unbegründet.

Er holte sein Handy aus der Hosentasche hervor und schaltete die Taschenlampe ein. Sie leuchtete ihm den Weg so gut aus, dass er mit sicheren Schritten vorwärtskam.

Er fiel in einen gleichmäßigen Trott, doch plötzlich hörte er ein Geräusch. Schuhe, die auf Schotter knirschten und nicht seine eigenen waren.

Sofort kam die Angst zurück. Jetzt traute er sich nicht mehr, sich umzusehen. Stattdessen begann er, immer schneller zu gehen, nach wenigen Metern rannte er bereits. Das Handy hielt er fest umklammert in seiner linken Hand. Der Lichtkegel der Taschenlampe flipperte trotzdem unkontrolliert durch die Nacht.

Halluzinierte er schon wieder? Er glaubte, den Atem seines Verfolgers direkt in seinem Nacken zu spüren.

Diese Angst war absurd. Und doch existent.

Er lief immer schneller. Seine Panik wuchs. Er hörte das Knirschen auf dem Schotter. Die Schritte auf dem Asphalt. Das Keuchen, das ihm seltsam bekannt vorkam.

Im nächsten Moment rutschte er weg. Strauchelte, hielt sich nur mit größter Mühe noch auf den Beinen. Er wollte weiterrennen.

Sein Handy. Verdammt.

Es glitt ihm wie in Zeitlupe aus der Hand.

Von einem auf den anderen Moment war alles dunkel. Den Weg, der wie in Serpentinen zwischen den Weinreben des Winzer'schen Gartens entlangführte, konnte er nur noch erahnen. Die Lichter der Stadt am Fuße des Bergs waren zu schwach, um ihm den Weg zu leiten.

Die Schritte hinter ihm wurden lauter. Da war jemand, der ihm aufgelauert hatte und ihm folgte!

Das Keuchen kam immer näher. Gefühlt keinen Meter mehr entfernt. Plötzlich stolperte er. Über irgendeinen harten Gegenstand. Einen Stein. Was auch immer.

Er verlor den Boden unter den Füßen. Und spürte in dem Moment seltsamerweise, wie mit einem Mal die Panik aus seinem Körper heraustrat. Es war nur ein kurzer Augenblick, und doch fühlte es sich an, als sei er abgehoben, um mit einem kräftigen Flügelschlag davonzugleiten.

Doch im nächsten Moment setzte auch schon wieder der Sinkflug ein. Mit dem Kopf voraus prallte er gegen eine Steinmauer.

Er überschlug sich und blieb schließlich zwischen den Weinreben liegen. Der Aufprall war so hart gewesen, dass er sofort tot war. Das knackende Geräusch seines brechenden Genicks hatte er nicht mehr wahrgenommen.

Das Keuchen war verstummt. Stattdessen hallte ein leiser Fluch durch die Nacht. Dann bückte sich die Gestalt nach dem heruntergefallenen Handy und verschwand, ohne sich noch einmal umzusehen, in der Nacht, die bereits von einem feinen Nebel durchzogen war.

Von null auf hundert

Jan hatte lange geschlafen, war frühstücken gegangen und hatte anschließend das Nötigste eingekauft. Das Alleinsein fühlte sich immer noch befremdlich an. Es war vor allem die gemeinsame Zeit mit Isabel, die er jetzt schon vermisste. So nah wie während der Monate auf Tour waren sie einander nie zuvor gewesen. Sie hatte ihm ein ums andere Mal geholfen, wenn er kurz davorstand, auszusteigen, weil ihm einfach alles über den Kopf wuchs. Letztlich war sie der eigentliche Grund, weshalb er überhaupt in Erwägung zog, sich um seine Eltern zu kümmern und vielleicht sogar für eine gewisse Zeit lang zurück auf den Hof zu ziehen. Gemeinsam mit Isabel würde es wohl einigermaßen erträglich werden, hoffte er.

Das lautlose Vibrieren seines Handys durchbrach seine Gedanken. Jan zog das Telefon aus seiner Hosentasche und warf einen flüchtigen Blick auf das Display. Er hatte keinen Gedanken daran verschwendet, wer der Anrufer sein könnte, aber den Namen, den er las, hatte er sicherlich nicht erwartet. Es war Cengiz Ergün, sein engster Kollege bei der Kripo.

»Du weißt also, dass ich wieder zurück bin?«

»Deine Schwester hat es mir gesagt.«

»Isabel?«, fragte er überrascht.

»Hast du noch eine andere?«

»Was hast du mit ihr tun? Warum sprecht ihr überhaupt miteinander?«

»Ich habe sie zufällig getroffen, aber das ist nicht meine Angelegenheit«, antwortete Cengiz vielsagend. »Klär das mit deiner Schwester.«

»Was denn klären?«, fragte Jan verwundert.

»Hör mal, ich muss dringend mit dir sprechen«, blockte Cengiz ab. »Du musst früher zurückkommen als geplant.«

»Schön, dass ihr mich vermisst, aber die paar Tage bis zum offiziellen Ende meines Sabbatjahrs werdet ihr doch wohl noch abwarten können.«

»Leider nicht«, antwortete Cengiz. »Offenbar hast du heute noch keine Nachrichten gehört.«

Jan schüttelte den Kopf und schob ein leises »Nein« hinterher.

»Henning Gronemeyer«, fuhr Cengiz fort. »Ist dir sicher ein Begriff?«

»Natürlich.«

»Er ist tot«, sagte Cengiz. »Wurde heute Morgen zwischen den Weinreben am Johannisberg gefunden. Wir wissen noch nicht genau, was vorgefallen ist, aber momentan ist nichts auszuschließen.«

»Was bedeutet das?«

»Es gibt ein paar Dinge, die näher untersucht werden müssen. Mehr kann ich momentan aber auch nicht dazu sagen. Unser wichtigster Anhaltspunkt ist die Tatsache, dass alles andere als Fremdeinwirkung schwer vorstellbar ist.«

»Warum rufst du mich an?«

»Ich habe vorhin mit Vera zusammengesessen. Jemand muss sich um den Fall kümmern. Du bist unsere einzige Hoffnung. Alle anderen sind leider anderweitig eingebunden. Wann könntest du hier sein?«

»Dein Ernst?«

»Du kennst mich. Höre ich mich etwa an, als würde ich spaßen?«

»Wenn es gar nicht anders geht, lass ich mich Montagmorgen mal blicken.«

»Zu spät«, entgegnete Cengiz knapp. »Heute um achtzehn Uhr haben wir eine Krisensitzung, dann solltest du spätestens dabei sein.«

»Aber –«

»Kein Aber.«

Wieder wollte Jan etwas entgegnen, doch er hörte, dass Cengiz bereits aufgelegt hatte.

Fluchend griff er nach einer Dose Bier aus dem Kühlschrank. Er freute sich darauf, zurück in den Dienst zu gehen. Während der Tour hatte es immer häufiger Tage gegeben, an denen er sich in seinen Job als Kriminalkommissar zurückgewünscht hatte. Dennoch hatte er sich seine Rückkehr anders vorgestellt.

Früher wieder einzusteigen als geplant, war das eine. Aber Cengiz hätte wenigstens fragen können. Oder besser noch Vera, seine Chefin. Seit Monaten hatte Jan nichts mehr von ihr gehört, obwohl er ihr mehrfach Nachrichten auf ihr Handy geschickt hatte.

Er hatte schon die ganze Zeit vermutet, dass ihr sein Sabbatjahr gegen den Strich gegangen war. Aber wollte sie ihm jetzt, wo er zurück war, direkt mal zeigen, dass inzwischen ein anderer Wind in der Mordkommission wehte?

Doch so kannte er sie eigentlich nicht. Sie waren ein eingespieltes Team gewesen, verstanden sich auch außerhalb der Arbeit gut. Es musste deshalb wirklich dringend sein, wenn sie ihn noch während seiner Auszeit für einen Samstagabend zu einer Krisensitzung einbestellten.

Er wischte die Gedanken an Vera beiseite und konzentrierte sich darauf, was Cengiz ihm soeben erzählt hatte. Henning Gronemeyer war also tot. Einer der bekanntesten Lokalpolitiker Bielefelds. Seit Jahren auch Landtagsabgeordneter.

Jan erinnerte sich, dass Gronemeyer für seine besondere Volksnähe bekannt gewesen war. Vor der letzten Wahl war er als nächster Bürgermeisterkandidat gehandelt worden, manche hatten ihm sogar eine noch größere Politkarriere zugetraut. Soweit Jan wusste, hatte es bislang immerhin bereits zum Vize-Fraktionsvorsitz in der Partei und zum Landtagsabgeordneten gereicht.

Sein Blick kreiste durch Küche und Wohnzimmer. Aus dem großen Fenster hinaus auf den Neuen Markt, Herfords wohl schönsten Platz. Besonders viel Licht drang nicht von außen herein. Der herbstliche Nebel wollte heute einfach nicht verschwinden. Wie ein grauer Schleier hing er über der Stadt. Und über ihm.

Seit er gestern Nachmittag seine Wohnung aufgeschlossen und betreten hatte, fühlte er sich schlecht. Die Einsamkeit. Die Stille. Mareike, sie fehlte ihm. Die Gedanken an seinen Vater. Und jetzt noch dieser Anruf von Cengiz. Da wünschte er sich fast, sofort wieder auf der Bühne zu stehen. Dort würde er sich solchen Stimmungen nicht überlassen können. Nichts ging über die Momente, wenn ihnen das Publikum frenetisch zujubelte.

Jan stand hastig auf, schüttete den Rest seines Biers in die Spüle und zog den Reißverschluss seiner engen Lederjacke zu. Hier ganz allein wollte er nicht den Rest des Tages verbringen. Schon gar nicht den ersten Tag nach seiner Rückkehr.

Er atmete tief durch und schlug sich mehrmals mit den Handinnenflächen auf die Wangen. So lange, bis es schmerzte. Bis er sich fit genug für die nächsten Stunden fühlte. Denn bevor er ins Präsidium fahren würde, hatte er noch etwas anderes zu erledigen.

Nur noch weg

Jan parkte seinen alten dunkelgrünen Mini Cooper neben Cords Landrover und schaltete die Musik aus, die er während der knapp fünfzehnminütigen Fahrt von seiner Wohnung bis zum Hof seiner Eltern voll aufgedreht hatte. Wie immer in solchen Momenten hatte er seine innere Ruhe mit einer der alten Oasis-Scheiben gefunden.

Ein kurzer Blick auf seine Smartwatch. Nur noch eine knappe Stunde bis zur Krisensitzung im Präsidium, von der Cengiz erzählt hatte. Zu wenig, um die Zukunft seines Vaters Heinrich auf dem Hof der Familie mit allen zu besprechen, aber ausreichend Zeit für ein paar klärende Worte.

Dass er sich spontan überlegt hatte, für eine Weile wieder in sein altes Jugendzimmer einzuziehen, um seine Mutter bei der Pflege des Vaters zu unterstützen, wollte er jedoch erst ansprechen, sobald die Fronten mit Cord geklärt waren. Wenn Isabel und er sich schon um ihre Eltern kümmerten, dann sollte sich sein Bruder auch gefälligst komplett heraushalten. Wie das in der Praxis funktionieren sollte, wusste Jan auch noch nicht genau. Allerdings war ihm auf dem Weg hierher bereits eine Idee gekommen, die anzusprechen heute aber wohl noch nicht der richtige Zeitpunkt war.

Als er ausstieg, sah er aus dem Augenwinkel, dass seine Mutter gerade aus dem Haus getreten war und auf ihn zukam. Jan gab sich einen Ruck und ging ihr entgegen.

»Na, mein Junge, schön, dass du wieder da bist.« Sylvia Meyer zu Oldinghaus zog ihn zu sich heran und drückte ihn. Weil Jan die Umarmung kaum erwiderte, wirkte ihr Versuch, auf ihren Sohn zuzugehen, ungewollt unbeholfen.

»Du siehst müde aus«, sagte sie, nachdem sie von ihm abgelassen und ihn einige Sekunden lang schweigend gemustert hatte. »Kann es sein, dass diese Sache vielleicht doch nicht die beste Idee war?«

»Diese Sache, wie du sie nennst, war das Beste, was ich in meinem Leben bislang gemacht habe«, entgegnete Jan, bereits leicht genervt, und trat einen halben Schritt zurück. »Ein Traum von mir ist in Erfüllung gegangen. Dass ich müde aussehe, hat damit zu tun, dass eine Konzerttournee ein knochenharter Job ist. Mit dem ich übrigens allein in einem halben Jahr so viel Kohle verdient habe wie in zwei Dienstjahren bei der Kripo.«

»So meinte ich das doch gar nicht, mein Junge.« Sylvia fuhr sich fahrig durch ihre langen weißblonden Haare und suchte nach den richtigen Worten. »Es ist doch aber nun mal so, dass das kein richtiger Job ist. Zumindest auf Dauer. Das sieht deine Schwester übrigens genauso.«

»Was sieht sie genauso?«

»Dass diese Band ein nettes Hobby ist, aber doch kein –«

»Das soll Isabel genau so gesagt haben?«, unterbrach Jan seine Mutter barsch.

»Nun ja, nicht direkt. Aber ich habe es ihr angesehen. Es wird auch für sie Zeit, endlich wieder in ein geregeltes Leben zurückzukehren. Wobei ich da aktuell leider meine Zweifel habe.«

»Wovon sprichst du jetzt schon wieder?« Jan schüttelte irritiert den Kopf. Augenblicklich musste er an Cengiz' Anruf denken. Auch der hatte eine seltsame Bemerkung über seine Schwester gemacht. Was war denn mit Isabel seit ihrer Rückkehr passiert?

Bevor Sylvia antworten konnte, öffnete sich erneut die Haustür und Jans Bruder Cord trat heraus. Zielstrebig kam er auf die beiden zu.

»Große Familienzusammenkunft«, sagte er statt einer Begrüßung, mit süffisantem Unterton. »Interessant, dass ihr euch nach einem Jahr Abwesenheit hier wieder blicken lasst. Ausgerechnet jetzt, wo es Vater schlecht geht. Ein Schelm, wer Böses dabei denkt.«

»Ist Isa auch hier?«, fragte Jan seine Mutter verwundert.

Sie nickte, wirkte durch Cords Anwesenheit jedoch plötzlich eingeschüchtert.

»Unsere liebe Schwester hat uns sogar eine kleine Überraschung mitgebracht«, mischte sich Cord wieder ein.

Seine herablassende Art ließ Jan schlagartig wütend werden. Er biss sich auf die Unterlippe und schluckte die Worte, die ihm auf der Zunge lagen, herunter. Was meinte Cord mit der »Überraschung«?

Sein fragender Blick entging seinem Bruder nicht.

»Was guckst du denn so, als wüsstest du nicht, wovon ich rede? Wahrscheinlich hast du doch das Ganze eingefädelt.«

Jan sah seine Mutter und Cord abwechselnd an. In der Hoffnung, aus ihren Augen etwas ablesen zu können. Irgendeinen Hinweis darauf, was mit Isabel los war. Er hatte sie vor zwei Tagen zuletzt gesehen. Nach dem Abschlusskonzert waren sie schnell auseinandergegangen, hatten sich jedoch versprochen, so bald wie möglich in Ruhe miteinander zu reden und die neue Situation mit ihren Eltern zu klären.

»Komm, verarsch mich nicht«, sagte Cord mit einem Mal. »Ich nehme dir nicht ab, dass du keine Ahnung hast.«

»Sag mir jetzt, wovon du sprichst.«

»Ernsthaft jetzt?« Cord schien empört. »Du weißt nicht, dass unsere liebe Schwester da drinnen mit deinem besten Freund am Küchentisch sitzt? Händchen haltend.« Cord redete sich in Rage. »Ihr wart ein Jahr lang zusammen unterwegs, und du behauptest ernsthaft, davon nichts mitbekommen zu haben? Vielleicht kannst du deiner Mutter etwas vormachen, aber mir ganz bestimmt nicht.«

Jan hörte schon gar nicht mehr hin. Er stürmte an seinem Bruder vorbei in Richtung der noch offen stehenden Haustür. Im nächsten Moment stand er in der Küche, die er mit so vielen glücklichen und weniger schönen Kindheitserinnerungen verband, und blickte seiner Schwester in die Augen.

An ihrer Seite saß Philipp. Seine linke Hand, die auf ihrem Knie lag, zuckte. Ehe er sie dann langsam wegnahm.

Mein bester Freund, hämmerte es in Jans Kopf unaufhörlich. Schon seit Grundschulzeiten. Wie oft hatte Philipp hier auf der Küchenbank neben ihm gesessen, wenn seine Mutter Pickert gebacken hatte. Manchmal mit Isabel in ihrer Mitte. Sie waren die engsten Freunde. Wie Familie.

Und jetzt das.

Er schnappte nach Luft. Fuhr sich durchs Gesicht. Versuchte, irgendeinen Anhaltspunkt zu finden, der in den vergangenen Monaten während der Tournee darauf hingedeutet hätte, dass die beiden …

Jan drehte sich weg. Was sollte er sagen? Nichts von dem, was ihm auf der Zunge lag, schien ihm passend zu sein.

Auch Isabel und Philipp schwiegen. Warteten sie etwa darauf, dass er das Wort ergriff?

Er musste hier raus, bevor er den beiden Dinge an den Kopf warf, die er später womöglich bereuen würde. Hastig verließ er die Küche, durchquerte die Diele und stand Sekunden später wieder an der Luft. Doch der Nebel, der wie ein gigantischer Schleier über der Landschaft hing, wirkte nur noch erdrückender.

»Na, was sagst du jetzt?« Cord triumphierte. »Deine ach so tolle Schwester.«

»Warte, Jan!«, schallte es fast gleichzeitig aus dem Innern des Hauses.

Er wollte nicht reden. Nicht mit Isabel oder Philipp und schon gar nicht mit Cord. Er wollte einfach nur noch weg von hier. Diesem Ort, an dem er aufgewachsen war und bis zu seinem zweiundzwanzigsten Lebensjahr gewohnt hatte. Den er aus tiefster Seele jedoch hasste, nicht nur manchmal, vielleicht sogar schon immer gehasst hatte.

Ohne Cord und seine Mutter, die noch immer zusammenstanden, eines Blickes zu würdigen, ging er auf seinen Mini zu und sperrte ihn auf.

»Lass uns über alles reden«, hörte er seine Schwester aus der Ferne rufen, während er die Tür öffnete und sich erschöpft auf den Fahrersitz fallen ließ. Gerade als er sie wieder zuziehen wollte, erschien seine Mutter neben ihm.

Sie weinte. Mehrere große Tränen liefen an ihren Wangen herunter. Traurig sah sie dennoch nicht aus. Ihre Gesichtszüge wirkten hart und unerschütterlich. Er war sich sicher, etwas Kompromissloses in ihren Augen erkennen zu können.

»Ich muss das erst mal alles verdauen«, sagte Jan leise.

»Das müssen wir alle«, antwortete sie stoisch. »Ich sage dir aber eines: Wenn du dich jetzt aus dem Staub machst, brauchst du dich nie wieder hier blicken zu lassen.«

»Ich mache mich nicht aus dem Staub, aber du verstehst doch wohl hoffentlich, dass ich hier und heute nicht –«

»Das Einzige, was ich verstehe, ist, dass du mal wieder nur an dich denkst«, fuhr sie dazwischen. »So wie du es schon immer getan hast. Statt auch nur mal eine Sekunde an deinen Vater oder Cord zu denken. Ganz zu schweigen von mir.« Sylvia wischte sich mit einem Stofftaschentuch die Tränen weg, ehe sie weiterredete. »Siehst du denn nicht, dass wir hier Unterstützung brauchen? Vielleicht könntest du in dieser Situation wenigstens einmal in deinem Leben über deinen Schatten springen. Die Welt dreht sich nun mal nicht nur um dich. Dein Vater ist sechsundsiebzig, der Schlaganfall hat seine Spuren hinterlassen. Er wird sterben. Wenn wir Glück haben, erst in zwei oder drei Jahren. Wenn es aber ganz schlimm läuft, vielleicht schon in ein paar Monaten. Und dir fällt nichts anderes ein, als sofort wieder zu verschwinden, nachdem du ein Jahr lang nicht hier gewesen bist? Du hältst es offenbar nicht einmal für nötig, deinem Vater in die Augen zu sehen.«

»Hör auf, Mama.« Plötzlich tauchte auch Isabel neben dem Wagen auf und schob ihre Mutter beiseite.

»Lass gut sein«, sagte Jan. »Ich kann das alles hier gerade nicht ertragen. Morgen melde ich mich bei dir, dann können wir in Ruhe reden.« Er startete den Motor und legte den Rückwärtsgang ein. In vollem Bewusstsein, dass er die Tür gerade womöglich endgültig hinter sich zugezogen hatte.

Während er vom Hof rollte, spürte er seinen Herzschlag hinter der Brust. Seine Hände, die er ans Lenkrad klammerte, zitterten.

Er war gerade einmal einen Tag zurück in seiner Heimat, und schon wünschte er sich nichts sehnlicher, als sofort wieder abzuhauen. Und an allem war nur seine Familie schuld.

Machtspielchen

Jan sah auf seine Uhr. Zum fünften Mal innerhalb der letzten zwei Minuten.

Es war zehn vor sechs. Noch immer saß er ganz allein im großen Besprechungsraum und wartete. Er hatte sich unbemerkt über den Flur des Kriminalkommissariats 11 geschlichen und war gleich links abgebogen, anstatt weiter bis zu seinem Büro zu gehen.

Die Gedanken an das, was vor einer knappen Stunde auf dem elterlichen Hof passiert war, ließen ihn noch immer nicht los. Mittlerweile hatte sich allerdings neben seiner Wut auch noch ein weiteres Gefühl dazugesellt. Er fragte sich, ob er nicht vielleicht überreagiert hatte. War das vorhin tatsächlich so schlimm gewesen, dass er seine Mutter derart vor den Kopf stoßen musste?

Er hatte keine Antwort darauf. Zumindest im Moment noch nicht. Was er jedoch wusste, war, dass er sich verletzt fühlte wie wahrscheinlich noch nie zuvor in seinem Leben. Warum hatten Isabel und Philipp ihre Beziehung vor ihm geheim gehalten? Und doch hatte seine übertriebene Reaktion nichts mit den beiden zu tun, sondern mit Cord und seinen Eltern. Und allem, was in den letzten neununddreißig Jahren seines Lebens passiert war.

»Hier findet jetzt eine wichtige Besprechung statt. Dürfte ich Sie bitten, den Raum zu verlassen?«

Jan fuhr herum und blickte einer Frau mit kurzen blonden Haaren in die Augen. Er schätzte sie auf Mitte dreißig.

»Genau deshalb bin ich hier«, entgegnete er. »Darf ich mich vorstellen, mein Name ist Jan Oldinghaus.«

»Das wusste ich nicht«, sagte die Frau. »Entschuldigen Sie bitte, Ihr Name sagt mir natürlich etwas. Ich heiße Lara Niehaus und bin seit einem halben Jahr Teil des KK 11. Schön, Sie kennenzulernen.«

»Gut zu wissen, dass wir jemand Neuen im Team haben«, sagte Jan mit einem Augenzwinkern. »Wir werden dann in Zukunft wohl des Öfteren miteinander zu tun haben.« Er streckte ihr die Hand entgegen, merkte aber sofort, wie steif diese Geste wirkte. »Auf gute Zusammenarbeit. Ich heiße übrigens Jan.«

»Lara.«

»Das war ja klar. Kaum zurück, und schon baggerst du die neue Kollegin an.«

Jan drehte sich wieder um. Kai Stahlhut stand in der Tür. Ein Kollege, der jahrelang als Kriminalkommissar für die Polizeiinspektion in Herford gearbeitet hatte und seit etwas mehr als einem Jahr ebenfalls Teil des Bielefelder KK 11 war. Stahlhut war jemand, der kein Blatt vor den Mund nahm. Bei Jan rief er nicht gerade die angenehmsten Erinnerungen hervor.

Er ignorierte den Einwurf und wandte sich wieder der neuen Kollegin zu. »Warst du heute am Fundort?«

»Ja, ich war kurz da. Aber ich gehe davon aus, dass ich nichts mit dem Fall zu tun haben werde. Wie du sicher weißt, haben wir hier noch andere wichtige Baustellen.«

»Natürlich.« Jan nickte, obwohl er nicht den Hauch einer Ahnung hatte, wovon die neue Kollegin sprach.

»Hallo, Jan, schön, dass du zurück bist.« Vera Jesse hatte den Raum betreten und streckte ihm die Hand entgegen. Sie war die Leiterin des KK 11, welches für Todesermittlungen, Sexualdelikte und häusliche Gewalt zuständig war.

Fehlt nur noch, dass sie mich siezt, fuhr es Jan durch den Kopf. Was zum Teufel war passiert, dass sie sich derart distanziert gab? Vera war in der Vergangenheit weniger seine Vorgesetzte als vielmehr eine Freundin gewesen. Früher war sie gelegentlich sogar als Backgroundsängerin bei den »Underdogs« eingesprungen. Bei seinem Abschied im vergangenen Jahr war sie nicht glücklich über seine Entscheidung gewesen, aber sie waren im Guten auseinandergegangen.

»Ich freue mich auch«, sagte Jan und merkte sofort, dass er alles andere als euphorisch klang.

Aus dem Augenwinkel erkannte er, dass nun auch die anderen Kollegen folgten. Thomas Horstkötter, mit dem Jan in seinen Jahren bei der Kripo selten mehr als einen Satz am Stück gewechselt hatte. Ein Eigenbrötler, der nie durch besonders großen Einsatz aufgefallen war. Bettina Begemann, die Jüngste im Team, mit der er sich zuletzt das Büro geteilt hatte. Er hatte sie als kleine Rebellin kennengelernt. Sowohl von ihrer Art her als auch von ihrem Kleidungsstil. Doch davon war nicht mehr viel übrig geblieben. Sie trug einen eng anliegenden Hosenanzug. Lediglich die kurzen Haare, die mittlerweile schwarz gefärbt waren und nicht so recht zu ihrem hellen Teint passen wollten, ließen den Schluss zu, dass sie auch mit diesem Outfit ihre Eigenwilligkeit zum Ausdruck bringen wollte.

Und dann betrat Cengiz Ergün den Raum. Er sah aus wie immer. Der harte Hund, mit dem Jan schon so manchen Fall aufgeklärt hatte. Cengiz zwinkerte ihm zu. Ein Zeichen, das Jan beruhigte. Offenbar war sein Kollege froh darüber, dass er so kurzfristig zur Krisensitzung erschienen war.

»Dann sind wir wohl vollzählig«, sagte Vera und machte mit einer Handbewegung deutlich, dass sie Platz nehmen sollten.

»Zuerst einmal möchte ich mich bedanken, dass ihr heute Abend alle hier seid«, begann Vera ernst. »Ich weiß, dass das nicht selbstverständlich ist nach allem, was ihr in den letzten Wochen bereits geleistet habt.«

Jan ließ seinen Blick über die Gesichter in der Runde kreisen. Offenbar wussten alle, worüber Vera sprach. Nur er selbst nicht. Sie saßen also gar nicht nur wegen des Todes von Henning Gronemeyer hier zusammen, sondern auch noch wegen einer anderen Sache, von der er keine Ahnung hatte. Cengiz hatte bei seinem Anruf schon angedeutet, dass Jan deshalb so dringend gebraucht werde, weil die Kollegen in andere Fälle eingebunden seien.

»Wie ihr wisst, ist heute Morgen allerdings eine weitere Angelegenheit dazugekommen, die möglicherweise noch brisanter ist, als uns generell, aber vor allem momentan lieb ist«, fuhr Vera fort. »Am liebsten wäre mir natürlich, wenn wir eine einfache Erklärung finden würden, die unsere Kapazitäten nicht allzu stark in Anspruch nimmt. Aber wir wissen noch nicht, wie Henning Gronemeyer ums Leben gekommen ist. Darum bin ich sehr froh, dass Jan heute schon dabei ist und sich bereit erklärt hat, früher als geplant zu uns zu stoßen. Willkommen zurück.«

Jan lächelte. Ein erzwungenes Lächeln, weil ihn Veras Worte irritierten. Er hatte sich nicht dazu bereit erklärt, früher zurückzukommen. Sie hatte es angeordnet. Und er war verantwortungsvoll genug gewesen, heute Abend hier zu erscheinen.

»Da wir kaum Zeit zum Atemholen haben, wird Jan so schnell wie möglich diesen Fall übernehmen. Sofern nötig und zeitlich einrichtbar, wird Bettina ihm zur Seite stehen. Alle anderen werden sich weiterhin um ihre bisherigen Aufgaben kümmern. Ich übergebe dann jetzt an Cengiz, der euch auf den neuesten Stand bringen wird.«

Jan zog für einen kurzen Augenblick in Erwägung, dazwischenzugrätschen, hielt sich jedoch fürs Erste zurück und wartete gespannt auf Cengiz' Ausführungen.

»Ich freue mich sehr, dass Jan seinen Selbstfindungstrip beendet hat und endlich wieder Teil unseres Teams ist«, sagte Cengiz und zwinkerte Jan dabei erneut zu. »Und deshalb halte ich es jetzt für angebracht, noch einmal zusammenzufassen, was wir derzeit wissen.«

»Ich fühle mich wie ein Polizeianwärter, der gar nichts weiß«, warf Jan jetzt doch mit einem Lächeln auf den Lippen ein und rutschte mit seinem Stuhl ein Stück zurück. »Worum handelt es sich denn bei dieser anderen Angelegenheit, die euch seit Wochen beschäftigt?«

»Ich wusste nicht, dass ihr auch international erfolgreich seid«, entgegnete Vera. Sie versuchte gar nicht erst, den Sarkasmus in ihrer Stimme zu verhehlen. »Durch welche Länder seid ihr denn den Sommer über getourt, dass du von einem der aufsehenerregendsten Verbrechen des Landes nichts mitbekommen hast?«

Jan fixierte seine Chefin. Was auch immer sie dazu veranlasste, ihn derart herablassend zu behandeln, allein die Enttäuschung darüber, dass er das Team ein Jahr lang im Stich gelassen hatte, wie sie es wahrscheinlich ausdrücken würde, konnte doch noch nicht ernsthaft der Grund für ihr Verhalten sein.

»Du weißt wirklich gar nicht, was hier los ist?«, fragte auch Cengiz noch einmal nach.

»Nein, tut mir leid. Wir haben auf der Tour komplett in unserer eigenen Welt gelebt. Und ehrlich gesagt war ich darüber auch mal ganz froh.«

»Das kannst du tatsächlich sein«, pflichtete ihm Cengiz bei. »Aber wundere dich nicht, wenn wir auf solche Sprüche etwas gereizt reagieren. Um nicht zu sagen, das will hier niemand von dir hören. Bei uns ist nämlich die Kacke am Dampfen, wie Kai immer so schön zu sagen pflegt.« Cengiz hielt kurz inne und blickte Jan tief in die Augen.

»Einer der undankbarsten und schwierigsten Fälle, an die ich mich erinnern kann. Wir müssen zwei Morde aufklären und haben seit Wochen nicht den leisesten Schimmer, was dahinterstecken könnte. Und wir können überhaupt nicht ausschließen, dass es noch einmal passieren wird.«

»Klingt nicht gut.«

»Das ist es auch nicht«, sagte Vera streng und stand auf. »Es wurden zwei Frauen innerhalb der letzten sechs Wochen umgebracht. Eine in Bielefeld-Sennestadt und eine in Schloß Holte-Stukenbrock. Beide Frauen starben in ihrer eigenen Wohnung. Wir gehen davon aus, dass sie jeweils kurz zuvor Geschlechtsverkehr hatten. Spermaspuren konnten nicht gefunden werden, aber Untersuchungen der Rechtsmedizin im Vaginalbereich der Frauen deuten darauf hin. Beide Opfer wurden mit einem stumpfen Gegenstand niedergeschlagen, das erste zudem zu Tode stranguliert. Vielleicht verstehst du jetzt, weshalb wir hier keine Willkommensparty für dich feiern?«

»Du solltest mich gut genug kennen, um zu wissen, dass dies das Letzte wäre, was ich mir vorstelle oder wünsche«, antwortete Jan nüchtern.

»Ich bin mir nicht sicher, ob ich überhaupt weiß, was du dir so vorstellst. Aber lassen wir das. Cengiz, fahr jetzt bitte fort.« Vera setzte sich wieder.

Jan sah seine Chefin konsterniert an. Der Stachel musste bei ihr tief sitzen.

»Bei den getöteten Frauen handelt es sich um alleinstehende Frauen um die vierzig.« Cengiz zog aus einer Mappe mehrere Fotos und breitete sie auf dem Besprechungstisch aus. »Beide Opfer stammen aus einem sozial mittleren bis schwachen Umfeld und lebten offenbar allein. Wir haben jeweils nur wenige und kaum nahestehende Verwandte ausfindig machen können. Bei Freunden und Bekannten sieht es ähnlich aus.«

Wieder öffnete Cengiz die Mappe. Diesmal holte er ein weißes Blatt hervor, auf dem einige Namen standen, die offenbar in Form eines Stammbaums notiert worden waren.

»Auffällig ist, dass die Tatorte nur etwa sechs Kilometer auseinanderliegen«, erklärte er, »was bedeuten könnte, dass der Täter sich in dieser Gegend gut auskennt, weil er womöglich selbst dort wohnt. Wir gehen nach unseren bisherigen Erkenntnissen jedenfalls klar davon aus, dass es sich um ein und denselben Täter handelt. Leider konnten uns bei der Erstellung des Täterprofils die Ergebnisse der Rechtsmedizin aber kaum weiterhelfen. Den Kopfwunden der Opfer nach zu urteilen, wurde von oben auf sie eingeschlagen, was dafürspricht, dass der Täter größer war. Allerdings wurde der Tod des ersten Opfers durch Strangulation herbeigeführt. Für die These, dass der Täter männlich ist, spricht außer dem vorausgegangenen Sex der Fund mehrerer Haare auf der Kleidung des ersten Opfers.« Cengiz machte erneut eine Pause, wohl um Jan Gelegenheit zu geben, diese Informationen sacken zu lassen.

»Warum wir alle hier auf dem Zahnfleisch gehen, hat jedoch noch eine andere Ursache«, fuhr er schließlich fort. »Die Pressemeute belagert uns seit Wochen. Wir stehen massiv unter Druck. Nicht nur unser Kommissariat, die gesamte Kriminalinspektion muss sich rechtfertigen, warum wir noch keine Ergebnisse geliefert haben. Es gibt seit sechs Wochen kaum mehr ein anderes Thema in Bielefeld als den von der Presse so titulierten Senne-Mörder. Das war bis heute tatsächlich eines unserer größten Probleme. Jetzt haben wir allerdings auch noch einen der bekanntesten Politiker der Stadt, der heute Morgen von einem Spaziergänger tot zwischen den Weinreben am Johannisberg gefunden wurde. Ich schließe mich Vera an, wir alle wären wohl hocherfreut, wenn sich Gronemeyers Tod als tragischer Unfall herausstellt.«

»Wovon wir leider nicht zwangsläufig ausgehen dürfen«, warf Vera ein. »Einige von uns waren heute Morgen am Fundort. Da war eine Menge Blut, infolge einer schweren Kopfverletzung. Ich habe mit Nolte gesprochen, seine Leute konnten bislang aber noch nichts Definitives zur Ursache sagen. Wir müssen also zumindest so lange in alle Richtungen ermitteln, bis wir eindeutige Hinweise auf ein Selbstverschulden gefunden haben. Das wäre für uns sicherlich einfacher, wenn der Tote nicht gerade Henning Gronemeyer heißen würde. Jetzt wird die Presse uns umso mehr belagern.«

»Das ist richtig«, stimmte Cengiz zu. »Es gibt ja auch nicht mehr viele von dieser Spezies Politiker, die so bürgernah und beliebt wie er sind.«

»Um ehrlich zu sein, ich kannte ihn überhaupt nicht«, meldete sich Lara Niehaus zu Wort. »Ich lebe jetzt seit über einem halben Jahr in dieser Stadt, aber in der Zeit habe ich seinen Namen nie bewusst wahrgenommen.«

»Interessierst dich wohl immer noch mehr dafür, was deine Fischköppe so machen«, bemerkte Kai Stahlhut und lachte schallend. Als keiner der anderen eine Miene verzog, verstummte er abrupt.

Jan ließ seinen Blick über die Gesichter im Raum gleiten. Irgendetwas war anders als früher. Die Stimmung in der Gruppe hatte sich gewandelt. Hier saßen gerade sechs Einzelkämpfer am Tisch. Von einem gemeinsamen Team, wie sie es mal gewesen waren, war nichts mehr übrig. Dazu eine Chefin, die sich von allen Kollegen, aber besonders von ihm distanziert zu haben schien.

Was war in diesen zwölf Monaten seiner Abwesenheit passiert?, fragte er sich. Lag es an Stahlhut? Hatte er die Gruppendynamik mit seiner schroffen, direkten Art aus dem Gleichgewicht gebracht? Oder war es die Neue, die diesen Egoismus, den Jan in den Blicken seiner Kollegen zu erkennen glaubte, hereingebracht hatte? Offenbar war sie aus Norddeutschland nach Bielefeld gezogen und hatte, ein halbes Jahr nachdem er gegangen war, ihren Dienst im KK 11 angetreten. Weshalb hatten die nach Stahlhut noch jemanden ins Team geholt? War sie Ersatz für ihn? Oder für Manni Opitz, der schon vor einiger Zeit in Pension gegangen war?

Mit ihrem blonden Kurzhaarschnitt, der hohen Stirn und dem markanten Kinn erinnerte Lara ihn an eine amerikanische Schauspielerin, deren Name ihm jedoch nicht einfallen wollte. Lara war groß gewachsen, ihr Körper schlank, aber fraulich. Ihm fiel es schwer, den Blick von ihr abzuwenden, bereits seit dem Moment, in dem sie den Raum betreten hatte. Und das, obwohl sie eine deutliche Unnahbarkeit ausstrahlte. Norddeutsche Kühle, ging es ihm durch den Kopf.

»Hörst du überhaupt zu, was wir hier reden?«

Jan zuckte zusammen. Cengiz lehnte sich über den Tisch. Er musterte ihn streng und gleichzeitig besorgt.

»Natürlich«, sagte Jan so überzeugend wie möglich.

»Dann ist es ja gut.« Cengiz sprach sofort weiter: »Damit kennt ihr jetzt den bisherigen Ermittlungsstand. Nun noch zur Person: Gronemeyer war zuletzt noch immer Landtagsabgeordneter und Vize-Fraktionsvorsitzender seiner Partei in Bielefeld. Nach der letzten Kommunalwahl hat er sich allerdings etwas aus der Öffentlichkeit zurückgezogen. Wahrscheinlich gekränkter Stolz, weil er im Kampf um den Job als Bürgermeister von seiner Partei nicht als Spitzenkandidat nominiert wurde.«

»In Ordnung, das müssen wir hier jetzt nicht im Detail besprechen«, sagte Vera und erhob sich ein weiteres Mal. »Falls Gronemeyers Tod kein tragischer Unfall gewesen sein sollte, müssen wir vorbereitet sein. Jan, wie eben schon gesagt, möchte ich, dass du den Fall Gronemeyer übernimmst, bis wir Klarheit haben, was passiert ist. Sprich bitte als Erstes mit der Rechtsmedizin.«

Katharina, fuhr es Jan durch den Kopf. Auf der Tournee in den vergangenen Monaten hatte er kaum noch an sie denken müssen. Aber jetzt in diesem Moment, in dem Vera die Mitarbeiterin des Rechtsmedizinischen Instituts in Münster erwähnt hatte, war sie wieder so präsent wie damals, und augenblicklich spürte er einen Kloß im Hals. Mehrfach hatten sie kurz davorgestanden, ein Paar zu werden. Oder zumindest eine Affäre miteinander zu beginnen. Aber irgendetwas war im letzten Moment immer dazwischengekommen. Mehr als zwei Jahre lang hatte sich diese Phase hingezogen, ehe am Ende wohl beiden klar gewesen war, dass sie zu lange gezögert hatten. Es hatte nicht sein sollen zwischen ihnen, obwohl die Gefühle zumindest von seiner Seite immer da gewesen waren.

»Ich werde nach Münster fahren«, sagte er nach einer Weile leise und nickte mit dem Kopf, als wolle er sich selbst Mut machen.

»Alles in Ordnung?«, fragte Bettina, die neben ihm saß, leise.

»Ja, natürlich«, flüsterte Jan. »Ich fahre nach Münster, gleich morgen früh.«

»Morgen ist Sonntag«, entgegnete Bettina.

»Ich weiß, wo ich Katharina von Allwörden antreffen kann.«

»Wie du meinst.« Bettina sah Jan leicht irritiert an und zuckte mit den Schultern.

»Gut, dann denke ich, dass wir für den Moment alles Wichtige besprochen haben«, sagte Vera und faltete die Hände. »Eine Sache habe ich aber noch: Mir ist bewusst, dass ihr in den letzten Wochen bereits an eure Grenzen gestoßen seid, trotzdem halte ich es für sinnvoll, wenn zumindest ein paar von euch auch morgen weiterarbeiten.«

Jan sah zu Bettina hinüber und konnte sich ein Grinsen nicht verkneifen.

»Jan, vielleicht kannst du …?«

»Schon okay, ich kümmere mich um Gronemeyer.«

»In Ordnung, danke. Alle anderen wissen, was zu tun ist. Oberste Priorität hat weiterhin, dass wir herausfinden müssen, was diese beiden Frauen miteinander verbunden hat.« Vera nahm ihre Unterlagen vom Tisch und nickte in die Runde. Während sie sich schon abwandte, klang ihre Stimme noch einmal durch den Raum. »Jan, kommst du bitte noch in mein Büro?«

Zwei Minuten später nahm er vor ihrem Schreibtisch Platz und wartete darauf, dass Vera eine E-Mail, die sie offenbar für noch wichtiger als ihr Gespräch hielt, zu Ende gelesen hatte.

Jan beobachtete seine Chefin. Sie war zwei Jahre älter als er. Es hatte Zeiten gegeben, da hatte er sie attraktiv gefunden. Sie war gut gekleidet gewesen, hatte auf ihr Äußeres immer großen Wert gelegt. Davon war nur noch wenig übrig. Sie machte auf ihn den Eindruck, als wäre ihr all das nicht mehr wichtig. Ihre Gesichtszüge wirkten härter als früher. Was nicht nur daran lag, dass sie vollkommen ungeschminkt war. Jan erinnerte sich daran, dass Vera manchmal nachgesagt worden war, sie sei etwas zu weich. Er überlegte, ob sie sich bewusst von ihrem alten Image getrennt hatte.

»Ich bin ein wenig irritiert«, durchbrach er nach einer Weile die Stille.

Vera blickte hoch und sah ihn fragend an.

»Als ich vor etwas mehr als zwölf Monaten hier gesessen und dir von meinen Plänen mit den ›Underdogs‹ erzählt habe, waren wir Freunde. Sogar ganz gute Freunde. Du warst die beste Chefin, die ich mir vorstellen konnte. Würdest du mir bitte verraten, was seitdem passiert ist? Warum ich hier sitze und das Gefühl habe, als würdest du erzieherische Maßnahmen an mir durchführen?«

»Du hast völlig recht, ich bin dir eine Erklärung schuldig«, antwortete sie, während sie wieder auf ihren Monitor starrte. »Die ganze Situation ist nämlich schwieriger, als du dir vorstellst.«

»Ich bin gespannt.«

»Du erinnerst dich, dass ich es war, die deine Freistellung überhaupt erst ermöglicht hat?«

»Natürlich, dafür war ich dir sehr dankbar. Als Dankeschön habe ich dich sogar zum Essen eingeladen.«

»Ich erinnere mich«, antwortete Vera nüchtern. »Damals habe ich mir nicht viel dabei gedacht, dich freizustellen. Ich war glücklich darüber, dass du den Fall in diesem lippischen Dorf aufgeklärt hattest. Da wollte ich dir nicht im Weg stehen, wenn du dir deinen Traum erfüllst. Aber einen Tag nachdem du weg warst, kam Stefan Vlothoerbäumer in mein Büro. Er hat mir ziemlich deutlich zu verstehen gegeben, dass er es nicht dulde, wenn ich solche Personalentscheidungen träfe, ohne mich mit ihm abzustimmen.«

»Du bist die Leiterin der Mordkommission, weshalb solltest du das nicht allein entscheiden dürfen?«

»Es ging ihm nicht darum, dass ich es dir erlaubt habe, ein Sabbatjahr zu nehmen. Er hatte ein Problem mit dem Grund für deine Auszeit.«

»Wie bitte?«

»Die Fernsehsendung und die anschließende Tournee«, antwortete Vera. »Es störte ihn, dass ein Kriminalbeamter öffentlich so auftritt.«

»Was soll das heißen, ›so auftritt‹?«

»Ich weiß es nicht genau, es ging ihm einfach gegen den Strich. Ich vermute allerdings, dass mehr dahintersteckt.«

»Was meinst du?«

»Obwohl wir damals einige Erfolge zu verzeichnen hatten, war Vlothoerbäumer nicht ganz unumstritten. Seine Differenzen als Leiter unserer Kriminalinspektion mit der Polizeipräsidentin sind in den letzten Jahren immer größer geworden. Ich kann mir vorstellen, dass ihm dein Abstecher ins Fernsehen Sorgen bereitet hat. Dass das Ganze vielleicht auf ihn zurückfällt.«

»Habe ich uns denn so blamiert?«

»Keine Ahnung, ich habe es mir nicht angesehen«, antwortete Vera kühl.

Jan nahm ihre Reaktion zur Kenntnis und erinnerte sich an Cengiz' Worte vorhin, dass niemand im Team Wert darauf lege, etwas von seiner Zeit auf Tournee zu erfahren.

»In den letzten Wochen ist die Situation für Vlothoerbäumer dann noch schwieriger geworden. Dass wir noch keine richtigen Fortschritte im Fall der getöteten Frauen gemacht haben, setzt ihm zu. In solchen Phasen kommen natürlich die alten Sachen wieder hoch. Er wirft mir vor, dass ich dich habe gehen lassen. Er steht massiv unter Druck, und du weißt, verwundete Tiere sind die gefährlichsten.«

»Aber was hat das jetzt mit uns beiden zu tun?«, fragte Jan kopfschüttelnd.

»Ich weiß, es klingt seltsam für dich, aber ich muss Vlothoerbäumer zeigen, dass ich in der Lage bin, durchzugreifen und die Sache wieder geradezubiegen.«

»Das klingt nicht nur seltsam, ich finde es ehrlich gesagt vollkommen daneben.« Jan war wütend. »Du willst ernsthaft unsere Freundschaft aufs Spiel setzen, um Vlothoerbäumer milde zu stimmen? Das ist also der Grund, warum du mit mir so umspringst?«

»Deshalb sitzen wir hier«, antwortete Vera. »Ich will, dass du weißt, dass sich für mich nichts verändert hat. Ich schätze dich sehr und mag dich als Kollegen und als Freund. Trotzdem ist es für mich und auch für uns alle wichtig, Vlothoerbäumer glauben zu lassen, dass ich seine Kritik angenommen habe.«

»Und dieses schlechte Schauspiel soll ohne das Wissen der anderen stattfinden? Oder sind Cengiz und Bettina eingeweiht?«

»Nein.«

»Nach dem, was ich vorhin gehört habe, haben wir wirklich Wichtigeres zu tun, als uns mit solchen Machtspielchen aufzuhalten«, sagte Jan eindringlich. »Ich werde da nicht mitmachen.«

»Du musst«, sagte Vera. »Andernfalls …« Sie sprach den Satz nicht zu Ende, aber Jan wusste genau, worauf sie hinauswollte.

»Du lässt mir also keine Wahl?«

»Nein, in dieser Angelegenheit nicht. Tut mir leid, Jan. Ich hoffe, du hast verstanden, dass das nichts mit uns beiden zu tun hat.«

»Ich weiß nicht«, sagte Jan. »Ich habe kein gutes Gefühl dabei. Wie man es auch dreht, bin ich dabei der Verlierer. Ich habe gerne auf der Bühne gestanden im letzten Jahr, aber ein guter Schauspieler war ich noch nie.«

»Du wirst auch in Zukunft deiner Arbeit nachgehen können, ohne dass dir jemand unangenehme Fragen stellt«, sagte Vera. »Vertrau mir einfach, wir müssen dafür sorgen, dass wir gute Ergebnisse liefern, die Lorbeeren wird dieses Mal aber einzig und allein Vlothoerbäumer ernten wollen.«

»So habe ich mir meine Rückkehr nicht vorgestellt.« Jan holte tief Luft und kratzte sich am Kopf. »Ich werde jetzt erst einmal nach Hause fahren und weiter meine Sachen auspacken. Morgen früh fahre ich dann nach Münster und spreche mit Katharina von Allwörden. Über das, was ich hier heute Abend erfahren habe, werde ich mir meine Gedanken machen. Hier scheint sich in meiner Abwesenheit doch so einiges verändert zu haben. Und leider nicht gerade zum Positiven.«

Er nickte Vera zu, stand auf und verließ ihr Büro, ohne sich noch einmal umzusehen. Eigentlich hatte er gehofft, dass sie noch etwas erwiderte. Ihm vielleicht das Gefühl gab, dass die Stimmung unter den Kollegen doch besser war, als er sie einschätzte. Aber dem war nicht so. Sie war schweigend hinter ihrem Schreibtisch sitzen geblieben. Wahrscheinlich, weil sie nicht zugeben wollte, dass er recht hatte.

Auf dem Gang traf Jan auf Lara Niehaus, die gerade aus ihrem Büro kam und sich ihre Jacke überwarf. Wieder blieb sein Blick länger an ihr hängen, als es angebracht gewesen wäre.

»Schon gut eingelebt?«, fragte er steif.

»Um ehrlich zu sein, nein«, antwortete sie sehr direkt. »Ich hätte es mir leichter vorgestellt.«

»Darf ich fragen, woran es liegt?«

»Keine Ahnung, aber ich würde lügen, wenn ich sage, dass ich hier in Ostwestfalen schon angekommen bin.«

»Wir sind schon ein spezielles Völkchen«, sagte Jan und versuchte, mit einem Augenzwinkern das Eis zwischen ihnen zu brechen. Doch Lara Niehaus ging nicht darauf ein.

»Vielleicht seid ihr Norddeutschen gar nicht so viel anders als wir«, schob er hinterher.

»Hamburg ist die weltoffenste Stadt, die ich kenne.«

»Welche anderen Städte kennst du denn noch?«, fragte Jan.

»Muss ich mich jetzt etwa rechtfertigen?«

»Nein, aber ich würde dir gerne helfen, hier anzukommen. Da hilft es allerdings, wenn du keine Vorurteile hast. Es braucht eben seine Zeit, bis man versteht, wie wir ticken. Wenn das dann jedoch der Fall ist, wirst du dich hier genauso wohlfühlen wie an der Waterkant. Wir sind nämlich aufgeschlossener, als du denkst.«

»Da bin ich skeptisch.«

»Es liegt an dir«, sagte Jan. »Hast du heute Abend schon was vor? Falls nicht, zeige ich dir, dass wir Ostwestfalen zwar eigenwillig, aber eigentlich auch ganz liebenswürdig sind.«

»Danke für das Angebot, aber ich fahre heute Abend noch nach Hamburg. Montagmorgen bin ich wieder zurück.«

»Dein Freund?«

»Du bist ganz schön neugierig«, antwortete sie. »Aber wenn du es unbedingt wissen willst, ja, mein Freund lebt in Hamburg.«

»Weshalb hast du dich auf die Stelle hier beworben?«

»Ich glaube, so weit sind wir noch nicht, dass ich mit dir darüber reden möchte.« Sie blickte auf ihre Armbanduhr. »Wir kennen uns jetzt seit genau einer Stunde und vierzehn Minuten. Warten wir mit solchen Gesprächen einfach noch ein wenig.«

»Ich bin nun mal auch sehr weltoffen und kontaktfreudig«, stichelte Jan. »Aber wie du meinst. Du weißt ja, wo du mich findest.« Er lächelte und hob die Hand zum Abschied. »Wir sehen uns dann am Montag.«

Während er in Richtung Treppenhaus ging, war sich Jan sicher, dass sie hinter ihm hersah. Er selbst jedenfalls hätte das bei ihr getan. Schmunzelnd lief er in Richtung seines Wagens. Irgendetwas faszinierte ihn an ihr.

Der Ärger darüber, wie der Tag verlaufen war, war plötzlich wie weggeblasen. Selbst der Gedanke daran, morgen früh auf Katharina von Allwörden zu treffen, hinderte ihn nicht daran, die Musik in seinem Mini voll aufzudrehen und pfeifend zurück nach Herford zu fahren.

Genickbruch

Er war erst ein einziges Mal im Münsteraner Stadtteil Gievenbeck gewesen. Und das lag mittlerweile mehr als zwei Jahre zurück.

Damals war er so nervös gewesen, dass er minutenlang starr vor der Haustür gewartet hatte, ohne auf den Klingelknopf zu drücken. Als er schließlich ihre Schritte hinter der Tür gehört hatte, war er zurückgewichen. Hatte sich, hoffentlich ohne dass sie etwas gemerkt hatte, von dem Haus entfernt, in dem sie lebte.

Es war die Zeit gewesen, in der er und Katharina sich immer nähergekommen waren. Es hätte etwas Ernstes zwischen ihnen werden können. Wenn er nicht … was denn eigentlich? Wenn er nicht so zögerlich gewesen wäre? Bisweilen unzuverlässig? So kompliziert? Unerfahren? Wenn er mit ihrer direkten Art souveräner umgegangen wäre?

Wahrscheinlich war es eine Mischung aus allem, was dazu geführt hatte, dass sie sich schließlich sogar aus den Augen verloren.

Heute war Jan allerdings aus einem ganz anderen Grund hier. Das, was zwischen ihnen gewesen war, spielte keine Rolle mehr. Es war einzig und allein das Berufliche, das sie miteinander verband.

Er hätte mit der Frage, was sie über die Todesumstände von Henning Gronemeyer bislang herausgefunden hatte, bis morgen früh warten können. Dann hätte er sie im Rechtsmedizinischen Institut in ihrem eng anliegenden weißen Kittel angetroffen. Sie hätte ihm wieder eine Leiche gezeigt oder an Uwe, ihrer Versuchspuppe aus Kunstharz und Silikon, herumgespielt. Nur um ihn zu provozieren.

Doch darauf hatte er keine Lust. Denn jedes Mal, wenn sie damals mit ihm wie mit einem kleinen Jungen umgegangen war, hatte er sich anschließend schlecht gefühlt. Nach dieser langen Zeit wollte er sie lieber nicht an ihrem Arbeitsplatz treffen, sondern dort, wo sie vielleicht in Ruhe und auf Augenhöhe reden konnten.

Als sich die Tür öffnete und er einem Mann um die vierzig mit durchtrainiertem Körper in die Augen sah, war Jan einen Moment vollkommen perplex. Der Kerl war das komplette Gegenteil von ihm selbst. Nicht dass Jan völlig unsportlich aussah, aber er war eher schlank und nicht unbedingt muskulös. Mit seinem blass-rötlichen Teint war er zudem eher der skandinavische Typ. Der Mann vor ihm hätte auch als Süditaliener durchgehen können. Jan brauchte einige Sekunden, bis er sich gesammelt hatte.

»Ist Katharina zu Hause?«, fragte er schließlich.

»Wer möchte das wissen?«

»Jan Oldinghaus, Kripo Bielefeld.«

An dem leichten Zucken im Gesicht des Mannes erkannte Jan, dass ihm sein Name offenbar bekannt war. Erfreut schien er nicht zu sein.

»Es ist Sonntagmorgen«, sagte er mit zusammengekniffenen Lippen, »das ist nicht unbedingt ein guter Zeitpunkt für ein berufliches Gespräch zwischen Ihnen und Katharina.«

»Für das, was ich mit ihr zu besprechen habe, gibt es keinen guten Zeitpunkt«, entgegnete Jan unbeeindruckt. »Darf ich auch fragen, wer Sie sind?«

»Dürfen Sie, aber das wird Ihnen Katharina gleich erklären. Ich werde ihr Bescheid geben, dass Sie mit ihr sprechen möchten.«

»Danke.«

Jan musste nicht lange warten, bis Katharina in der Tür erschien.

»Schön, dich wiederzusehen«, sagte sie zur Begrüßung und zeigte dabei ein aufgesetztes Lächeln. »Ist 'ne Weile her. Ich hätte mich gefreut, wenn du dich angekündigt hättest.«

»Bist du mit ihm zusammen?«, fragte Jan, ohne auf ihre Bemerkung einzugehen.

»Wie bitte?«

»Oder willst du mir erzählen, dass das dein Bruder ist?«

»Ich wüsste ehrlich gesagt nicht, was dich das angeht. Wärst du damals nicht einfach abgehauen, hätte das mit uns beiden ganz anders aussehen können.«

»Du weißt, dass das nicht stimmt.« Jan winkte ab. »Es hat mit uns einfach nicht funktioniert.«

»Weshalb bist du hier?«

»Kannst du dir doch sicher denken. Du hast im Institut immerhin einen der bekanntesten Politiker Bielefelds auf dem Tisch liegen.«

»Und deshalb besuchst du mich sonntagmorgens in meinem Haus, ohne vorher anzurufen?«

»Wir stehen unter Druck«, antwortete Jan. »Die Morde an den Frauen in den letzten Wochen und jetzt auch noch Henning Gronemeyer. Es zählt jeder Tag.«

»Ich habe Gronemeyer gestern am späten Nachmittag auf den Tisch bekommen. Glaubst du etwa, ich hätte meine Obduktion schon abgeschlossen?«

»Ja, das glaube ich«, antwortete Jan. »Wenn jemand schon nach wenigen Minuten einschätzen kann, was passiert ist, dann du.«

Sie sah ihm tief in die Augen. Mehrere Sekunden lang. Schließlich nickte sie. »Du hast recht. Dann klären wir es jetzt, damit du nicht noch einmal herkommen brauchst.« Plötzlich klang sie eingeschnappt.

»Ich komme gerne hierher. Weil ich dich mag. Aber wir brauchen uns doch nichts vorzumachen –«

»Weshalb?«, fiel sie ihm beinahe aufgebracht ins Wort. »Weil ich dir zu anstrengend bin? Zu fordernd? Weil ich die Dinge beim Namen nenne, über die andere schweigen?«

»Wer ist dieser Typ da drin?«, fragte Jan unbeirrt.

»Ich schlafe mit ihm, falls du das wissen willst. Aber er ist nicht das, was du denkst.«

»Ehrlich gesagt ist es genau das, was ich denke.« Jan atmete tief durch. Dass ihn Katharinas Worte verletzten, versuchte er sich nicht anmerken zu lassen. Aber er spürte, dass ihm das mehr schlecht als recht gelang.

»Reden wir jetzt über Gronemeyer«, wechselte er wieder das Thema. »Was hast du nun gestern schon herausgefunden? Was wir am dringendsten wissen müssen, ist, ob sein Tod ein Unfall gewesen ist oder Fremdverschulden vorliegen könnte.«

»Es ist zwar nicht meine Art, zwischen Tür und Angel über solche Dinge zu sprechen, aber wenn es denn so wichtig ist, werde ich dir meine vorläufigen Ergebnisse nicht vorenthalten.«

»Danke.«

»Dafür nicht.« Für einen kurzen Moment huschte ein Lächeln über ihre Lippen.

»Meines Erachtens ist die Wahrscheinlichkeit, dass Gronemeyer durch den Eingriff einer weiteren Person zu Tode gekommen ist, nicht nur gering, sondern im Grunde ausgeschlossen. Die Wunde an seinem Kopf lässt sich zweifellos auf einen Sturz gegen eine Steinmauer zurückführen. Infolgedessen hat er sich dann den Zahn des zweiten Halswirbels gebrochen. Einfacher gesagt, Genickbruch.«

»Das klingt aber so, als ob Fremdeinwirkung theoretisch doch im Bereich des Möglichen liegt«, sagte Jan nach einigen Sekunden des Schweigens, die er gebraucht hatte, um ihre Worte zu verarbeiten.

»Ich weiß, worauf du hinauswillst. Aber ich muss dich leider enttäuschen: Ich kann nur aus Sicht der Rechtsmedizin sprechen, und da ist die Lage eindeutig. Gronemeyer ist wahrscheinlich gestolpert und gegen diese Steinmauer geknallt. Vielleicht solltest du allerdings auch noch einmal mit Nolte und seinen Leuten reden. Es ist zumindest ungewöhnlich, dass jemand einfach stolpert und es zu einem solchen Aufprall kommt.«

Jan nickte. Das Gespräch mit der Spurensicherung stand ganz oben auf seiner Liste.

»Ich denke, dass wir dann hier fertig sind«, sagte Katharina. »Ich habe mich wirklich gefreut, dich wiederzusehen. Aber du solltest jetzt besser gehen.« Tonfall und Mimik waren dabei unmissverständlich. »Falls wir noch weitere Ergebnisse haben, melde ich mich ganz sicher bei dir.«

Jan zögerte. »Irgendwie bin ich mit deiner Erklärung nicht zufrieden«, setzte er noch einmal an, »aber immerhin weiß ich jetzt, woran ich bin.«

»Was meinst du damit?«

»Gronemeyers Tod natürlich, was denn sonst?«

Katharina lächelte. Für den Bruchteil einer Sekunde glaubte Jan, auch in ihrem Blick Enttäuschung zu lesen.

»Mach's gut«, sagte er und hob die Hand zur Verabschiedung. »Wir sehen uns bestimmt irgendwann wieder. Lässt sich bei unseren Jobs wohl nicht vermeiden. Und sag deinem Freund, dass es mir leid für ihn tut.«

»Was tut dir leid?«

»Du weißt schon, was ich meine.« Jan wandte sich ab und ging den kleinen Weg von ihrem Reihenhaus zurück zur Straße, wo er seinen Mini geparkt hatte.

Im letzten Moment, bevor er um die Ecke bog, sah er sich noch einmal über die Schulter um. Insgeheim hatte er gehofft, sie würde doch noch einen sehnsüchtigen Blick hinter ihm herwerfen. Aber stattdessen hatte sie die Tür bereits hinter sich zugezogen und war wieder in ihrem Haus verschwunden.

***

Auf Höhe des Bielefelder Bergs klingelte Jans Handy. Auf dem Display erkannte er, dass es Cengiz war. Jan drosselte sein

Tempo, um nicht geblitzt zu werden, und nahm das Gespräch an.

»Kannst du reden?«, kam Cengiz sofort zur Sache.

»Ich habe keine Freisprechanlage im Auto und fahre gerade an den Blitzern am Bielefelder Berg vorbei.«

»So schnell wirst du schon nicht sein. Mit deiner Karre schaffst du doch gerade mal die Richtgeschwindigkeit.«

»Sehr witzig, was ist denn los?«

»Nimm die nächste Ausfahrt und komm so schnell wie möglich ins Präsidium. Es gibt Neuigkeiten bezüglich Gronemeyer.«

»Ich komme gerade aus Münster«, sagte Jan. »Der Fall Gronemeyer wird wohl gar kein Fall für uns werden. Laut Katharina von Allwörden gibt es keinerlei Hinweise auf ein Fremdverschulden. Die Wunde an Gronemeyers Kopf resultiert aus einem Sturz und dem anschließenden Aufprall gegen eine Steinmauer. Gestorben ist er wahrscheinlich an einem Genickbruch.«

»Durchaus vorstellbar, so wie er da gestern gelegen hat«, entgegnete Cengiz nüchtern. »Nolte erwähnte auch so etwas.«

»Also brauche ich nicht zu kommen?«

»Doch, auf jeden Fall.« Cengiz klang unmissverständlich. »Ich befürchte, wir haben wieder einen langen Tag vor uns. Also bis gleich.«

Jan seufzte laut und legte sein Handy zurück in die Mittelkonsole. Im letzten Moment erkannte er die Ausfahrt Bielefeld-Ost. Er stieg auf die Bremse und fuhr von der A 2 ab.

Die kurze Hoffnung auf eine weniger stressige Rückkehr zur Kripo, die er nach dem Besuch bei Katharina verspürt hatte, verflog, je näher er der Stadtmitte kam. Was auch immer Cengiz für Neuigkeiten zu berichten hatte, es konnte nur bedeuten, dass der Fall Gronemeyer sich wohl doch nicht ganz so einfach darstellte, wie er eben noch geglaubt hatte.

Wieder klingelte sein Handy. Die angezeigte Handynummer kannte er nicht. Aber er war dienstlich unterwegs, und so meldete er sich schließlich doch.

»Das, was zwischen uns schiefgelaufen ist, lässt sich tatsächlich nicht mehr ändern«, redete Katharina ohne Umschweife drauflos. »Aber eine Sache möchte ich klarstellen: David ist nicht mein Freund.«

»Und deswegen rufst du noch mal an?«

»Ja.«

»Ob du es glaubst oder nicht, es ist mir echt egal, mit wem du ins Bett steigst«, sagte Jan. Noch während er die Worte aussprach, merkte er, dass sie nicht der Wahrheit entsprachen. »Du hast mir damals selbst gesagt, dass das mit den Männern schon immer so gelaufen ist. Vielleicht hätte ich mich diesmal sogar für dich gefreut, wenn es etwas Ernstes gewesen wäre.«

»Tut mir leid, Jan, aber du liegst völlig falsch«, sagte Katharina und klang dabei fast so, als müsse sie ein Lachen unterdrücken.

»Was soll das?«, fragte Jan verunsichert.

»David ist nicht nur mein Freund«, wiederholte sie, »falls du verstehst, was ich meine?«

»Ich weiß nicht …«

»David und ich sind seit drei Monaten verlobt, wir werden im nächsten Frühjahr heiraten«, erklärte sie. »So, jetzt ist es raus. Ich wollte, dass du es weißt, bevor du es auf anderem Wege erfährst. Vorhin war irgendwie nicht der richtige Zeitpunkt dafür.«

Jan atmete tief durch. Sein Unterleib schmerzte, als hätte ihm jemand einen Schlag in den Bauch verpasst.

»Bist du noch dran?«

Jan nahm das Handy vom Ohr. Er überlegte, was er antworten sollte, während er auf der Bundesstraße weiter Richtung Präsidium fuhr. Von Weitem erkannte er bereits die Sparrenburg.

Seine Gedanken glitten ab. Gegenüber, auf der anderen Seite

der Stadt, am Johannisberg, war Henning Gronemeyer vor nicht einmal zwei Tagen ums Leben gekommen. Er war plötzlich gespannt, ob Cengiz inzwischen Näheres über das wusste, was in der Nacht von Freitag auf Samstag dort vorgefallen war.

»Jan? Sag doch was.«

Er sagte nichts. Und legte auf.

»Sind wir allein?«, fragte Jan überrascht.

»Lara kommt noch.«

»Lara? Ist die nicht in Hamburg?«

»Wurde von Vera zurückgepfiffen.«

Jan schüttelte den Kopf, doch wirklich wundern tat er sich nach gestern nicht mehr.

»Was ist mit den anderen?«, fragte er.

»Vera weiß Bescheid, dass wir uns treffen. Ansonsten reicht es, wenn nur wir uns an dieser Stelle austauschen.«

»An dieser Stelle austauschen? Was ist eigentlich mit dir los, Cengiz?«

»Was meinst du?«

»Du klingst gerade wie Vlothoerbäumer oder Vera neuerdings. Als müsstest du hier den Ton angeben.«

»Schon mal darüber nachgedacht, dass ich hier mittlerweile tatsächlich den Ton angebe?«

Jan wollte einen flapsigen Spruch bringen, merkte im letzten Moment jedoch, dass sein Kollege es ernst meinte. Ganz offenbar hatte Cengiz, mit dem er jahrelang Seite an Seite gearbeitet hatte, sein Sabbatjahr genutzt, um sich in der Hierarchie nach oben zu arbeiten. Jan hatte keine Zweifel, dass Cengiz diese leitende Rolle ausfüllen konnte. Die Vorstellung, fortan auf die Anweisungen seines Kollegen hören zu sollen, fiel ihm allerdings schwer.

Lara Niehaus betrat den Raum und setzte sich, ohne ein Wort zu sagen oder eine Miene zu verziehen, ihm gegenüber neben Cengiz an den großen Besprechungstisch.

»Dann können wir ja anfangen«, sagte Cengiz. »Jan war heute Morgen bereits in Münster und hat uns Neuigkeiten mitgebracht. Vorher würde ich euch aber gerne noch zwei andere Dinge berichten, die wir erfahren haben.« Er nippte an seinem Kaffeebecher und blätterte mit der rechten Hand in seinen Unterlagen, die auf dem Tisch lagen.

»Fangen wir damit an, was wir mittlerweile über Freitagabend wissen. Bettina und ich haben uns gestern Abend im Restaurant des Hotels am Johannisberg ein wenig umgehört. Wir haben mit dem Geschäftsführer und auch einigen Angestellten gesprochen.«

»Nicht dass mich das stören würde, aber warum kümmert ihr euch darum?«, warf Jan ein. »Vera hat doch ziemlich eindeutig bestimmt, dass Gronemeyer mein Fall ist.«

»Diese Gespräche mussten gestern geführt werden«, antwortete Cengiz ungerührt. »Einen Tag Schonfrist hattest du noch. Sei also froh.«

»Vielen Dank.« Jan hob entschuldigend die Hände.

»Wir haben wenig aus den Angestellten herausbekommen«, fuhr Cengiz fort, »doch eine Mitarbeiterin war dabei, die sich sehr genau an Henning Gronemeyer erinnern konnte. Sie berichtete, dass er gegen zwanzig Uhr das Restaurant betreten habe. Bevor ihr fragt, warum sie sich so genau erinnern kann: Sie hat sich wohl kurz mit Gronemeyer unterhalten, weil er nach einem für diese Uhrzeit reservierten Tisch fragte und sie ihn erkannt hat.«

»Hat er den Tisch selbst reserviert?«, fragte Lara Niehaus.

»Leider ja«, antwortete Cengiz. »Ansonsten hätten wir jetzt einen Namen, der uns sicherlich weiterhelfen könnte, herauszufinden, was an diesem Abend passiert ist.«

»Was soll denn passiert sein?«, fragte Jan. »Wie ich dir am Telefon vorhin schon sagte, geht die Rechtsmedizin davon aus, dass Gronemeyer ohne Fremdeinwirkung gestürzt ist und sich so die tödliche Verletzung zugezogen hat.«

»Was später am Abend oder in der Nacht am Hang des Johannisbergs passiert ist, besprechen wir gleich«, sagte Cengiz. »Jetzt geht es erst einmal um das Treffen von Gronemeyer mit einer uns noch unbekannten Person im Restaurant des Hotels. Denn hier ist es offenbar gegen einundzwanzig Uhr zu einem lautstarken Streit der beiden Männer gekommen. Leider kann sich unsere Zeugin nicht mehr so richtig an die andere Person erinnern. Wir haben sie für morgen früh einbestellt, damit sie uns den Mann noch einmal beschreibt.«

»Die beiden haben sich also um zwanzig Uhr getroffen«, sagte Lara Niehaus. »Und der Streit war gegen einundzwanzig Uhr. Was wissen wir denn eigentlich inzwischen über den genauen Todeszeitpunkt? Soviel ich weiß, hat das Restaurant bis dreiundzwanzig Uhr geöffnet. Ich denke mal, der Todeszeitpunkt dürfte nach Schließung des Restaurants liegen. Immerhin hat man von dort einen guten Blick auf den Johannisberg, und es wäre vielleicht jemandem aufgefallen, dass da etwas passiert.«

»Absolut richtig«, sagte Cengiz kopfnickend. Sein Blick schwenkte in Richtung Jan.

»Tut mir leid, darüber habe ich mit Katharina von Allwörden nicht gesprochen.«

»Du bist heute Morgen nach Münster gefahren und fragst nicht nach dem Todeszeitpunkt?«

»Es ist Sonntag«, sagte Jan genervt. »Wir haben uns nicht im Institut getroffen, sondern bei ihr zu Hause. Und es gab auch noch ein paar andere Themen zu besprechen als nur den Tod von Gronemeyer.«

»Das kann ich mir denken.« Cengiz seufzte deutlich hörbar. »Zum Glück hat Katharina von Allwörden gestern Abend schon einen ersten Hinweis darauf gegeben. Sie sagte, dass sie den Todeszeitpunkt vorläufig auf eine Zeit zwischen Mitternacht und fünf Uhr morgens eingrenzen würde.«

»Bleibt die Frage, was Gronemeyer zwischen seinem Treffen am Abend und dem Zeitpunkt seines Todes gemacht hat«, warf Lara ein.

»Laut der Servicekraft, die sich um den Tisch der beiden gekümmert hat, haben sie um Viertel nach zehn bezahlt. Getrennt, jeder in bar. Anschließend sind sie noch zehn Minuten sitzen geblieben, bevor sie das Restaurant verlassen haben.«

»Es fehlen also mindestens zwei Stunden«, sagte Jan. »Hätte Gronemeyer an diesem Abend im angrenzenden Hotel genächtigt?«

»Nein«, antwortete Cengiz. »Das habe ich schon prüfen lassen. Was wir jedoch wissen, ist, dass Gronemeyer noch bis kurz nach elf an der Bar gesessen und mehrere Gin Tonic getrunken hat. Er muss zum Zeitpunkt seines Todes also einen nicht unbeträchtlichen Blutalkoholwert gehabt haben. Sicherlich hat dir das Dr. von Allwörden bestätigt?«

Jan sah Cengiz einige Sekunden lang konsterniert an. Sein Kollege nahm ihn gerade nach und nach auseinander. Vor den Augen der neuen Kollegin. Und das Schlimmste an der Situation war, dass er recht hatte. Statt sich auf ermittlungstechnische Fragen zu konzentrieren, hatte sich sein Gespräch mit Katharina größtenteils um Privatangelegenheiten gedreht.

»Wir werden es prüfen«, sagte Cengiz und verzog sein Gesicht zu einer genervten Grimasse. Er machte keinen Hehl daraus, was er von Jans Besuch in Münster hielt.

»Und unsere Zeugin hat keinerlei Ahnung, worum es in dem Streit ging?«, hakte Lara nach.

»Nein, leider überhaupt nicht«, antwortete Cengiz. »Sie sagte mir lediglich, dass das Gespräch anfangs einen sehr vertraulichen Eindruck machte, doch irgendwann wäre die Stimmung gekippt und die beiden hätten sich lautstark gegenseitig Vorwürfe gemacht und schließlich sogar beschimpft.«

Cengiz kratzte sich nachdenklich am Kopf. »Diese unbekannte Person ist unser Schlüssel«, fuhr er fort. »Selbst wenn es so sein sollte, dass Gronemeyers Tod ein tragischer Unfall gewesen ist, müssen wir den Abend rekonstruieren. Vor allem, damit wir bei der anstehenden Pressekonferenz genügend Futter haben.«

»Was ist die zweite Sache, die du uns erzählen willst?«, fragte

Jan beinahe fahrig. Er hatte es mittlerweile eilig, hier rauszukommen.

»Etwas, das möglicherweise keine weitere Bedeutung hat, aber dennoch erwähnenswert ist«, antwortete Cengiz zögerlich. »Wie ihr wisst, haben wir gestern schon versucht, Gronemeyers Frau Constanze ausfindig zu machen und sie in Kenntnis zu setzen. Allerdings erreichen wir sie auch heute weder auf dem Festnetz noch auf ihrem Handy. Bei ihr zu Hause haben es bereits mehrere Streifenwagen versucht. Ohne Erfolg. Niemand öffnet die Tür. Da wir bislang keinen Hinweis darauf haben, dass Gronemeyer durch Fremdeinwirkung ums Leben gekommen ist, wird es wahrscheinlich nicht ganz einfach werden, einen richterlichen Beschluss für eine Hausdurchsuchung zu bekommen. Wir sollten es aber in jedem Fall versuchen. Dass wir momentan nicht wissen, wo sie sich aufhält, könnte uns dabei helfen.«

»Haben wir irgendwelche Informationen über die beiden?«, fragte Lara.

»Was meinst du?«

»Zum Beispiel, wie es um ihre Ehe steht. Vielleicht sind die beiden nur noch auf dem Papier verheiratet?«

»Wäre mir neu, aber natürlich hast du recht, bislang wissen wir viel zu wenig.«

»Ich verstehe ja, dass wir Gronemeyers Tod lückenlos aufklären müssen«, sagte Jan nach einigen Sekunden des Schweigens. »Aber die wahrscheinlichste Erklärung ist doch, dass er sich nach seinem Streit mit dieser unbekannten Person an der Bar betrunken hat. Und damit hätten wir dann auch die Erklärung für seinen Sturz.«

»So einfach wird das nicht werden, Jan«, sagte Cengiz ernst. »Ehrlich gesagt bin ich etwas verwundert, dass du so denkst. Wir haben in zwanzig Minuten eine Pressekonferenz, wo wir erste Erkenntnisse vorlegen müssen. Henning Gronemeyer war nun mal einer der bekanntesten Politiker der Stadt. Eine geschätzte Persönlichkeit. Jemand, den die Bielefelder bei der letzten Kommunalwahl wohl gewählt hätten, wenn er nicht den parteiinternen Machtkampf gegen den amtierenden Bürgermeister verloren hätte. Da draußen sitzen gleich bestimmt zwei Dutzend Medienvertreter, die äußerst unangenehme Fragen stellen werden. Und ich glaube kaum, dass wir einfach so da rausgehen und erklären können, dass Gronemeyer sich an der Bar hat volllaufen lassen, um dann auf dem Weg nach Hause zu stolpern, gegen eine Mauer zu fallen und sich tödliche Verletzungen zuzuziehen. Und je länger ich selbst darüber nachdenke, desto mehr Zweifel bekomme ich an dieser Geschichte.«

»Diese Frauenmorde scheinen euch ganz schön zugesetzt zu haben.« Jan schüttelte den Kopf. »Wollen wir uns allen Ernstes von den Medien diktieren lassen, in welche Richtung wir ermitteln?«

»Du warst ein Jahr lang nicht hier«, entgegnete Cengiz. »Es hat sich tatsächlich vieles verändert. Wir mussten uns zwar schon immer gegenüber der Öffentlichkeit rechtfertigen, aber das Ganze hat mittlerweile Dimensionen angenommen, die uns in unserer alltäglichen Arbeit massiv behindern. Vor allem die beiden Frauenmorde haben die Stimmung gegen uns aufgeheizt. Aber tatsächlich sind es gar nicht nur die Medien, die uns Probleme bereiten. Da draußen formieren sich die Leute und laufen bei der erstbesten Gelegenheit Sturm. Das sind keine Einzelfälle mehr, sondern die breite Masse.« Cengiz sprach ruhig, aber eindringlich.

»Und wenn diese Leute dann noch spitzkriegen, dass ausgerechnet ich der leitende Ermittler bin, gibt es genau zwei Reaktionen. Entweder ich bin der Vorzeigetürke, dann passt das natürlich nicht zu deren Vorurteilen, was es auch nicht einfacher für mich macht, oder aber ich bin der Türke, der lieber seinen Landsmännern hilft und es auf die Deutschen abgesehen hat. Darum haben Vera und ich entschieden, dass ich bei den Pressekonferenzen vorerst nicht mehr dabei bin.«

»Du kuschst ernsthaft?«

»Nenn es, wie du willst«, antwortete Cengiz. »Für unsere Außenkommunikation ist es im Moment sicherlich das Beste.«

»Wenn ihr meint«, sagte Jan. »Vera ist erfahren genug, die wird die Meute schon im Griff haben.«

»Veras Idee ist eine andere«, entgegnete Cengiz vielsagend. »Sie möchte auf jeden Fall dabei sein, aber –«

»Das ist nicht euer Ernst«, fuhr Jan dazwischen. Er sprang von seinem Stuhl auf und lehnte sich über den Tisch. »Ich bin gerade mal vor einem halben Tag wieder hier bei euch eingestiegen«, rief er aufgebracht und spuckte Cengiz die Worte regelrecht ins Gesicht. »Mein Dienstantritt wäre eigentlich erst in acht Tagen. Trotzdem war ich gestern Abend hier und bin heute Morgen nach Münster gefahren. Und jetzt soll ich etwa auch noch die Pressekonferenz leiten?«

»Ich hätte erwartet, dass du nach einem Jahr Pause etwas entspannter zurückkommst«, sagte Cengiz, weiterhin mit ruhiger Stimme. »Ich kann ja verstehen, dass das mit deiner Schwester nicht so einfach für dich ist, aber das kann keine Entschuldigung –«

»Moment mal«, unterbrach Jan seinen Kollegen. Er erinnerte sich an das gestrige Telefonat mit Cengiz. Seine seltsame Anspielung in Bezug auf Isabel.

»Du weißt also, dass sie mit …«

»Die beiden saßen eng umschlungen in einem Café am Alten Markt«, erklärte Cengiz achselzuckend.

»Was wird das hier eigentlich?«, fragte Lara plötzlich ungehalten. »Wenn ihr euren Privatkram ausdiskutiert habt, könnt ihr mich gerne wieder dazuholen.« Sie stand auf und verließ den Raum.

Cengiz tat es ihr gleich, wandte sich jedoch noch einmal um und sah Jan eindringlich an. »Ich habe keine Lust auf Stress mit dir«, sagte er. »Die Situation momentan ist ohnehin schon nicht einfach. Vera ist ziemlich schlecht auf dich zu sprechen.

Sie nimmt es dir krumm, dass du einfach ein Jahr lang Auszeit genommen hast, während wir hier beinahe täglich im Kreuzfeuer stehen. Ich empfehle dir, das mit ihr zu regeln. Es wäre für uns alle gut, wenn die Stimmung wieder besser wird. Und wir beide sollten vielleicht mal ein Bier trinken gehen, dann kannst du dich über deine Schwester und deinen besten Kumpel auskotzen.«

»Klingt vernünftig.« Jan nickte. Einen Moment lang dachte er darüber nach, Cengiz zu verraten, dass es nicht Vera, sondern Vlothoerbäumer war, der ein Problem mit seinem Sabbatjahr hatte und Vera deshalb unter Druck setzte.

Doch er schwieg. Auch weil er seine Zweifel hatte, welche Version der Geschichte nun tatsächlich die Wahrheit war.

Nacktschwimmen

Die Pressekonferenz war zu seiner Überraschung wesentlich unproblematischer verlaufen, als Jan erwartet hatte. Er hatte offenbar genug berichtet, um die Medien fürs Erste zufriedenzustellen, ohne viele Details preiszugeben, was allerdings vor allem daran lag, dass er im Grunde kaum welche kannte.

Dennoch hatte niemand der anwesenden Medienvertreter Fragen gestellt, die er nicht beantworten konnte. Niemand war weiter gegangen, als sie befürchtet hatten. Gronemeyers Tod schien nicht dafür herhalten zu müssen, das Niveau der Pietätlosigkeit noch weiter zu senken, als es offenbar zuletzt immer häufiger der Fall gewesen war.

Vera hatte sich im Anschluss an die Pressekonferenz mit einem kurzen Nicken wortlos von ihm verabschiedet. Sie spielte ihre Rolle als strenge Vorgesetzte perfekt, sofern es denn tatsächlich so war, wie sie ihm offenbart hatte. Cengiz hatte Zweifel gesät, es ging Jan nicht mehr aus dem Kopf, dass sie Vlothoerbäumer vielleicht doch nur vorschob.

Nach der Pressekonferenz hatte er sich einige Akten über die beiden Frauenmorde besorgt und war zurück in Richtung Herford gefahren. Bei der Imbissbude an der Mindener Straße hatte er sich ein halbes Hähnchen gekauft. Mit zwei Ordnern und einer Tüte mit Abendessen in den Händen war er mit gemischten Gefühlen die letzten Meter über den Neuen Markt bis zu seiner Wohnung gegangen.

Er war froh, dass die Motivation für seinen Job schneller zurückgekommen war, als er geglaubt hatte. Aber die Stimmung im Präsidium behagte ihm gar nicht. Die große Kollegialität, die auch die härtesten Ermittlungen erträglich gemacht hatte, war verschwunden. Soweit er es beurteilen konnte, herrschten im KK 11 weitestgehend Opportunismus und Misstrauen unter den Kollegen. Was auch immer dazu geführt hatte, während er auf Tournee gewesen war, er schwor sich, es herauszubekommen und die Situation zu ändern.

Die Leere in seiner Wohnung war auch heute Abend wieder schwer zu ertragen. Letzte Nacht hatte er kaum ein Auge zugemacht. Ungewohnte Geräusche waren aus der Wohnung über ihm zu hören gewesen. Eine Familie mit einem kleinen Kind war während seiner Abwesenheit eingezogen. Nicht einmal die Erinnerungen an ihr Abschlusskonzert, die wieder und wieder in seinem Kopf abgelaufen waren, hatten ihn ablenken können.

Doch noch viel mehr hatten ihm die fehlenden Geräusche von Mareike den Schlaf geraubt. Die Entspannungsmusik, die bis tief in die Nacht aus ihrem Zimmer geklungen war. Das leise Gemurmel, das sich bisweilen wie ein sektenartiges Ritual angehört hatte. Oder einfach nur das Gepolter, wenn sie nachts zur Toilette ging und dabei, tollpatschig, wie sie war, über irgendeinen Gegenstand stolperte.

Er musste an Umashankar denken, ihren indischen Freund, der monatelang ebenfalls in der Wohnung gelebt hatte. Bei dem Gedanken daran, wie oft er Mareike zum Teufel gewünscht hatte, wenn die beiden ihre Yogaübungen auf die gesamte Wohnung ausgeweitet hatten, huschte ein Schmunzeln über Jans Lippen.

Er hockte sich an den Küchentisch. Während er am Schenkel seines gebratenen Hähnchens kaute, schlug er den ersten Ordner auf.

Der Name der Toten lautete Simone Großjohann. Siebenundvierzig Jahre alt. Geschieden. Mutter eines fünfundzwanzig Jahre alten Sohns, der in Paderborn lebte. Ende der achtziger Jahre hatte sie eine Ausbildung zur Einzelhandelskauffrau abgeschlossen, um sich anschließend mit einem Kiosk selbstständig zu machen. Jedoch war sie offenbar seit über fünf Jahren arbeitslos gewesen. Jan rätselte, ob das beiliegende Foto aktuell war, denn mit ihren langen brünetten Haaren sah sie deutlich jünger als siebenundvierzig aus. Überhaupt war sie durchaus attraktiv gewesen.

Bevor Jan zu dem Bericht über den Tathergang weiterblätterte, schob er sein Essen beiseite und wischte sich die Hände an einem Küchenpapier ab. Dann begann er zu lesen.

Der Mord an Simone Großjohann konnte von der Rechtsmedizin zeitlich auf den Abend des 10. August zwischen zwanzig und dreiundzwanzig Uhr eingegrenzt werden. Sie war zuletzt an diesem Abend gegen halb sieben von einer Nachbarin gesehen worden. Am frühen Morgen des 11. August öffnete ihr Sohn Dennis die Wohnungstür, weil er sich Sorgen machte, nachdem sich seine Mutter den ganzen Abend auf seine Anrufe und Nachrichten nicht gemeldet hatte.

Jan machte sich eine Notiz. Falls es aus den Unterlagen nicht hervorging, musste er wissen, wie nah sich Mutter und Sohn gestanden hatten.

Er las weiter.

Dennis Großjohann hatte den toten Körper seiner Mutter auf der Türschwelle zwischen Flur und Wohnzimmer gefunden. Aufgrund des hohen Blutverlusts und des bereits erstarrten und erkalteten Körpers war ihm laut eigener Aussage sofort klar gewesen, dass seine Mutter tot war.

Jan sah sich die Fotos der Leiche, die in einer Klarsichtfolie steckten, aufmerksam an und las die kurze Anmerkung zu der Theorie durch, dass das Opfer angesichts der Spuren im Vaginalbereich allem Anschein nach kurz vor seinem Tod Geschlechtsverkehr gehabt hatte. Anschließend atmete er mehrfach tief ein und aus und wünschte sich an einen verlassenen Strand, wo er auf das sanft daliegende Meer blickte. Ein Ritual, das er sich angeeignet hatte, um die Wucht der Bilder von toten Menschen einigermaßen zu ertragen.

Katharina von Allwörden hatte als Todesursache Erstickung infolge massiver Strangulation angegeben und dabei diese Worte dick unterstrichen. Die heftigen Kopfverletzungen von Simone

Großjohann seien offenbar zuerst erfolgt, aber letztlich nicht tödlich gewesen.

Der vermutete Tathergang selbst war von Nolte und seinen Technikern ebenfalls mit einer Reihe von Fotos dokumentiert. Sie gingen davon aus, dass der Täter Simone Großjohann mit einem stumpfen, schweren Gegenstand niedergeschlagen hatte. Rechtsmedizin und Kriminaltechnik kamen überein, dass der Täter mit großer Wahrscheinlichkeit männlich sein musste. Dafür sprach vor allem die Brutalität, mit der dem Opfer die Verletzungen zugefügt worden waren. Insbesondere die Hämatome infolge der Strangulation am Hals deuteten darauf hin, dass der Täter sein Opfer mit Vehemenz und großer Kraft sowie vergleichsweise großen Händen erwürgt hatte.

Jan stand auf und holte sich aus dem Kühlschrank eine Dose Bier. Gestern Abend nach der Besprechung im Präsidium hatte er sich an der Tankstelle an der Herforder Straße neu fürs Wochenende eingedeckt. Er war froh darüber, endlich wieder heimisches Bier trinken zu können.

Das zweite Todesopfer hieß Jennifer Niermann. Sie war zweiundvierzig Jahre alt geworden, ebenfalls geschieden, aber kinderlos. Genau wie Simone Großjohann war auch sie in den letzten Jahren keiner regelmäßigen Arbeit mehr nachgegangen. Jan suchte vergebens nach einem Hinweis darauf, welchen Beruf sie erlernt hatte.

Er nahm das Foto von ihr in die Hand und betrachtete es eine Weile. In Jennifer Niermanns Augen war kein Glanz zu erkennen, auf ihren Lippen kein Lächeln. Sie strahlte eher etwas Sprödes aus, bestenfalls die Last des Lebens. Und dennoch fand Jan, dass auch sie eine hübsche Frau mit feinen Gesichtszügen gewesen war.

Der Rest des Berichts las sich beinahe wie eine Kopie des Tathergangs im Fall Simone Großjohann. Auch hier verwies der Bericht wieder darauf, dass das Opfer Geschlechtsverkehr gehabt haben musste. Die einzige Ausnahme schien die Todesursache zu sein. Denn Jennifer Niermann wies keine Würgemale auf. Sie war zweifellos – wie es Katharina von Allwörden auch hier dick unterstrichen hatte – an den Folgen von zwei heftigen Schlägen auf den Kopf mit einem stumpfen, schweren Gegenstand gestorben.

Jan schloss daraus, dass es bei dem ersten Mord zu Komplikationen gekommen sein musste. Weshalb sollte der Täter sein Opfer sonst zu Tode stranguliert haben?

Er musste dringend noch einmal überprüfen, ob es Spuren gab, die auf einen Kampf zwischen Simone Großjohann und dem Unbekannten hindeuteten. In den Unterlagen konnte er dazu nichts finden.

Jan warf nur einen kurzen Blick auf die weiteren zahlreichen Fotos, die in einer der Mappen steckten. Auf den Anblick konnte er gut verzichten. Was ihn viel mehr interessierte, war die Frage, wo es weitere Gemeinsamkeiten zwischen den beiden Todesfällen gab. Hierüber hatte Lara Niehaus einen kurzen Abschnitt geschrieben.

Beide Frauen waren alleinstehend gewesen und stammten aus sehr einfachen Verhältnissen. Die Sozialwohnungen, in denen sie gelebt hatten, befanden sich in Mehrfamilienhäusern und waren jeweils nicht größer als fünfunddreißig Quadratmeter gewesen. Schlicht und einfach, aber nicht heruntergekommen, so hatte Lara es beschrieben.

Sie hatte zudem überprüft, ob sich beide Opfer gekannt hatten. In ihrem Fazit war sie lediglich zu der Erkenntnis gekommen, dass beide den Täter gekannt haben mussten. Hierfür sprach vor allem, dass es keinerlei Einbruchspuren gab.

Sicherlich konnte das ein Indiz für diese Theorie sein. Aber Jan wollte trotzdem nicht ausschließen, dass der Täter einfach an der Tür geklingelt und sich als Nachbar, Pizzalieferant oder Paketbote ausgegeben hatte. Überhaupt fand Jan, dass Lara in ihrem Bericht bereits sehr viele abschließende Bewertungen vorgenommen hatte.

Er griff zu seinem Kugelschreiber, als sein Handy, das vor ihm auf dem Tisch lag, vibrierte. Es war Isabel.

Jan zögerte, nahm jedoch das Gespräch an.

»Lust auf ein Bier?«, fragte sie ohne Begrüßung.

»Ich bin zu Hause.«

»Das weiß ich. Ich stehe vor deinem Haus und sehe, dass Licht in deiner Wohnung brennt.«

Jan stand auf und trat ans Fenster. Er sah seine Schwester sofort. Obwohl es zu nieseln angefangen hatte, erkannte er ihren türkisfarbenen Schirm, der in der Dunkelheit leuchtete.

»In meinem Kühlschrank liegen noch ein paar Dosen Bier, du kannst gerne hochkommen.«

»Lass uns doch lieber rausgehen und ein paar vernünftige Pils trinken.«

»Ich weiß nicht, ob –«

»Keine Widerrede«, fuhr Isabel dazwischen. »Nach dem, was gestern vorgefallen ist, sollten wir dringend in Ruhe reden. Und besser an einem neutralen Ort. Mit gutem Bier.«

Jan seufzte leise. Sein Blick wanderte zwischen seinem Küchentisch, auf dem die Unterlagen aus den beiden Ordnern ausgebreitet waren, und seiner Schwester, die mitten auf dem Neuen Markt im Regen stand, hin und her.

»Ich bin in zwei Minuten unten«, sagte er schließlich und ging zurück zum Küchentisch, wo er nach der Bierdose griff und sie mit zwei großen Schlucken leerte.

»Aber nur unter einer Bedingung«, schob er dann hinterher. »Über Philipp will ich heute Abend kein einziges Wort verlieren.«

Das Café Bitter war gut besucht und der Lautstärkepegel entsprechend hoch, sodass niemandem auffiel, dass Jan und seine Schwester schon seit einigen Minuten miteinander stritten.

»Noch einmal«, sagte Isabel erschöpft. »Ich verstehe alle deine Punkte, und trotzdem fällt es mir schwer, zu akzeptieren, dass du diese beiden Dinge nicht trennen kannst. Du kannst Cord hassen und ihm aus dem Weg gehen. Aber Vater solltest du dennoch zur Seite stehen. Vor allem könntest du auch für Mutter da sein, denn die leidet am meisten.«

»Die musste schon immer leiden«, entgegnete Jan unbeeindruckt. »Unter ihrem Mann und unter ihrem ältesten Sohn. Hat sie das jemals gestört?«

»Was ist eigentlich los mit dir?«

»Was soll los sein?«, fragte Jan verständnislos. »Die ganze Situation nervt mich einfach.«

»Das ist unschwer herauszuhören«, sagte Isabel. »Aber du bist doch nicht nur deshalb so schlecht drauf.«

»Worauf willst du hinaus?«

»Keine Ahnung, sag du mir, was dich bedrückt. Doch nicht ernsthaft das Verhalten deines bekloppten Bruders, oder? Und dass die Situation mit unseren Eltern nicht einfacher wird, je älter sie werden, haben wir auch gewusst. Wahrscheinlich geht es dir tatsächlich um die Sache mit Philipp und mir.«

»Quatsch.«

»Willst du wirklich nicht darüber reden?«

»Warum sollte ich? Ihr habt schließlich auch nicht mit mir geredet.«

»Weil du offenbar nicht wolltest.«

»Wie bitte?«

»Wir alle haben in ein und demselben Bus geschlafen, aber du hast es nicht sehen wollen. Alle anderen haben es gewusst.«

Jan schüttelte den Kopf. Über seine Schwester, die offenbar im Tourbus mit seinem besten Freund … was auch immer. Und über sich selbst, dass er offenbar so naiv gewesen war, nichts davon mitzubekommen.

»Ich hatte gesagt, dass ich nicht darüber reden will«, sagte er nach einigen Sekunden des Schweigens. »Zumindest noch nicht.«

»Wie du möchtest. Ich dachte, es täte dir vielleicht gut, wenn du sagst, was dich bedrückt.«

»Mich bedrückt gar nichts«, sagte Jan lauter als beabsichtigt. »Ich habe nur einfach keine Lust mehr, immer der nette Jan zu sein, während alle nahestehenden Menschen mich ständig vor den Kopf stoßen.«

Rums. Das hatte gesessen.

Isabel sah Jan stoisch an.

Ihm war klar, dass sie seinen letzten Satz auf sich bezog, was er auch bezweckt hatte. Obwohl er wusste, dass Isabel genau das Gegenteil einer Egoistin war. Wenn es jemanden gab, der für andere einstand, sich darum kümmerte, dass die Familie trotz aller Schwierigkeiten noch einigermaßen zusammenhielt, dann sie. Aber er wollte das Gespräch von sich selbst weglenken.

Die Provokation hatte funktioniert. Ihr Blick veränderte sich. Plötzlich funkelten ihre Augen.

»Weshalb auch immer du diesen Frust schiebst«, sagte sie mit leiser, aber fester Stimme, »lass mich da bitte raus. Dass ich mit Philipp zusammen bin, lasse ich mir nicht vorwerfen. Wir lieben uns, und das schon seit fast einem halben Jahr. Vielleicht hätten wir es dir früher sagen sollen, aber in Wirklichkeit war es doch so, dass du die ganze Zeit nur mit dir beschäftigt warst. Es gab keinen passenden Zeitpunkt.«

»Wie meinst du das?«

»Ich bin doch nicht die Einzige, die sich fragt, warum du dich in den letzten Monaten so verändert hast. Anfangs dachten wir, dir wäre unser Erfolg zu Kopf gestiegen. Falls du es überhaupt gemerkt hast, du hast dich kaum noch mit uns abgegeben. Im Grunde hast du nur noch dein eigenes Ding auf Tour gemacht. Irgendwann im Sommer habe ich dann aber gemerkt, dass mehr dahinterstecken muss. Du bist viel introvertierter geworden. Nachdenklicher. Meinen lockeren, meistens gut gelaunten Bruder gibt es einfach nicht mehr. Und genau deshalb sitzen wir beide jetzt hier zusammen. Sag mir, was los mit dir ist.«

Es war zu spät. Zu leugnen, womit ihn seine Schwester gerade konfrontierte, ergab keinen Sinn. Sie hatte recht. Ja, er hatte sich verändert. Und er spürte es längst selbst. Ohne jedoch zu wissen, was genau der Anlass gewesen war.

»Vielleicht leide ich unter einer Midlife-Crisis«, sagte er schließlich mit einem entschuldigenden Lächeln. »In fünf Tagen ist es immerhin so weit: Die Vier vorne wartet auf mich. Wahrscheinlich wehrt sich mein Körper einfach dagegen.«

»Es wäre schön, wenn tatsächlich nur das der Grund wäre«, sagte Isabel. Ihr Lächeln wirkte mitleidig. »So zurückgezogen und nachdenklich, wie ich dich in den letzten Monaten auf der Tour erlebt habe, glaube ich, dass es andere Ursachen haben muss. Du solltest das auf jeden Fall in Ordnung bringen, falls du verstehst, was ich meine.«

»Wie bitte?« Jan rückte auf seinem Stuhl herum und machte Anstalten, aufzuspringen.

»Beruhig dich.«

»Du hast mir gerade durch die Blume gesagt, dass ich nicht mehr alle Latten am Zaun habe und mich behandeln lassen soll. Wie kann ich mich da beruhigen?«

»Siehst du, genau das meine ich. Irgendetwas stimmt nicht mit dir. Entweder du bist gar nicht mehr bei der Sache, oder aber du fährst sofort aus der Haut. Ich bin wirklich der Meinung, dass es dir nicht gut geht.«

»Schön, dass du dir Sorgen machst«, sagte Jan. »Darin warst du schon immer sehr gut. Aber ich kann dir versichern, mir geht es im Großen und Ganzen ganz gut. Es gibt leider momentan genug Baustellen, mit denen ich mich herumplagen muss. Und nun lass uns das Thema wechseln.«

»In Ordnung, dann wird es dir sicherlich nichts ausmachen, wenn jetzt noch eine weitere Baustelle dazukommt.«

»Was denn bitte schön noch?«

»Es geht um die Band«, antwortete Isabel. »Wahrscheinlich ist gerade nicht der richtige Zeitpunkt, um über unsere Zukunft zu sprechen, aber trotzdem solltest du wissen, dass es so nicht weitergehen kann. Philipp, die anderen und auch ich wollen auf jeden Fall weitermachen. Aber vielleicht müssen wir etwas ändern.«

»Etwas ändern?«

»Ich glaube, du weißt, worauf ich hinauswill. So wie die Tournee verlaufen ist, wäre es für uns alle besser, wenn wir nach einem neuen Schlagzeuger Ausschau halten.«

»Gut«, erwiderte Jan. »Ich bin froh, dass du es ansprichst. Vielleicht ist ja die Band mein Problem. Ich habe schon lange keine Lust mehr auf diesen ganzen Kommerz-Scheiß. Am Anfang dachte ich, dass die TV-Show und die Tournee unsere große Chance wären. Dass wir mit unserer Musik nicht nur Geld verdienen, sondern uns auch weiterentwickeln. Endlich nicht nur eine Coverband sind, sondern auch unsere eigenen Songs spielen können. Oder zumindest mit guten Songwritern zusammenarbeiten. Aber davon hat sich so gut wie nichts erfüllt. Wir spielen immer dieselben Stücke und meistens nur die, die unser Publikum am wenigsten fordert. Es fehlt nicht mehr viel, und wir sind bald wie irgendeine Tanzkapelle, die von Dorf zu Dorf tingelt. Falls du dich erinnerst, hatten wir mal einen Sänger, der sich angehört hat wie Kurt Cobain.«

»Okay«, sagte Isabel schmallippig. »Es geht dir also konkret um mich.«

»Nein, so meinte ich das nicht.«

»Tim war mein Vorgänger als Sänger und hatte nun mal einen komplett anderen Stil«, entgegnete Isabel scharf. »Was gibt es da falsch zu verstehen?«

»Ich würde niemals mehr tauschen wollen«, ruderte Jan zurück. »Tim war ein Chaot, und wir haben uns von ihm getrennt, weil er Alkohol- und Drogenprobleme hatte. Du bist dagegen ein Profi. Du singst toll, bist immer auf den Punkt. Einfach perfekt.«

»Zu perfekt?«

Jan zuckte mit den Schultern, als Zeichen dafür, dass sie mit ihrer Frage vielleicht nicht falschlag.

»Falls ich dich erinnern darf, es war nicht meine Idee, in die Band einzusteigen«, sagte Isabel. »Ich bin eingesprungen, weil ihr mich gefragt habt. Als Tim zugekifft in seinem Bulli lag.«

»Das stimmt. Und jetzt willst du mich, der die Band gegründet hat, loswerden.«

»Niemand will dich loswerden. Und ich am allerwenigsten. Aber so wie zuletzt kann es nicht weitergehen. Wenn du Probleme damit hast, welche Art Musik wir spielen, ist es doch angebracht, darüber nachzudenken, dass du aussteigst. Zumindest so lange, bis du dir im Klaren darüber bist, ob du noch Teil der ›Underdogs‹ sein willst oder nicht.«

Jan griff in die Schale mit Erdnüssen, die auf dem Tisch stand, und warf sich eine Ladung in den Mund. Die Worte seiner Schwester trafen ihn härter, als er zugeben wollte. Offenbar hatte sich die gesamte Band gegen ihn ausgesprochen. Womöglich war es das, was ihn so belastete. Was ihn schwermütig machte. Hatte er seit Monaten innerlich geahnt, dass er nur noch geduldet wurde? Dass die anderen längst eigene Pläne für die Zukunft der Band schmiedeten?

Aber was war passiert, dass er die Stimmungen und Entwicklungen nicht wahrgenommen hatte? Ausgerechnet er, der früher immer gewusst hatte, was um ihn herum geschah. Der immer ein Auge auf seine Mitmenschen hatte. Gerade was seine Familie und Freunde betraf.

»Ich schlage vor, wir beenden dieses Kapitel jetzt einfach«, sagte er schließlich. »Diese ›Underdogs‹ sind nicht mehr die ›Underdogs‹, die ich damals gemeinsam mit Philipp gegründet habe. Außerdem habe ich in meinem Job genug zu tun.«

»Du arbeitest schon wieder?«

»Wohl oder übel, nach dem, was vorgefallen ist.«

»Ich hörte davon.«

»Unerfreuliche Geschichten. Nichts, worüber wir heute Abend reden müssen.«

»Dann sollten wir jetzt vielleicht wirklich das Thema wechseln«, sagte Isabel versöhnlich. »Ich möchte mich mit dir nicht streiten. Du bist die Person, die mir am nächsten steht. Und das soll auch so bleiben.«

»Eine gute Idee, aber eine Sache solltest du noch wissen.«

»Na, dann mach schon.«

»Ich kenne Philipp ja schon, seitdem ich denken kann.«

»Ich auch, wie du weißt«, entgegnete Isabel.

»Ja, aber nicht so gut, wie ich ihn kenne. Ich weiß alles über ihn, jede Peinlichkeit. Und glaub mir, davon gibt es wirklich so einige.«

»Stopp! Ich will das nicht hören.«

»Du willst nicht wissen, was Philipp und ich so angestellt haben? Wie wir damals zum Beispiel ...«

Isabel schloss die Augen und hielt sich die Ohren zu, während Jan erzählte, wie Philipp und er vor über zwanzig Jahren als Siebzehnjährige in einer warmen Sommernacht über den Zaun eines Freibads geklettert waren. Sie hatten sich ihrer Klamotten komplett entledigt und waren ins Wasser gesprungen.

»Das Nächste, an das wir beide uns erinnern konnten«, sagte Jan mit einem Grinsen auf den Lippen, »waren mehrere Gesichter, die sich vor einer grellen Morgensonne abzeichneten. Sie sahen uns an, als wären wir kleine grüne Männchen, die nachts mit ihrem Raumschiff im Freibad gelandet sind. Im nächsten Moment klickten die Handschellen.« Jan griff nach seinem Bierglas und nahm einen großen Schluck, dann grinste er noch breiter.

»Wir waren so betrunken, dass wir nach ein paar Bahnen, die wir geschwommen sind, aus dem Wasser gestiegen und einfach eingeschlafen sind. Nackt. Und dann standen da morgens der Bademeister und zwei Streifenpolizistinnen vor uns.« Mit einem großen Schluck trank Jan das Glas komplett aus und wischte sich mit dem Handrücken über den Mund. »Doch das Beste kam erst noch. Willst du wissen, was Philipp gemacht hat, als er in den Einsatzwagen gestiegen ist?«

Er fixierte seine Schwester. Sie hatte die Augen wieder geöffnet, doch mit ihren Zeigefingern hielt sie sich noch immer die Ohren zu. Das kurze Zucken ihrer Mundwinkel, als er seine Frage gestellt hatte, verriet sie jedoch. Sie hörte ihn.

Also erzählte er davon, wie Philipp sich damals im Streifenwagen auf den Schoß der Polizistin erbrochen hatte. Und beobachtete mit einiger Zufriedenheit, wie Isabel angeekelt ihren Mund verzog.

Totenstarre

Um Viertel nach sieben am nächsten Morgen war Jan nicht nur hellwach, auch das unangenehme Gefühl bei dem Gedanken an seine Arbeit und die offensichtlichen Querelen im Team war schlagartig wieder da.

Die SMS von Cengiz war eingegangen, während er unter der Dusche gestanden hatte: »Ruf mich zurück, sobald du wach bist.«

Da war dieser Unterton, der mitschwang. Den er von Cengiz nicht kannte. Er gab Anweisungen. Und unterstellte ihm, dass er noch schliefe. Oder war Jan einfach nur viel zu empfindlich seit seiner Rückkehr?

Jan wartete noch eine Weile, ehe er Cengiz' Nummer wählte. Doch der Versuch, die negativen Gedanken beiseitezuschieben, scheiterte bereits in dem Moment, als er die Stimme seines Kollegen hörte.

»Wach?«

»Was willst du?«, fragte Jan unfreundlich.

»Es ist offenbar erneut passiert«, antwortete Cengiz. »Opfer Nummer drei. Alles wie gehabt.«

»Erschlagen?«

»Ja.«

»Also nicht ganz alles wie gehabt«, sagte Jan. »Opfer Nummer eins wurde schließlich erwürgt. Ich habe die halbe Nacht die Akten zu beiden Morden gewälzt.«

»Warum beschäftigst du dich mit diesem Fall?«, fragte Cengiz überrascht. »Du sollst dich um Gronemeyer kümmern.«

»Wieso rufst du mich dann überhaupt an?«

»Vera will, dass wir heute mit vollem Aufgebot am Tatort erscheinen. Der Druck auf sie und Vlothoerbäumer wird die nächste Stufe erreichen. Wir müssen nach außen so stark wie möglich auftreten und deutlich machen, dass wir alles Erdenkliche tun, um den Täter zu finden.«

»Wir müssen so tun, als ob?«, fragte Jan spitzfindig. »Soll das etwa heißen –«

»Du weißt genau, wie ich das meine«, unterbrach Cengiz ihn. »Und jetzt beweg deinen Hintern in dieses Gefährt, das du Auto nennst, und komm her.«

Jan erwiderte nichts mehr und notierte sich stattdessen die Adresse, die ihm Cengiz durchgab.

Nachdem er aufgelegt hatte, nickte er vor sich hin und goss sich Kaffee, den er vor dem Duschen aufgesetzt hatte, in einen Warmhaltebecher. Unabhängig davon, dass es ein drittes Opfer gab, ließ das Telefonat einige Rückschlüsse auf die angespannte Stimmung im Team zu. Jan war sich sicher, dass es auch mit Vera und Cengiz zu tun hatte. Zwischen den beiden gab es einen Machtkampf. Worum es dabei ging, konnte er nur mutmaßen. Vielleicht war Vera noch stärker angezählt, als er dachte. Oder aber Cengiz stand unter größerem Druck, als er zugeben wollte.

Zumindest hatte Jan keinen Zweifel mehr daran, dass es nicht allein um ihn und seine Auszeit ging. Aber er war womöglich ein entscheidender Faktor in dem Machtkampf der beiden. Es lag auch an ihm, wer ihn am Ende gewann. Eine Aussicht, die ihm in diesem Moment als andere als behaglich war.

***

Jan parkte gegenüber dem Haus, in dem das dritte Opfer gefunden worden war und offenbar auch gewohnt hatte. Hier in Bielefeld-Brackwede kannte er sich nicht sonderlich gut aus, aber das mehrstöckige Mietshaus und der Rest der Gegend ließen den Schluss zu, dass auch diese Frau in eher einfachen Verhältnissen gelebt hatte.

Cengiz stand im Hauseingang und diskutierte gestenreich mit Lara Niehaus und Bettina. Noltes Leute holten mit stoischer

Ruhe ihr Equipment aus den Einsatzwagen, die direkt vor dem Haus parkten. Etwas abseits stand Vera und telefonierte. Dabei drehte sie sich unablässig im Kreis.

Er war also hier, um Präsenz zu zeigen. Nicht um zu ermitteln. An einem Tatort. In einem Fall, der den Kollegen allmählich über den Kopf wuchs. Der größer und komplizierter zu sein schien als alle, mit denen sie sich je beschäftigt hatten.

Während er die Straße überquerte, beschloss Jan, die Chance zu nutzen. Er hatte sich in den Fall eingelesen, jetzt wollte er sich auch ein Bild vom Tatort machen und seine Schlüsse daraus ziehen.

»Morgen.« Jan begrüßte die anderen mit einem kurzen Kopfnicken. »Welches Stockwerk?«

»Wir waren schon oben«, antwortete Cengiz knapp. »Die Techniker machen ihre Arbeit, und die Leiche wird gleich abtransportiert.«

»Ich würde sie mir gerne ansehen.«

»Beeil dich aber«, sagte Cengiz widerwillig. »Wir müssen hier unten Rede und Antwort stehen. Die Pressemeute müsste jeden Augenblick hier auftauchen. Begleitest du ihn bitte, Lara?«

»Meine persönliche Aufpasserin?«

Cengiz warf Jan einen missbilligenden Blick zu, verzichtete jedoch auf einen Kommentar.

Die Wohnung des Opfers lag im dritten Stockwerk. Im Treppenaufgang wechselten Lara und er kein Wort miteinander. Erst kurz vor der bereits mit Flatterband abgesperrten Wohnungstür wandte Lara sich an ihn.

»Es ist so wie bei den beiden anderen Malen. Die gleiche Vorgehensweise, nur keine …«

»… Strangulation«, vollendete Jan.

»Der Täter hat offenbar nur beim ersten Mord sein Opfer erwürgen müssen. Könnte bedeuten, dass er noch unerfahren war.«

»Das will ich hoffen«, sagte Jan und verzog seinen Mund zu

einem müden Lächeln. »Oder gehen wir etwa davon aus, dass er früher schon einmal jemanden umgebracht hat?«

»Ungeklärte Todesfälle nach diesem Muster sind uns im deutschsprachigen Raum nicht bekannt, aber wir sollten es tatsächlich zumindest in Erwägung ziehen«, erklärte Lara ruhig. »Worauf ich eigentlich hinauswollte: Es hat den Anschein, als habe der Täter bei seinem ersten Mord noch nicht fest genug zugeschlagen, sodass Simone Großjohann noch am Leben war. Sich womöglich sogar gewehrt hat.«

Jan nickte. »Hast du nachher ein paar Minuten Zeit?«, fragte er schließlich.

»Weshalb?«

An ihrem kritischen Blick erkannte Jan, dass sie die Frage offenbar falsch verstanden hatte.

»Ich habe ein paar Fragen zu dem Fall. Vielleicht können wir in Ruhe darüber reden.«

»Ich glaube nicht, dass das eine gute Idee ist. Du sollst dich doch um Henning Gronemeyer kümmern.«

»Das weiß ich. Aber ich denke, euch könnte weitere Hilfe nicht schaden.«

»Das musst du mit Cengiz oder Vera klären«, sagte Lara und winkte ab. Dann drängte sie sich an ihm vorbei, duckte sich unter dem Absperrband hindurch und betrat die Wohnung.

Jan folgte ihr. Sein Blick blieb für einen kurzen Moment an dem Klingelschild hängen.

Denise Möller.

Die Szenerie in der Wohnung erinnerte ihn sofort an die Fotos, die er in den Unterlagen zum Todesfall Jennifer Niermann gesehen hatte. Die Tote lag nur wenige Meter von der Wohnungstür entfernt bäuchlings auf dem hellen Laminatboden. Abgedeckt mit einem weißen Laken. Blut hatte sich großflächig auf dem Boden verteilt. Einzelne Spritzer erkannte Jan selbst an der weißen Wand.

Er blieb stehen und begann, sich wie in Zeitlupe im Kreis zu drehen. Er scannte den Flur. Wände, Boden und die Tür. Den Übergang in den nächsten Raum. Und hatte mit einem Mal eine Vermutung, wie der Täter in die Wohnung gelangt war.

»Jan Oldinghaus, das ist ja mal eine Überraschung. Von der Skyline zurück zum Bordstein?«

Jan fuhr herum. Direkt vor ihm stand Tim Nolte, Leiter der Kriminaltechnik. Ein groß gewachsener Mann. Eigentlich immer etwas spröde, umso erstaunter war Jan über dessen flapsigen Spruch.

»Wenn du deinen Job so bezeichnen willst, dann ja.«

»Dann hoffe ich mal, dass sich die Stimmung bei euch endlich wieder normalisiert.«

»So schlimm?«

»Schlimmer.«

»Klingt nicht gut. Können wir kurz über das hier sprechen?« Jan nickte in Richtung der abgedeckten Frauenleiche.

»Ich dachte, Ergün leitet den Fall?«

»Tut er auch, aber ich habe noch ein paar Fragen, auf die ich in den Berichten zu den ersten beiden Morden keine Antworten gefunden habe.«

»Ruf mich heute Nachmittag an, dann können wir in Ruhe sprechen. Wir haben hier noch ein bisschen zu tun.«

»Klar«, sagte Jan. »Darf ich einen kurzen Blick auf sie werfen?« Wieder richtete er seinen Blick auf den Boden.

»Tu dir keinen Zwang an, aber schön sieht das nicht aus.«

»Denke ich mir.«

Jan kniete sich nieder, atmete ein paarmal tief durch und schlug dann die Decke zurück.

Die Kopfverletzungen sahen genauso aus wie die der anderen Opfer. Zwei klaffende Wunden, aus denen jede Menge Blut ausgetreten war. Die halblangen blonden Haare waren dunkel verkrustet.

Jan beugte sich weiter über die Leiche hinüber, bis er die rechte Gesichtshälfte erkennen konnte. Einen Moment lang hielt er inne, als er die bläulich verfärbte Haut sah. Plötzlich glaubte er, auch Verwesungsgeruch wahrzunehmen. Reflexartig hielt er sich den linken Arm vors Gesicht.

»Ich habe dich gewarnt«, sagte Nolte aus dem Hintergrund. »Ich schätze, dass der Todeszeitpunkt mindestens drei Tage zurückliegt.«

Jan hörte gar nicht mehr richtig zu, etwas anderes beschäftigte ihn. Da war dieser Name. Denise Möller. Als er ihn an der Tür gelesen hatte, hatte ihn schon so ein vages Gefühl beschlichen, dass er den Namen kannte. Doch erst jetzt, beim Anblick des durch Totenstarre und Verwesung entstellten Gesichts, kam die Erinnerung. Denise Möller war vor über dreißig Jahren tatsächlich seine Klassenkameradin gewesen.

Sie hatten kaum etwas miteinander zu tun gehabt. Er konnte sich auch nicht erinnern, dass er sie nach Ende der Grundschulzeit je wiedergesehen hatte. Und dennoch veränderte die Tatsache, dass er sie gekannt hatte, die Situation. Eine merkwürdige Betroffenheit machte sich in ihm breit. Weniger Trauer, sondern eher Mitleid, dass eine ehemalige Mitschülerin, allein lebend und möglicherweise einsam, auf diese Weise ums Leben gekommen war.

Langsam deckte Jan den Körper wieder zu und erhob sich. Er verzichtete darauf, gegenüber Nolte zu erwähnen, dass er das Opfer kannte. Nichts weiter als ein Zufall, den er nicht unnötigerweise thematisieren wollte.

»Lass uns jetzt wieder gehen.« Lara kam aus dem angrenzenden Raum und sah ihn auffordernd an. »Cengiz schrieb mir gerade, dass wir uns in einer Dreiviertelstunde im Präsidium zur Besprechung treffen.«

»Ich auch?«

»Alle.«

»Sollten wir nicht mit den Nachbarn reden, ob jemand etwas beobachtet hat?«

»Stahlhut und ich kümmern uns darum.«

Jan wollte gerade fragen, ob sie denn nicht an der Besprechung teilnehmen würden, als er aus dem Augenwinkel zwei Kollegen von Katharina von Allwörden erkannte, die gerade die Wohnung betraten. Sie würden sich am Tatort einen ersten Überblick verschaffen wollen, ehe die Leiche ins Rechtsmedizinische Institut nach Münster überführt wurde.

Jan hatte genug gesehen. Und genug in den Unterlagen gelesen. Er hatte Fragen, auf die es bislang keine Antworten gab. Fragen, die er gleich in der Besprechung stellen würde. Obwohl er befürchtete, dass ihm niemand Antworten geben konnte. Oder noch schlimmer: dass sie ihm niemand geben wollte. Weil er es war, der diese Fragen stellte.

Frostig

Die Stimmung im Besprechungsraum des Polizeipräsidiums glich der Temperatur in einem Kühlraum. »Frostig« wäre als Beschreibung noch untertrieben gewesen.

Die Kollegen des KK 11 hatten sich fast zwei Stunden später als geplant zusammengefunden. Nicht nur, dass Vera von einigen Journalisten aufgehalten worden war. Die Befragungen durch Lara und Stahlhut hatten offenbar auch länger gedauert. Mittlerweile waren die beiden jedoch eingetroffen. An ihren Blicken, als sie den Raum betraten, erkannte Jan, dass bei ihren Gesprächen mit den Nachbarn allerdings nichts Brauchbares herausgekommen war.

Als schließlich auch Vera an der Seite von Stefan Vlothoerbäumer, dem Leiter der Kriminalinspektion 1, den Raum betrat, sank die gefühlte Temperatur noch einmal um mehrere Grad.

»Ich möchte gar nicht lange um den heißen Brei herumreden«, begann Vlothoerbäumer, nachdem er sich ans Kopfende des langen Tischs gesetzt hatte. »Dass wir nicht verhindern konnten, dass heute Morgen das dritte Opfer gefunden wurde, ist ein Problem für uns alle, die wir hier sitzen. Etwas mehr als sechs Wochen sind seit dem Mord an Simone Großjohann vergangen, und wir sind der Frage, wer der Täter ist und was sein Motiv sein könnte, kaum näher gekommen. Kurzum, wir wissen im Grunde gar nichts.«

Jan ließ seinen Blick über die gefrusteten Gesichter der Kollegen kreisen. Vlothoerbäumer war sofort zur Sache gekommen. Mit jedem seiner Worte hatte er seine Unzufriedenheit zum Ausdruck gebracht. Aufbauhilfe und Motivation hörten sich anders an.

»Ich bin zu dem Schluss gekommen, dass wir etwas verändern müssen. Vera und ich haben heute Morgen zusammengesessen und glauben, dass es sinnvoller wäre, wenn ab sofort Lara die Leitung der Ermittlungen übernimmt. Wie einige bereits wissen, hat sie vor zwei Jahren einen ähnlich gelagerten Fall in Hamburg geleitet und zu einem erfolgreichen Ende geführt, indem der Täter gefasst wurde. Und zwar bevor es ein zweites Opfer gab.«

Jan blickte zur Seite. Cengiz hatte die Arme vor seiner Brust verschränkt, ließ sich ansonsten aber nichts anmerken. Auch Lara verzog keine Miene. Ob sie es bereits gewusst hatte?

Aus dem Augenwinkel erkannte er, dass Bettina unruhig auf ihrem Sitz hin und her rückte. Sie war die Jüngste im Team, aber gleichzeitig auch die größte Gerechtigkeitsfanatikerin.

»Bevor sich jetzt jemand zu unserer Entscheidung äußert«, fuhr Vlothoerbäumer fort, »wartet bitte ab, bis ich fertig bin. Uns ist klar, dass Lara erst ein halbes Jahr bei uns ist. Deshalb halte ich es für notwendig, dass sie jemand mit großer Erfahrung bei der Leitung dieses Falls unterstützt. Normalerweise hätte ich Jan gebeten, aber der soll erst einmal wieder richtig bei uns ankommen. Außerdem haben wir ja noch die Sache mit Henning Gronemeyer, um die er sich kümmern soll. Lange Rede, kurzer Sinn: Der Kollege Stahlhut wird Lara bei der Koordination des Falls helfen. Darüber hinaus möchte ich, dass alle anderen verfügbaren Kräfte des Teams ebenfalls mitarbeiten. Unsere Soko wird höchstwahrscheinlich auch noch Verstärkung vom LKA bekommen. Dass der Fall mittlerweile auch landesweit höchste Priorität besitzt, muss ich wohl nicht extra betonen.«

Vlothoerbäumer holte kurz Luft und setzte dann eine noch ernstere Miene auf. In Kombination mit einem mitleidigen Schulterzucken. »Cengiz«, sagte er schließlich, »ich hoffe, du kannst nachvollziehen, weshalb wir das machen müssen. Es geht vor allem darum, nach innen und auch nach außen ein Zeichen zu setzen.«

Wieder beobachtete Jan seinen Kollegen. Ein bitteres Lächeln zeichnete sich auf dessen Lippen ab.

»Jeder von euch muss in den nächsten Tagen noch mehr leisten als in den letzten Wochen«, erklärte Vlothoerbäumer. »Ihr werdet wenig Schlaf bekommen und an eure Grenzen gehen müssen. Aber ich zähle auf euch, dass ihr den Täter finden werdet. Andernfalls wird der Druck, der jetzt schon auf uns lastet, unerträglich werden.« Der Leiter der Kriminalinspektion 1 wandte sich zur Seite und blickte Vera an. »Übernimmst du jetzt? Ich denke, von meiner Seite ist alles gesagt.« Er stand auf, ließ seinen ernsten Blick einmal kreisen und nickte Vera wohlwollend zu. Dann verließ er den Raum.

Die gefühlte Raumtemperatur lag noch immer im Minusbereich. Und das, obwohl diverse Feuer am Tisch loderten.

»Bevor wir über den Fall reden, möchte ich auch noch ein paar persönliche Dinge loswerden.« Vera schien angefasst. Es fiel ihr sichtlich schwer, die richtigen Worte zu finden. »Ich würde sehr gerne gerade nicht hier sitzen und darüber reden, wer die Ermittlungen in einem Dreifachmord übernimmt. Aber letztlich spielt die Zeit gegen uns, und es gibt Gründe dafür, weshalb ich auf diesen personellen Wechsel gepocht habe. Cengiz, lass uns bitte im Anschluss an diese Besprechung unter vier Augen darüber reden.«

»Du kannst es ruhig vor allen anderen sagen«, reagierte Cengiz gelassen. »Ich denke, es wird sie interessieren.«

»Und ob es das tut«, pflichtete Bettina bei.

»Wir haben jetzt Wichtigeres zu tun«, sagte Vera. »Darum sollten wir diese Sache jetzt vorerst auf sich beruhen lassen.«

»Was ist mit deinen persönlichen Worten?«, fragte Jan.

»Wie bitte?«

»Du sagtest vorhin, du möchtest persönliche Dinge –«

»Ist schon gut, Jan. Mir ist bewusst, dass momentan nicht alle hier im Raum gut auf mich zu sprechen sind, aber damit muss ich leben. Entscheidender ist, dass wir endlich Fortschritte machen. Lara und Kai, würdet ihr uns bitte auf den neuesten Stand der Ermittlungen bringen?«

Jan lehnte sich zurück und schüttelte den Kopf. Dass Kai Stahlhut, ehemals Kriminalkommissar bei der Polizeiinspektion in Herford, einer der beiden Ermittlungsleiter in einem der aufsehenerregendsten Kriminalfälle der jüngeren Bielefelder Geschichte sein sollte, wollte ihm noch nicht in den Kopf. Genauso wenig wie Veras Verhalten.

»Fangen wir mit den Personalien an«, sagte Lara und pinnte ein Foto der Toten ans Whiteboard. Sie wirkte heute noch reservierter als in den vergangenen Tagen. Beinahe schüchtern, fand Jan.

»Die Tote heißt Denise Möller, neununddreißig Jahre alt. In Herford aufgewachsen, dort zur Schule gegangen und auch eine Ausbildung zur Einzelhandelskauffrau erfolgreich absolviert. Mit zwanzig Jahren Umzug nach Bielefeld. Einige Jahre in verschiedenen Einzelhandelsgeschäften gearbeitet, aber immer nur vorübergehend. Eine dauerhafte Stelle hatte sie nie. Seit zwei Jahren war sie als arbeitslos gemeldet. Sie war ledig und hatte keine Kinder. Ihre Eltern sind vor zehn Jahren verstorben, Geschwister hatte sie auch keine. Ob sie aktuell einen Partner hatte, wissen wir noch nicht.«

»Das ist ein Muster«, warf Stahlhut ein. »Verdammt viele Gemeinsamkeiten mit den beiden anderen Opfern.«

»Tatsächlich?« Cengiz beugte sich vor und blickte Stahlhut herausfordernd an. »Du willst jetzt aber nicht behaupten, wir hätten nach dem zweiten Mord nicht darüber diskutiert, dass es Gemeinsamkeiten zwischen den Opfern gibt, oder?«

»Aber jetzt sind wir uns in vielen Punkten erheblich sicherer«, antwortete Lara. »Wir können das Täterprofil, das wir angelegt haben, weiter verfeinern. Schaltest du bitte den Beamer an, Kai?«

Lara verkabelte ihr Notebook mit dem Gerät, und wenige Sekunden später erschien an der Leinwand die Vorlage für Täterprofile, die sie üblicherweise benutzten.

Jan wunderte sich. Wussten Lara und Kai tatsächlich erst

seit ein paar Minuten, dass sie die Leitung der Ermittlungen übernehmen würden?

»Unser Täter ist männlich, daran dürfte kein Zweifel bestehen«, fuhr Lara mit kühler Stimme fort. »Das Alter schätzen wir weiterhin auf zwischen fünfunddreißig und fünfundvierzig Jahre. Meine persönliche Meinung ist aber, dass er eher älter als jünger ist.«

»Weshalb?« Jan musterte Lara neugierig.

»Die Opfer waren zwischen neununddreißig und siebenundvierzig Jahre alt. Aber das ist nur ein Grund, es könnte noch etwas anderes dafürsprechen. Ich glaube, dass der Täter die Opfer sogar näher gekannt hat. Wahrscheinlich sogar ein Verhältnis mit ihnen gehabt hat. Die Tatsache, dass bei Simone Großjohann und Jennifer Niermann Spuren, die auf unmittelbar vor ihrem Tod getätigten Verkehr hindeuten, gefunden wurden, bekräftigt diese Theorie.«

»Du denkst, er hat mit drei Frauen mehr oder weniger gleichzeitig ein Verhältnis gehabt?«, fragte Bettina skeptisch.

»Die Beziehungen oder Affären können zeitlich versetzt geführt worden sein. Wo wir dann bei der Frage nach dem Motiv wären. Leider haben wir diesbezüglich noch gar keine Ansatzpunkte. In allen drei Fällen konnten wir nicht feststellen, dass irgendetwas aus den Wohnungen entwendet wurde. Der Täter ist also einzig und allein mit dem Ziel, sein Opfer zu töten, vorgegangen.«

»Womit wir wieder bei den Opfern wären«, warf Stahlhut ein. Er betätigte die Fernbedienung, und die nächste Folie in der Präsentation auf der Leinwand erschien.

»Hier ist zu sehen, wo sich die Wohnungen der Opfer befinden. Schloß Holte-Stukenbrock, Sennestadt und nun Brackwede. Im Grunde fast auf einer Linie liegend, alle nördlich der A33. Die Tatorte keine zehn Kilometer voneinander entfernt. Wie schon vermutet, suchen wir mit hoher Wahrscheinlichkeit jemanden, der sich in dieser Gegend gut auskennt. Wahrscheinlich dort lebt oder zumindest früher einmal gewohnt hat.«

Wieder klickte er weiter. Die nächste Folie zeigte drei Spalten. Für jedes Opfer eine.

»Die Gemeinsamkeiten sind durchaus offensichtlich«, fuhr Stahlhut fort. »Alle drei wohnten in relativ einfachen Verhältnissen. Die Wohnungen nicht größer als fünfzig Quadratmeter. Sie lebten allein, waren alleinstehend und in zwei Fällen geschieden. Simone Großjohann war die Einzige, die einen Sohn hatte. Grundsätzlich können wir aber sagen, dass die Frauen sehr zurückgezogen gelebt haben.«

Jan atmete tief durch, beinahe seufzend. Etwas zu laut, sodass sich mit einem Mal alle Blicke auf ihn richteten. »Ich habe gestern Abend, bevor wir von dem dritten Opfer wussten, die Unterlagen über Simone Großjohann und Jennifer Niermann durchgelesen«, sagte er und beugte sich nach vorn. »Im Prinzip stehen die Dinge, die du hier als neu verkaufst, dort bereits drin. Weder die Beschreibung der Gemeinsamkeiten der Opfer noch das Täterprofil haben für mich bislang irgendetwas Neues gebracht. Nicht einmal die Theorie, dass der Täter die Opfer gekannt beziehungsweise mit ihnen ein sexuelles Verhältnis gehabt hat, ist sonderlich gewagt. In diesem Zusammenhang würde mich interessieren, ob wir wissen, mit wem die Opfer zuletzt private Kontakte gehabt haben. Was ist mit den Handys der Frauen? Anrufe auf dem Festnetz? Konnten wir irgendetwas rückverfolgen? Ich habe in den Akten nichts dazu gelesen.«

»Schwieriges Thema«, antwortete Lara. »Es ist in der Tat erstaunlich, dass wir bislang im Grunde fast keinerlei Informationen über das Privatleben herausfinden konnten. Die Handys haben wir sichergestellt, aber keine Nummer und kein Gespräch in den Wochen vor der Tat ist in irgendeiner Weise auffällig gewesen.«

»Gar nichts, was zumindest wert wäre, näher untersucht zu werden?«

»Nichts. Wir haben alles geprüft. Allgemein wenig Kommunikation. Das meiste mit Freundinnen, mit denen wir aber bereits gesprochen haben.«

»Darüber habe ich nichts gelesen«, sagte Jan. »Wer hat die Gespräche geführt?«

»Das war ich«, sagte Bettina. »Ich habe es noch nicht geschafft, die Protokolle fertigzustellen. Was Lara gesagt hat, stimmt allerdings. Die Gespräche waren nicht ergiebig. Enge Freundschaften haben Simone Großjohann und Jennifer Niermann offenbar nicht gehabt.«

»Kümmere dich bitte so schnell wie möglich darum und stell sie fertig«, sagte Vera und sah Bettina dabei missbilligend an.

»Was ist mit Social Media?« Jan ließ nicht locker. Er hatte nicht das Gefühl, dass allen potenziellen Verbindungen mit genügend Nachdruck nachgegangen worden war.

»Das gleiche Bild«, antwortete Lara. »Profile bei Facebook, die jedoch kaum genutzt wurden. Darüber hinaus keinerlei Aktivitäten in anderen sozialen Netzwerken. Wir haben auch die E-Mail-Konten gecheckt. Nichts Auffälliges. Diese beiden Frauen müssen sehr einsam gewesen sein. Und mein erster Eindruck ist, dass Denise Möller ebenfalls in dieses Muster fällt. Wir werden das so schnell wie möglich überprüfen.«

»Gut«, sagte Vera nach einigen Sekunden Stille im Raum. Sie räumte ihre Unterlagen zusammen und stand auf. »Ich denke, dass jeder weiß, was zu tun ist. Lara und Kai werden die notwendigen Aufgaben an euch verteilen. Jan und Cengiz, ihr kümmert euch im Wesentlichen um Henning Gronemeyer. Es wäre schön, wenn wir diese Sache so schnell wie möglich ad acta legen könnten.«

»Das wird sich zeigen«, sagte Cengiz leise.

Jan gab ihm recht. Der Streit von Gronemeyer mit der noch unbekannten Person im Restaurant am Johannisberg, die Frage, wie der Politiker die letzten Stunden bis zu seinem Tod verbracht hatte. Und schließlich noch der ungeklärte Verbleib von

Gronemeyers Frau. Sie mussten Antworten auf diese Fragen finden, ansonsten würden sie die Angelegenheit nicht so schnell wie von Vera erhofft beiseitelegen können.

Die Medien hatten sich gestern zwar zurückhaltend gezeigt, aber Jan wusste, dass der Wind schon bald drehen konnte. Gronemeyer war das Gegenteil eines Skandalpolitikers gewesen, aber sein Bekanntheitsgrad würde mit Sicherheit dafür sorgen, dass Zeitungen, Radio und womöglich auch das Fernsehen in großem Stil über den Tod berichteten. Und es konnte durchaus sein, dass ein eifriger Redakteur genau die Fragen stellen würde, auf die sie noch keine Antworten hatten.

Während die Kollegen den Raum wortlos verließen, blieb Jan noch eine Weile sitzen. Die Besprechung hatte weitere Spuren der Irritation hinterlassen. Vor allem wohl bei Cengiz. Was war passiert, dass er von Vlothoerbäumer und Vera vor allen Kollegen eine solche Ohrfeige verpasst bekommen hatte? Dass Cengiz als Ermittlungsleiter im Fall der Frauenmorde nicht der Richtige sein sollte, schloss Jan aus. Er hatte keinen Zweifel daran, dass es etwas Persönliches sein musste.

Bordeaux und Weißbier

Die junge Frau, die vor Jans Schreibtisch Platz nahm, war kaum älter als zwanzig und machte einen angespannten Eindruck.

Jan versuchte, ihr mit seinem nettesten Lächeln und ein wenig Small Talk die Aufregung zu nehmen. Vergebens. Ungeschickt stieß sie das Wasserglas, das Jan ihr hingestellt hatte, um, noch bevor ihr Gespräch richtig begonnen hatte.

»Mist, das tut mir leid«, rief sie aufgeregt. »Warten Sie, ich wische das weg.«

Jan räumte einige Stapel Papier beiseite, während sein Lächeln einem zunehmend genervten Gesichtsausdruck wich.

»Schon in Ordnung, ich kümmere mich später darum. Lassen Sie uns jetzt lieber zur Sache kommen. Nennen Sie mir bitte noch einmal Ihren Namen und Ihr Alter. Und erläutern Sie bitte, was Sie beruflich tun.«

Die junge Frau holte tief Luft, um sich zu sammeln, als sich die Tür öffnete und Cengiz Jans Büro betrat. Er nickte der Frau zu und setzte sich ohne ein Wort zu sagen auf einen Stuhl, der links vom Schreibtisch an der Wand stand.

Jan vermied den direkten Blickkontakt mit seinem Kollegen, andernfalls wäre es ihm schwergefallen, ruhig zu bleiben. Immerhin war Cengiz nach der Besprechung am Morgen einfach spurlos verschwunden, obwohl es einiges zu bereden gegeben hätte. Und jetzt kam er auch noch zu spät zu ihrem Zeugengespräch.

»Also dann noch einmal«, sagte Jan. »Bitte sagen Sie uns, was Sie beobachtet haben.«

»Mein Name ist Sophie Neuhaus. Ich bin einundzwanzig Jahre alt und arbeite derzeit im Restaurant des Hotels am Johannisberg als Aushilfe.«

»Und am vergangenen Freitag haben Sie auch dort gearbeitet?«

»Ja, deswegen –«

»Schon klar«, unterbrach Jan die Frau. »Das sind Routinefragen. Erzählen Sie uns nun von diesem Abend. Versuchen Sie sich bitte an alle Einzelheiten und auch an dic genauen Zeiten zu erinnern.«

An ihrem verunsicherten Gesichtsausdruck erkannte Jan, dass er das Gespräch offenbar anders angehen musste.

»Sie machen so etwas wahrscheinlich zum ersten Mal?«, fragte er.

»Ja, natürlich.«

»Ich verstehe. Es ist ziemlich normal, dass es Ihnen nicht leichtfällt, sich an alles zu erinnern. Das geht den meisten Zeugen so.«

»Nein, das ist es nicht«, sagte Sophie Neuhaus. »Ich erinnere mich ganz gut an den Abend.«

»Womit haben Sie dann Probleme?«

»Ich bin mir durchaus im Klaren darüber, wo ich hier gerade sitze und weshalb Sie mir Fragen stellen wollen.«

»Sie glauben, dass Ihre Aussagen möglicherweise Auswirkungen haben könnten?«

»Genau darum geht es doch, oder nicht? Ich meine, warum vernehmen Sie mich, wo ich Ihnen doch schon erzählt habe, was ich weiß? Wurde dieser Politiker etwa ermordet?«

»Wir kennen die Hintergründe, die zu seinem Tod geführt haben, noch nicht«, antwortete Jan ehrlich. »Ich verspreche Ihnen aber, dass Ihre Aussagen vorerst absolut vertraulich behandelt werden.«

»Vorerst?«

»Hören Sie«, fuhr Cengiz plötzlich dazwischen und beugte sich nach vorn. So weit, dass sein Gesicht nur noch einen knappen Meter von dem von Sophie Neuhaus entfernt war. »Falls Sie sich erinnern, wir haben am Samstag bereits kurz miteinander gesprochen. Erzählen Sie uns doch nun bitte einfach, was Sie gesehen haben. Anschließend können Sie nach Hause gehen.

Und wenn Sie uns tatsächlich alles sagen, was Sie wissen, werden wir Sie nicht wieder behelligen.«

Jan musste schmunzeln. So kannte er seinen Kollegen. Während er selbst als verständnisvoller Fragensteller auftrat, schlüpfte Cengiz in die Rolle des harten Hunds. Good Cop und Bad Cop, so hatte es immer perfekt funktioniert.

»Wenn Sie meinen«, sagte Sophie Neuhaus leise. »Dann fange ich mal an. Henning Gronemeyer hat gegen zwanzig Uhr das Restaurant betreten. Ich habe ihn zu seinem reservierten Tisch gebracht. Gegen halb neun fragte er mich dann, ob es in unserem Restaurant auch ein Separee geben würde, in dem man etwas ungestörter wäre. So etwas haben wir aber nicht, zumindest nicht während des normalen Betriebs.«

»Wie hat er darauf reagiert, als Sie ihm geantwortet haben?«

»Er ist ruhig geblieben, aber ich habe gespürt, dass es ihm nicht recht war. Also habe ich ihm einen Tisch angeboten, der etwas abseits liegt, versteckt hinter einer Säule. Damit war er zufrieden.«

»Wie ging es weiter?«

»Um kurz vor neun sah ich, dass an dem Tisch mittlerweile eine weitere Person saß. Die beiden unterhielten sich jedoch nicht miteinander, sondern sahen nur in unsere Getränkekarten. Nach ein paar Minuten bin ich dann an den Tisch und habe ihre Wünsche aufgenommen. Gronemeyer hat einen Bordeaux bestellt, der andere Mann ein Weißbier.«

»Nichts zu essen?«

»Nein.«

»Wie sah dieser andere Mann aus? In Ihrem ersten Gespräch mit meinem Kollegen sagten Sie, Sie können sich nicht richtig an diesen Mann erinnern.«

»Das ist richtig, ich kann mich tatsächlich kaum an diesen Mann erinnern. Er hat es vermieden, mich anzusehen. Aber er hatte auch nichts Besonderes an sich.«

»Ein paar Merkmale werden Ihnen doch bestimmt einfallen«, drängte Jan. »Alter, Haarfarbe, Größe, Statur, Kleidung …«

»Er war ziemlich groß, wenn ich mich nicht irre«, antwortete Sophie Neuhaus. »Und er hatte kurze braune Haare. Aber so richtig alt war er noch nicht, glaube ich zumindest.«

»Geht es etwas genauer?«

»Vielleicht so Mitte vierzig, aber ich weiß es wirklich nicht mehr so genau.«

»Sagten Sie nicht eingangs, Sie können sich sehr gut an den Abend erinnern?«, fragte Cengiz streng und rückte wieder ein Stück nach vorn.

»An den Politiker schon, aber nicht –«

»Schon in Ordnung«, ging Jan dazwischen. »Wir werden Sie nach unserem Gespräch zu den Kollegen bringen, die anhand Ihrer Beschreibungen versuchen werden, ein Phantombild zu erstellen.«

»Sie fragten nach der Kleidung«, sagte Sophie Neuhaus plötzlich. »Die habe ich tatsächlich noch vor Augen. Der Mann trug einen dunkelblauen Anzug und ein weißes Hemd mit Manschettenknöpfen. Der Anzug sah sehr fein aus.«

»Krawatte?«

»Nein, aber an ein weißes Einstecktuch im Sakko erinnere ich mich.«

»Erzählen Sie uns jetzt noch einmal, was während des Gesprächs der beiden passiert ist. Es ist also zu einem Streit gekommen?«

»Ja, so würde ich das nennen. Vor allem Gronemeyer ist mehrfach ziemlich laut geworden und hat einmal sogar mit der Faust auf den Tisch geschlagen.«

»Haben Sie denn irgendetwas verstehen können, worüber sich Gronemeyer so sehr aufgeregt hat?«

»Keine Details, aber ich glaube, er rief immer wieder Sätze wie ›Das können Sie vergessen‹ und ›Das werde ich mit Sicherheit verhindern‹.«

»Was denn verhindern?«, fragte Cengiz.

»Keine Ahnung, das habe ich nicht verstanden. Mir war die Sache ohnehin unangenehm genug. Ich war froh, als sich Gronemeyer dann wieder beruhigt hatte.«

»Wie lange dauerte dieser Streit?«, hakte Jan nach.

»Vielleicht zehn Minuten.«

»Und dann haben die beiden bezahlt?«

»Nicht sofort, aber etwa gegen zehn Uhr.«

»Gronemeyer hat sich dann an die Bar gesetzt, richtig?«

»Erst einmal ist er raus an die frische Luft und kam dann nach einer Weile wieder rein. An der Bar hat er noch einige Drinks getrunken.«

»Und der andere Mann?«

»Den habe ich an diesem Abend nicht mehr gesehen.«

»Hat er im Hotel geschlafen?«

»Das weiß ich nicht.«

»Zurück zu Gronemeyer«, sagte Jan. »Haben Sie noch einmal mit ihm gesprochen, als er an der Bar saß?«

»Nein, wir haben uns aber ein paarmal Blicke zugeworfen.«

»Blicke zugeworfen?«, fragte Cengiz irritiert. »Wie sollen wir denn das verstehen?«

Jan musterte die junge Frau. Von einer Sekunde auf die andere hatte sich ihr Gesichtsausdruck komplett verändert. War sie eben noch die eingeschüchterte Zeugin gewesen, die aus Angst vor Konsequenzen nur zögerlich geantwortet hatte, veränderte sich mit einem Mal auch ihre gesamte Körpersprache. Sie schien sich geschmeichelt zu fühlen, dass ihr ein bekannter Bielefelder Politiker offenbar schöne Augen gemacht hatte.

»So etwas passiert jeden Abend«, wiegelte Sophie Neuhaus lächelnd ab. »Ich kann gut damit umgehen und weiß mich zu wehren, wenn Männer zu aufdringlich werden.«

»Wurde Gronemeyer bei Ihnen denn aufdringlich?«

»Nein, das waren nur ein paar harmlose Blicke.«

»Die Sie erwidert haben?«

»Nein, was denken Sie denn von mir?«

Jan fixierte Sophie Neuhaus. Ihre Entrüstung war derart schlecht gespielt, dass er innerlich grinsen musste.

»Wie ist der Abend dann weiter verlaufen?«, fragte Cengiz.

»Viel mehr kann ich nicht sagen. Gegen elf Uhr hat Gronemeyer die Bar verlassen. Er hatte in der kurzen Zeit allerdings einige Drinks zu sich genommen.«

»Hat er auf Sie betrunken gewirkt?«

»Ist mir zumindest nicht aufgefallen.«

»Als Gronemeyer die Bar verlassen hat«, hakte Jan noch einmal nach, »haben Sie da gesehen, wohin er gegangen ist?«

»Ich hatte ungefähr zur selben Zeit Feierabend«, antwortete Sophie Neuhaus. »Als ich ging, habe ich gesehen, dass Gronemeyer auf der Restaurantterrasse stand und rauchte.«

»Das Restaurant hatte also bereits geschlossen?«

»Wahrscheinlich erst eine halbe Stunde später, es saßen noch ein paar Gäste im Restaurant.«

»Dann sollten wir uns vielleicht noch einmal mit Ihren Kollegen unterhalten, die an diesem Abend bis zuletzt Dienst hatten.«

»Soweit ich weiß, ist Gronemeyer nach der Zigarette noch für einen letzten Drink zurück an die Bar gekommen.«

Jan lehnte sich zurück und tauschte einen kurzen Blick mit Cengiz aus. Sie hatten keine weiteren Fragen mehr. Er bedankte sich bei Sophie Neuhaus, begleitete sie bis zum Treppenaufgang und beschrieb ihr den Weg zu den Kollegen der Kriminaltechnik, die das Phantombild anfertigen sollten.

Zurück in seinem Büro ließ er sich wieder auf seinen Schreibtischstuhl fallen. Cengiz stand am Fenster und sah nachdenklich aus.

»Willst du vielleicht reden?«, fragte Jan.

»Worüber?«

»Über das, was heute Morgen vorgefallen ist.«

»Denise Möller?«

»Ich spreche von Vera.«

»Was soll denn vorgefallen sein?«, fragte Cengiz achselzuckend. »Ich habe gewusst, dass es so kommen wird. Allerdings dachte ich, dass sie dich neben Lara stellen würde.«

»Wieso wusstest du es? Was ist zwischen euch eigentlich passiert?«

»Es wäre wahrscheinlich besser, wenn du *sie* danach fragst«, antwortete Cengiz. »Ich habe die ganze Zeit nur meinen Job gemacht. Dass wir den Täter noch nicht gefunden haben, ärgert mich selbst am meisten. Aber ich habe keinen Fehler gemacht, außerdem haben wir die ganze Zeit alle Entscheidungen in gemeinsamer Absprache getroffen.« Er hielt inne und nahm wieder auf dem Stuhl Platz.

»Irgendwann vor einem halben Jahr fing es an, dass sie sich verändert hat. Sie hat sich immer mehr zurückgezogen. Die Stimmung im Team wurde schlechter, dazu kam, dass mit Lara niemand wirklich warm geworden ist. Als dann die Sache mit den Frauenmorden begann, wurde es richtig ungemütlich. Vera hat mir die Angelegenheit aufs Auge gedrückt, ohne dass wir uns intensiv miteinander besprochen hätten. Ich bin mir auch nach wie vor sicher, dass ich der richtige Mann für den Fall wäre. Aber das funktioniert nicht, wenn du keine Rückendeckung bekommst. Hier arbeitet nur noch jeder für sich. Bettina ist meine einzig verbliebene Verbündete. Und dann kommt noch Vlothoerbäumer dazu. Ich weiß einfach nicht, welche Rolle er spielt.«

»Wie meinst du das?«

»Ich kann mir nicht vorstellen, dass die Entscheidung, mich als Ermittlungsleiter abzusetzen, von ihm stammt. Das wird Veras Entscheidung gewesen sein. Aber wahrscheinlich steht Vlothoerbäumer selbst unter so großem Druck, dass er ihn einfach an Vera weitergibt. Und ich bin der Idiot am Ende der Hackordnung, der von den beiden vor allen Kollegen enteiert wird.«

»Warum hast du in dem Moment nichts dazu gesagt?«, fragte

Jan verständnislos. »Du nimmst doch sonst kein Blatt vor den Mund.«

»Es ist nicht meine Art, so etwas in einer größeren Runde zu diskutieren. Schon gar nicht, wenn es so heikel ist wie in dieser Angelegenheit. Zu gegebener Zeit werde ich mich dazu äußern.«

»Wozu äußern? Worüber zum Teufel reden wir denn hier eigentlich?«

»Tut mir leid, ich muss in dieser Sache extrem vorsichtig sein. Ich kann dir einfach nicht verraten, was los ist.«

»Vielleicht wäre das aber besser.«

»Ich weiß, dass ich dir vertrauen kann, aber ich habe schon viel zu viel gesagt. Kümmern wir uns erst einmal um Gronemeyer und den Senne-Mörder.«

Jan musterte seinen Kollegen. Allmählich wurde ihm klar, weshalb er die Degradierung heute Morgen über sich hatte ergehen lassen. Er führte etwas gegen Vera im Schilde, womöglich sogar gegen Vlothoerbäumer. Cengiz hatte keineswegs vor, das Ganze auf sich sitzen zu lassen.

»In Ordnung, ich frage nicht weiter«, sagte er. »Aber egal, was du vorhast, du solltest –«

»Schon gut, Jan«, unterbrach Cengiz ihn. »Ich weiß, was ich tue. Und was ich nicht tun werde, wenn ich mich irre. Denn auch das ist nicht auszuschließen. Sprechen wir jetzt lieber wieder über Gronemeyer. Was hältst du von dem, was Sophie Neuhaus uns gerade erzählt hat?«

»Ich glaube ihr«, antwortete Jan. »Aber die Frage lautet weiterhin, ob es sich überhaupt lohnt, diesen Abend zu rekonstruieren, wenn Gronemeyers Tod lediglich ein tragischer Unfall war. Wenn dies der Fall ist, interessiert mich der Streit zwischen ihm und dem unbekannten Mann nämlich überhaupt nicht.«

»Wir sollten zumindest herausfinden, mit wem sich Gronemeyer an diesem Abend getroffen hat«, entgegnete Cengiz. »Überhaupt wundert es mich, dass derjenige sich noch nicht freiwillig bei uns gemeldet hat. Er sollte doch wissen, dass wir nach ihm suchen.«

Jan nickte. Cengiz hatte recht.

»Wenn der Unbekannte nichts mit Gronemeyers Tod zu tun hat, dürfte er kein Problem damit haben, mit uns zu kooperieren«, sagte Jan nachdenklich. »Außer aber der Streit ging um eine Sache, die wir nicht erfahren sollen. Das würde erklären, warum er sich nicht zu erkennen gibt. Wir sollten mit dem Aufruf, dass wir einen wichtigen Zeugen suchen, auf jeden Fall an die Öffentlichkeit gehen. Vielleicht hilft uns sogar das Phantombild.«

»Gut, dann kommen wir jetzt zu unserer zweiten Baustelle«, sagte Cengiz. »Constanze Gronemeyer. Hast du heute Nachmittag schon etwas vor?«

Schöne Aussicht

Henning Gronemeyers Haus lag am Fuße der Schönen Aussicht in der Lessingstraße. Ein villenartiger Bau aus den achtziger Jahren. Die Gegend war sicherlich eine der besten und teuersten Bielefelds und machte auf Jan alles andere als den bescheidenen Eindruck, den Gronemeyer als Image in der Öffentlichkeit vertreten hatte.

Jan parkte seinen Mini an der Straße, direkt vor dem Haus. In Cengiz' Schatten betrat er die Einfahrt und lief die letzten Meter zur Haustür mit einem angespannten Gefühl.

»Waren Noltes Leute eigentlich schon hier?«, fragte Jan plötzlich.

»Nicht im Innern des Hauses«, antwortete Cengiz. »Die Staatsanwaltschaft hatte bis gestern noch nicht das Okay dafür gegeben.«

»Also gibt es im Grunde keinerlei Hinweise, die auf ein Verschwinden der Frau deuten?«

»Nein, nichts.«

»Wissen wir, welche Autos die Gronemeyers fahren?«

»Gronemeyer fuhr einen Audi A6, den haben wir auf dem Parkplatz des Restaurants am Johannisberg ausfindig gemacht.«

»Wie bitte?«, fragte Jan überrascht. »Das sagst du mir erst jetzt? Wenn Gronemeyer mit seinem Wagen zu dem Treffen mit dem Unbekannten am Johannisberg fährt und sich dort betrinkt, wo wollte er dann die Nacht verbringen? Sind wir uns sicher, dass er sich in dem angrenzenden Hotel wirklich kein Zimmer gebucht hatte?«

»Ja.«

»Das ist seltsam«, sagte Jan leise.

»Vielleicht hat er sich ja spontan betrunken, nachdem das Gespräch mit dem Unbekannten aus dem Ruder gelaufen ist.«

»Möglich«, gab Jan zu. Trotzdem – die Umstände von Gronemeyers Tod ließen noch zu viele Fragen offen. »Welches Auto fährt Constanze Gronemeyer?«

»Ebenfalls einen Audi«, antwortete Cengiz. »Einen etwas älteren TT.«

»Geld scheinen die Gronemeyers jedenfalls gehabt zu haben«, stellte Jan nüchtern fest. »Suchen wir bereits nach dem Wagen?«

»Noch nicht.«

»Dann sollten wir das so schnell wie möglich tun, sofern wir Constanze Gronemeyer jetzt nicht antreffen.«

Sie näherten sich dem weiß geklinkerten Haus mit der anthrazitfarbenen schweren Haustür. Die Türklingel befand sich auf der rechten Seite direkt unter dem silbernen Namensschild. Jan drückte gleich mehrfach auf die Klingel, die laut hörbar durch das Haus hallte. Als glaube er selbst nicht daran, dass Frau Gronemeyer zu Hause sei.

Er ging noch ein Stück näher heran und legte sein Ohr an die Tür. Aus dem Innern des Hauses war jedoch nichts zu hören.

Jan klingelte ein weiteres Mal.

Sie warteten eine Weile. Nach knapp einer Minute Stille nickten sich die beiden schließlich zu.

»Ich würde gerne ins Haus«, sagte Jan, »aber das ist wohl keine gute Idee.«

»Nicht wirklich«, stimmte Cengiz zu. »Wir sollten Druck bei der Staatsanwaltschaft machen. Wir brauchen dringend den Durchsuchungsbeschluss.«

»Dann machen wir es, wie wir vorhin besprochen haben. Hören wir uns ein wenig um.«

Die direkten Nachbarn zur Linken waren offenbar ebenfalls nicht zu Hause. Auch nach mehrfachem Klingeln öffnete niemand aus dem Haus, das fast wie eine Kopie der Villa der Gronemeyers aussah.

Wenige Minuten später standen Jan und Cengiz vor einer weiteren Tür, auf deren Klingelschild der Name »Wemhöner« stand. Es lag rechts von Gronemeyers Haus und war eine Altbauvilla, die, wie Jan vermutete, in den zwanziger Jahren gebaut worden war. Diesmal öffnete sich die Tür Sekunden nach dem ersten Klingeln.

»Frau Wemhöner?«

Die Frau nickte, während sie verunsichert ihre Stirn runzelte.

»Mein Name ist Jan Oldinghaus. Kriminalkommissar bei der Kripo Bielefeld. Das hier ist mein Kollege Cengiz Ergün. Wir würden Ihnen gerne ein paar Fragen stellen.«

»Geht es um Henning Gronemeyer?«

»Ja.«

»Dazu kann ich nichts sagen.«

»Können wir vielleicht in Ruhe mit Ihnen reden?«

»Was wollen Sie denn wissen?«

»Sie brauchen sich keine Sorgen zu machen, dass wir Ihnen unangenehme Fragen stellen. Aber ich gehe davon aus, dass Sie wissen, was mit Herrn Gronemeyer passiert ist?«

Wieder nickte die Frau.

»Wir hatten gehofft, endlich mit seiner Frau Constanze sprechen zu können. Allerdings haben wir keine Ahnung, wo sie sich aufhält. Vielleicht können Sie uns da weiterhelfen?«

»Ich ... wir ...« Sie stockte. »Wir haben mit den Gronemeyers auch nicht allzu viel zu tun gehabt.«

»Können wir vielleicht reinkommen?«

Die Frau mit den grauen, gelockten Haaren, die Jan auf Anfang siebzig schätzte, trat einen Schritt zurück und wieder vor. Sie schien unschlüssig zu sein, was sie tun sollte. Nach einigen Sekunden drehte sie sich um und rief nach Klaus. Offenbar ihrem Mann.

Es verging eine halbe Minute, bis Klaus erschien. Er sah etwas älter aus als sie. Obwohl er bestimmt Mitte siebzig sein musste, strahlte er eine Stärke aus, die Jan an seinen Vater erinnerte.

»Worum geht's?«, fragte er, ohne die beiden Beamten zu begrüßen.

»Danke, dass Sie mit uns sprechen möchten«, sagte Jan vorsichtig und stellte sich und Cengiz mit einigen Sätzen kurz vor. »Wir sind hier, weil wir mit Ihnen über Henning Gronemeyer sprechen möchten. Sie wissen, was mit ihm passiert ist?«

»Natürlich weiß ich das«, antwortete Klaus Wemhöner kühl und zugleich ungeduldig. »Weshalb ist die Kripo eingeschaltet?«

»Es handelt sich um Routineermittlungen«, antwortete Jan. »Wir versuchen zu rekonstruieren, was an dem Abend seines Todes geschehen ist.«

»Routineermittlungen?« Wemhöner legte seinen Kopf schief und sah Jan mit skeptischer Miene an. »Das können Sie vielleicht meiner Frau erzählen, mir machen Sie aber mit Sicherheit nichts vor. Aber gut, stellen Sie schon Ihre Fragen.«

Jan schluckte. Schlagartig war da wieder dieses Gefühl, das ihm auch jedes Mal die Luft abschnürte, wenn er den elterlichen Hof betrat. Aber selbst sein patriarchalischer Vater hatte nur äußerst selten so abfällig über seine Mutter gesprochen.

Obwohl er sich lieber in Ruhe im Haus unterhalten hätte, verzichtete er darauf, noch einmal darum zu bitten. Er musste diesem Menschen nicht näher kommen als unbedingt nötig.

»Constanze Gronemeyer«, kam Jan sofort zur Sache. »Haben Sie eine Ahnung, wo sie sich aufhält? Zu Hause scheint sie jedenfalls nicht zu sein. Wir haben sie leider noch immer nicht über den Tod ihres Mannes verständigen können.«

»Deswegen sind Sie hier? Um nach seiner Frau zu fragen?« Wemhöners abweisende Miene ging in ein süffisantes Lächeln über.

»Ganz richtig. Was daran verwundert Sie?«

»Nun, wie soll ich sagen«, antwortete Wemhöner noch immer lächelnd. »Wir vermuten, dass Constanze Gronemeyer zu Hause ausgezogen ist.«

Jan blickte kurz zur Seite zu Cengiz. Sie hatten darüber gesprochen, ob die Gronemeyers womöglich getrennt waren, aber niemand hatte dazu etwas sagen können.

»Weshalb vermuten Sie es?«, fragte er nach einigen Sekunden des Schweigens.

»Nun«, Wemhöner kratzte sich nachdenklich am Kopf, »in den vergangenen Wochen und Monaten haben wir des Öfteren beobachtet, wie sie spätabends, manchmal auch morgens mit Taschen in den Händen das Haus verlassen hat. Jedes Mal haben wir uns gesagt, jetzt verschwindet sie endlich und lässt sich das nicht länger bieten.«

»Was bieten?«

»Alles, was ich sagen kann, ist, dass Gronemeyer seine Frau schlecht behandelt hat«, antwortete Wemhöner. »Wenn Sie mich fragen, war er nicht der, der er in der Öffentlichkeit gerne vorgab zu sein.«

Jan musste an sich halten. Ausgerechnet dieser Mann, der keinen Hehl daraus gemacht hatte, was er von seiner Frau hielt, schwang sich dazu auf, sich über Gronemeyers angeblich schlechtes Verhalten gegenüber dessen Frau zu echauffieren!

»Verstehe ich Sie richtig, Gronemeyer hat seine Frau geschlagen?«, fragte Cengiz provokant.

»Nein, das will ich nicht behaupten«, antwortete Wemhöner. »Aber die beiden haben sich sehr häufig gestritten. So laut, dass es eigentlich alle Nachbarn mitbekommen haben. Und das, was ich gehört habe, war eindeutig.«

»Würden Sie bitte nicht ständig Andeutungen machen. Erzählen Sie einfach, was Sie wissen.«

»Es ging um eine ziemlich unangenehme Sache«, antwortete Wemhöner peinlich berührt. »Ich weiß nicht, ob das wirklich von Relevanz ist.«

»Das entscheiden wir, sobald wir wissen, wovon Sie sprechen.« Cengiz hatte die Gesprächsführung übernommen.

»Also, wie soll ich sagen …« Wemhöner stockte. »Meistens ging es bei den Streitigkeiten um … na ja, Sie wissen schon.«

»Nein, tut mir leid.«

Wemhöner verdrehte die Augen. Es war ihm offenbar mehr als unangenehm, über dieses Thema zu reden, noch dazu in Anwesenheit seiner Frau.

»Es ging um Sex«, sagte er schließlich. »Ich versuche es mal so auszudrücken: Die gegenseitigen Erwartungen lagen offenbar ein wenig auseinander. Aus seiner Sicht lief es wohl nicht mehr so richtig befriedigend.«

Wemhöner blickte abwechselnd Jan und Cengiz in die Augen. Er vermied es, seinen Kopf auch nur einen Zentimeter in Richtung seiner Frau zu drehen, die sich allerdings selbst beschämt zurückzog.

»Gut, sprechen wir noch einmal über Constanze Gronemeyer«, sagte Cengiz. »Haben Sie irgendeine Ahnung, wohin sie verschwunden sein könnte?«

»Ich schätze, dass sie erst einmal im Hotel schläft«, antwortete Wemhöner. »Oder bei Verwandten, aber ich weiß es nicht.«

»Sie hat keine engeren Verwandten mehr. Das haben wir bereits überprüft.«

»Wie gesagt, keine Ahnung.« Wemhöner hob die Schultern.

»Etwas anderes«, sagte Jan. »Zwischen Ihrem Haus und dem der Gronemeyers liegen einige Meter. Wie kann es sein, dass Sie solche intimen Gespräche mit anhören konnten?«

»Henning Gronemeyer konnte sehr, nennen wir es mal: aufbrausend sein«, sagte Wemhöner verständnislos. »Wenn die Terrassentür offen stand und wir im Garten saßen, konnten wir jedes Wort verstehen. Und ich sage Ihnen, es war wirklich unangenehm.«

»Haben Sie ihn jemals darauf angesprochen?«

»Nein, natürlich nicht.«

»Hat er in einem solchen Streit selbst einmal damit gedroht, seine Frau zu verlassen?«, fragte Jan.

»Nein, nicht direkt. Er hat sie sehr oft unflätig beschimpft. Zum Beispiel als frigide und frustrierte alte –«

»Es reicht jetzt, Klaus«, fuhr plötzlich seine Frau dazwischen. »Du musst doch nicht wiederholen, was dieser Flegel seiner Frau an den Kopf geworfen hat.«

»Sie hören es, wir brechen das Gespräch an dieser Stelle jetzt besser ab«, sagte Wemhöner.

»Einen Moment noch.« Jan versuchte sich zu sammeln. Zu seiner Abneigung gegen Wemhöner gesellte sich Verwunderung über dessen Frau. Es fiel ihm schwer, zu glauben, dass sich in diesem Haus nicht Ähnliches wie bei den Gronemeyers abspielte.

»Erzählen Sie uns bitte, was Sie sonst noch über Henning Gronemeyer wissen. Er war immerhin ein angesehener Politiker. Aber war er auch, abgesehen von den Streitigkeiten mit seiner Frau, ein guter Nachbar?«

»Dazu kann ich nicht viel sagen«, antwortete Wemhöner. »Die beiden sind hier vor fünf Jahren hergezogen. Viel Kontakt hatten wir in dieser Zeit aber nicht. Außerdem hatte Gronemeyer das falsche Parteibuch, wenn Sie verstehen, was ich meine.« Wemhöner grinste und forderte seine Frau mit einem Blick und einem Kopfnicken auf, ebenfalls zu lachen.

Gronemeyer war Sozialdemokrat gewesen. Ohne ihn zu kennen, konnte Jan sich gut vorstellen, dass Wemhöner selbst früher Unternehmer gewesen war. Das große, villenartige Haus sprach dafür, dass er nicht nur wohlhabend war, sondern zu den reichsten Menschen in Bielefeld gehörte.

Doch auf Wemhöners letzten Satz ging Jan nicht weiter ein. Ihn interessierte etwas anderes. »Wissen Sie, ob Gronemeyers Frau gearbeitet hat?«, fragte er.

»Ich glaube, sie hat gelegentlich in einem Café in Bethel ausgeholfen. Aber das war mehr ehrenamtlich.«

Jan nickte, obwohl er innerlich den Kopf schüttelte. Ihn beschäftigte nämlich die Frage, woher die Gronemeyers eigentlich das Geld für ein solches Haus gehabt hatten. Ohne dass er es bislang betreten hatte, schätzte er den Wert auf mindestens eine Million Euro.

»Ich denke, dass ich Ihnen jetzt wirklich nicht mehr weiterhelfen kann«, sagte Wemhöner. »Wenn Sie seine Frau finden, richten Sie ihr unser Beileid aus. Aber eigentlich sollte sie wohl besser froh sein.«

»Klaus!«

»Ist doch wahr. Lass uns jetzt reingehen, Jutta. Ist das Abendessen schon fertig?«

Jan seufzte und atmete tief durch. Kurz bevor die Tür vor ihnen zufiel, räusperte er sich noch einmal.

»Eine letzte Frage hätte ich noch. Können Sie uns sagen, mit wem die Gronemeyers Kontakt hatten? Gab es Freunde oder andere Politiker, die manchmal hier gewesen sind?«

»An Freunde kann ich mich nicht erinnern«, antwortete Wemhöner, während er die Tür wieder ein Stück öffnete. »Einige Lokalpolitiker sind hier aber durchaus gelegentlich ein und aus gegangen. Und dann waren da natürlich die Geschäftspartner von Gronemeyer.«

»Geschäftspartner?«, fragte Jan überrascht.

»Ja, natürlich. Er war schließlich an so manchen Investitionen beteiligt, wie ich hörte.«

»Können Sie das bitte etwas näher erläutern?«

»Das werden Sie doch wohl selbst wissen.«

Jan war vollkommen perplex. Er hatte keinerlei Ahnung, an welchen Investitionen Gronemeyer beteiligt gewesen sein sollte. Letztlich wussten sie wohl noch sehr wenig darüber, was dieser Mann überhaupt alles getrieben hatte.

»Erzählen Sie uns einfach, wen er hier getroffen hat.« Jan versuchte, sich souverän zu geben.

»Darüber möchte ich nicht sprechen«, sagte Wemhöner. »Aber Sie können sich sicher sein, dass Gronemeyer hier den einen oder anderen Deal unter Dach und Fach gebracht hat. Unter anderen Umständen hätte ich mich vielleicht sogar daran beteiligt.«

»Das können wir nicht akzeptieren«, sagte Jan. »Sagen Sie

uns, was genau Sie meinen. Andernfalls müssen wir Sie aufs Präsidium vorladen. Und ich gehe davon aus, dass das nicht in Ihrem Interesse ist.«

»Hören Sie, ich habe Ihnen schon viel zu viel erzählt. Namen erfahren Sie von mir allerdings nicht. Ich werde niemanden in die Pfanne hauen, das können Sie sich abschminken.«

»Ich nehme an, weil Sie diese Leute ebenfalls gut kennen?«

»Natürlich kenne ich sie. Ich war vierzig Jahre lang erfolgreicher Unternehmer und bin auch in meinem Ruhestand noch bestens vernetzt. Glauben Sie mir, es gibt genug Menschen in dieser Stadt, die ich mit einem schnellen Fingerschnipsen ruinieren könnte, aber das ist weder mein Stil noch meine Absicht. Wenn mir etwas nicht passt, kläre ich das unter vier Augen mit demjenigen.«

»Und weshalb reden Sie dann ausgerechnet über Ihren toten Nachbarn so schlecht?« Cengiz trat noch einmal einen Schritt näher heran und positionierte sich mit verschränkten Armen vor Wemhöner.

»Sagen Sie Ihrem Wachhund, er soll anständig mit mir reden«, erwiderte Wemhöner an Jan gewandt.

»Wenn Sie wollen, dass mein Wachhund nicht gleich zum Kampfhund wird, dann beantworten Sie einfach seine Frage.«

»Sie möchten wissen, warum seine Frau abgehauen ist«, entgegnete Wemhöner. »Und ich habe Ihnen nur die Wahrheit über Gronemeyer gesagt. Wenn Sie erfahren wollen, an welchen Projekten er beteiligt gewesen ist und was er geplant hat, dann müssen Sie jemand anderen fragen.«

»Und wen? Etwa seine Frau?«

Jan blickte Cengiz aus den Augenwinkeln an. Er spürte, dass sein Kollege drauf und dran war, die Contenance zu verlieren und Wemhöner so richtig in die Mangel zu nehmen.

»Ich gebe Ihnen jetzt einen letzten Hinweis«, gab Wemhöner nach einigen Augenblicken des Zögerns klein bei. »Kein Name, lediglich zwei Wörter, die Ihnen weiterhelfen werden, wenn Sie mehr über Gronemeyers Aktivitäten fernab der Politik wissen wollen. Aber eines muss klar sein: Danach lassen Sie mich in Ruhe.«

Jan nickte.

Cengiz blieb dagegen regungslos und verzog keine Miene.

»Truppenübungsplatz Senne.«

Pretty Woman

Sie hasste Montage.

Früher waren die Montage voller Hoffnung gewesen. Hoffnung, dass alles besser werden würde. Eine neue Woche, in der ihr Vater vielleicht weniger trank. Weniger schrie. Weniger schlug.

Oder vielleicht eine Woche, in der ihre Mutter endlich den Absprung schaffte und aus ihrer grauenvollen Welt ausbrach. Den Mut fand, sie an die Hand zu nehmen und einfach zu gehen.

Sie hatte es nie geschafft. Als sie starb, hatte sie ihren Schmerz mit ins Grab genommen. Einige wenige Bekannte hatten vielleicht geahnt, welches Martyrium sie durchlitt. Aber niemand hatte auch nur ein Wort darüber verloren. Kein Wort des Bedauerns. Kein Mitleid. Oder wenigstens Verständnis dafür, dass sie selbst sich nicht länger um ihren dementen Vater kümmern wollte. Nichts.

Inzwischen war die Situation eine andere. Montage waren der Beweis dafür, dass sich nichts änderte. Egal, wie groß die Hoffnung war, dass sich ihr Leben verändern würde – um kurz nach acht Uhr morgens wusste sie bereits, dass alles umsonst gewesen war.

Im Grunde war die Hoffnung schon vor Jahren gestorben. Der alltägliche Trott, die Erniedrigungen bei der Arbeit, die Einsamkeit in ihrer kleinen Wohnung … Sie wusste längst, dass dieser Kreislauf der negativen Einflüsse niemals enden würde.

Heute war es wieder besonders schlimm gewesen. Sie hatte ihre Arbeit so wie jeden Tag erledigt. Und wieder einmal war es nicht genug gewesen. Ihr Chef hatte sie herumkommandiert und kein einziges freundliches Wort in den Mund genommen.

Sie war zweiundvierzig Jahre alt, drei Jahre älter als er. Und trotzdem gelang es ihr nicht, sich auch nur ansatzweise gegen ihn zur Wehr zu setzen. Es war, als ließe sie die Dinge einfach über sich ergehen.

Und doch hatte sich etwas verändert. Die Sache beschäftigte sie seit Wochen rund um die Uhr. Das Einzige, was sie überhaupt noch am Leben erhielt. Ein fast unvorstellbarer Moment des Glücks, als dieser Mann sie plötzlich angesprochen hatte. Als er sie gefragt hatte, ob er sie zu ihr nach Hause begleiten dürfe. Auf einen Absacker. Als sie eine knappe Stunde später im Bett gelandet waren und miteinander geschlafen hatten. Einmal. Und dann noch einmal. Und immer wieder, wenn sie sich verabredet hatten.

Sie hatte sich wie Julia Roberts in »Pretty Woman« gefühlt. Mit einem Mal war da jemand, der sich mit ihr treffen wollte. Der ernsthaftes Interesse an ihr zeigte, Sex mit ihr hatte.

Sie hatte von Anfang an gewusst, worauf sie sich einließ. Dass es wohl keine normale Beziehung werden würde. Wahrscheinlich ließ dieses seltsame Gefühl, dass es nicht richtig war, was sie tat, sie genau deshalb nicht los. Sie hatte immer geglaubt, dass es besser für sie sei, allein zu bleiben. Sich auf keine Gefühle einzulassen. Besser für sie und auch für die Männer.

Sie blickte auf ihre Uhr. Siebzehn Uhr fünfunddreißig. Noch drei Minuten, bis die Bahn kam. Einmal quer durch die Stadt bis zu ihrer Wohnung. Zwischendurch umsteigen, wie immer am Jahnplatz.

Er hatte bei ihrem letzten Treffen gesagt, dass das Ganze nicht so einfach sei. Aber das hatte sie auch nicht erwartet. Wichtiger war, dass es überhaupt eine Zukunft gab. Dass da draußen Menschen waren, mit denen mehr vorstellbar war als das, was sie in den Jahren zuvor erlebt hatte.

Das letzte Treffen. Sie musste lächeln bei dem Gedanken daran. Es war schön gewesen. Er hatte nicht viel geredet, aber das war auch gar nicht nötig gewesen. Nicht einmal der Sex war gut gewesen, wobei ihr das sowieso nicht wichtig war. Sie wusste nicht einmal, was guter Sex überhaupt war. Alles, was zählte, war die Nähe zwischen ihnen. Und das Gefühl, dass sie wahrgenommen wurde.

Ihr Lächeln verschwand. Denn das letzte Treffen lag schon fast drei Wochen zurück. Und je mehr Zeit verging, in der sie ihn nicht sah, desto unruhiger wurde sie. Hatte sie ihn etwa enttäuscht? War sie nicht gut genug gewesen? Hatte sie etwas Falsches gesagt?

Sie wollte das Glück, das so plötzlich über sie hereingebrochen war, nicht wieder verlieren. Zumindest noch nicht. Dass sie es für längere Zeit gefunden hatte, glaubte sie ohnehin nicht.

Erschöpft vom Tag lehnte sie sich an ein Halteschild. Weit und breit war niemand zu sehen. Sie war ganz allein an der Haltestelle Sudbrackstraße. In bitterer Weise war das symptomatisch für ihr Leben. Letzten Endes war das Alleinsein ihr einziger Begleiter.

Die Straßenbahn fuhr jetzt ein.

Sie hatte es nie gemocht, mit öffentlichen Verkehrsmitteln zu fahren. Die Menschen, die sich in Bahnen und Bussen eng aneinanderdrängelten. Die Blicke, denen sie nicht ausweichen konnte. Die Gerüche. Stimmen. Die sich ewig anfühlende Fahrt bis zu der Haltestelle, an der sie ausstieg, um die letzten fünfhundert Meter zu ihrer Wohnung zu laufen. All das verursachte ein Druckgefühl in ihrer Brust. Sie atmete schwerer, spürte das Unwohlsein, das immer in solchen Momenten die Kontrolle über ihren Körper einnahm.

Sie konzentrierte sich darauf, was zu Hause noch zu erledigen war. Zählte die Dinge laut auf, ging im Kopf die Orte in ihrer Wohnung durch.

Es wirkte – wie immer. Ein Hilfsmittel gegen aufkommende Panikattacken. Eines der Mittel, die sie vor Jahren von einer Psychologin mit auf den Weg bekommen hatte.

Die Straßenbahn kam näher. Sie würde ganz vorn einsteigen, sich am besten wie jeden Tag einen Platz gleich hinter dem Fahrer suchen.

Vorsichtig trat sie einen Schritt näher an die Bahnsteigkante heran. Sie hoffte so sehr, dass die Bahn nicht überfüllt war. Ein Sitzplatz, ohne dass sich jemand neben sie setzte. Keine Menschen auf Tuchfühlung.

Die Schritte in ihrem Rücken bemerkte sie erst im letzten Moment. Als es längst zu spät war. Ein furchtbarer Schmerz durchfuhr ihren Körper. Durch den Schlag auf den Kopf verlor sie das Gleichgewicht und stolperte nach vorn.

Während sie fiel, gelang es ihr gerade noch, sich umzusehen. Doch die grellen Lichter der nur noch wenige Meter entfernten Bahn verhinderten, dass sie erkannte, wer sie gerade vor den einfahrenden Zug gestoßen hatte.

Ziegenmelker und Frühlings-Spark

Es dämmerte bereits, als Jan das Licht der Schreibtischlampe anknipste und sich auf seinem Stuhl zurücklehnte. Er war erschöpft nach einem anstrengenden Tag. Einem Montag, dem ersten richtigen Arbeitstag an alter Stelle seit fast einem Jahr. In seinem alten Team, in dem so gar nichts mehr wie früher zu sein schien.

Erschöpft war er aber auch noch aus einem anderen Grund. Die Ermittlungen am Nachmittag hatten ihn nachdenklich gemacht.

Nach dem Gespräch mit Klaus Wemhöner war er mit Cengiz noch eine Weile durch die Gegend gefahren. Jan hatte reden wollen, aber das Gespräch war nicht so richtig in Gang gekommen. Cengiz war schweigsam gewesen, vielleicht musste sich bei ihnen auch erst einmal setzen, was sie gerade gehört hatten. Schließlich hatte Jan seinen Kollegen in der Stadt abgesetzt, ehe er selbst noch einmal zurück ins Präsidium gefahren war.

Jan konnte sich nicht so richtig vorstellen, wohin das Ganze noch führen würde, aber mittlerweile war klar, dass hinter dem Tod von Henning Gronemeyer womöglich doch mehr steckte als ein tragischer Unfall.

Und selbst wenn es sich nicht um ein Tötungsdelikt handelte, erschien ihm das Verhältnis Gronemeyers zu seiner Frau und vor allem zu den mutmaßlichen Investment-Partnern einen genaueren Blick wert zu sein. Auch auf die Gefahr hin, dass dieser Fall dann im Grunde gar keine Angelegenheit mehr für das KK 11 war.

Sein Schreibtisch war vollständig leer. Mit Ausnahme des Berichts der Rechtsmedizin hatte er nichts über Gronemeyer vorliegen. Keine Akte, keine Gesprächsprotokolle, nicht einmal ein aktuelles Foto dieses Mannes. Irgendwelche Unterlagen oder ein Handy waren bei Gronemeyers Leiche nicht gefunden worden. Aber immerhin wusste er jetzt, dass Gronemeyer tatsächlich betrunken gewesen war. Knapp zwei Promille hatte die Analyse des Blutalkoholwerts ergeben. Ein weiteres Indiz für ein tragisches Unglück?

Alles, worauf sich diese Ermittlung berief, war bisher nur eine Zeugenaussage über ein Streitgespräch zwischen Gronemeyer und einem noch unbekannten Mann. Nun kamen noch die Aussagen eines Nachbarn in der Lessingstraße hinzu, der sehr deutlich gemacht hatte, dass Gronemeyer etwas zu verbergen gehabt hatte.

Jan schaltete seinen Computer ein und stand auf, um sich einen Kaffee vom Automaten im Flur zu holen. Als er Lara sah, die gerade ihren Becher aus dem Gerät herauszog, ging er direkt auf sie zu.

»Auch noch hier?«, fragte er und merkte sofort, wie plump er klang.

»Ehrlich gesagt hatte ich gedacht, dass es in Bielefeld etwas ruhiger zugeht als in Hamburg.«

»Ich hoffe nicht, dass das deine Motivation war, hierherzukommen.«

»Du bist wirklich hartnäckig«, sagte Lara müde lächelnd, »aber es tut mir leid, ich habe keinerlei Interesse daran, mit dir über mein Privatleben zu reden.«

»Schade.« Jan klang nicht nur ehrlich enttäuscht, er meinte es auch so. »Wenn wir gut zusammenarbeiten wollen, sollten wir uns einfach besser kennenlernen. Mein Angebot steht natürlich noch immer: Lass uns was trinken gehen.«

»Kein Bedarf«, antwortete Lara abweisend. »Ich habe heute Abend noch zu tun.«

»Verstehe.«

Jan beobachtete sie. Lara wirkte in diesem Moment noch distanzierter als in den vergangenen Tagen. Ihre kurzen hellblonden Haare sahen zerzaust aus, was allerdings gewollt war. Auf ihren Wangen zeichneten sich einige Rötungsflecken ab.

»Gibt's denn irgendetwas Neues bei euch?«, fragte er.

»Wir arbeiten sehr hart.«

»Also keine Neuigkeiten?«

»Seit heute Morgen ist noch nicht so viel Zeit vergangen«, antwortete Lara schmallippig und nippte an ihrem Kaffee. »Außerdem müssen wir uns erst einmal darum kümmern, die Sachen aufzuarbeiten, die vorher liegen geblieben sind.«

»Nachtreten ist aber nicht unbedingt die feine hanseatische Art.«

»Mit Nachtreten hat das nichts zu tun«, reagierte Lara plötzlich schroff. »Ich will Cengiz wirklich nicht zu nahe treten, aber so wie er die Ermittlungen geleitet hat, ist es kein Wunder, dass wir vor den Medien und der Öffentlichkeit dumm dastehen. Es gibt so einige Hinweise und Auffälligkeiten, denen nicht nachgegangen wurde. Keine Ahnung, was er sich dabei gedacht hat. Bestenfalls gar nichts, weil er überfordert war.«

»Warum hast du ihn nicht vorher darauf angesprochen?«, fragte Jan verständnislos. »Als wir Sonntag zusammensaßen, hatte ich nicht das Gefühl, als würdest du nicht seiner Meinung sein. Oder wusstest du zu dem Zeitpunkt schon, dass sie dir die Leitung übergeben, und hast deshalb gute Miene gemacht?«

»Hast du etwa ein Problem damit?«

»Nein«, antwortete Jan ganz ruhig. »Nur damit, dass Cengiz für etwas verantwortlich gemacht wird, das er nicht zu verantworten hat.«

»Wie meinst du das?«

»Das erkläre ich dir, wenn diese Sache vorbei ist. Jedenfalls wünsche ich dir viel Spaß an der Seite von Stahlhut.«

»Ich habe mir das nicht ausgesucht, das war Veras Entscheidung.«

»Genau das ist das Problem.«

»Vera?«

»Lassen wir das.« Jan drückte die Espresso-Taste, und das Automatengeräusch ließ die Diskussion verstummen.

»Deinen Trip nach Hamburg musstest du verschieben?«, fragte er, nachdem das Geräusch verklungen war.

»Was willst du von mir? Habe ich mich vorhin nicht klar genug ausgedrückt?«

»Ich frage mich, ob es wirklich an der ostwestfälischen Art liegt, dass du hier bisher noch nicht angekommen bist«, erwiderte Jan und schüttelte den Kopf. »Du bist ja bissiger als unsere Polizeihunde.«

Sofort merkte er, dass er zu weit gegangen war, und ruderte zurück. »Tut mir leid, so war das nicht gemeint. Wenn du nicht reden willst, ist das natürlich völlig in Ordnung. Ich dachte nur, es würde dir vielleicht helfen.«

»Wobei denn helfen? Du redest mit mir, als hätte ich irgendein Problem.«

»Hast du nicht?« Jan hob sofort entschuldigend die Hände. »Sorry, ich sage jetzt wohl lieber gar nichts mehr.«

»Besser ist das«, entgegnete Lara noch immer aufgebracht. »Ich habe diesen verfluchten Fall auf meinem Schreibtisch liegen, bei dem es leider keinen Zentimeter vorwärtsgeht. Und damit wir uns da richtig verstehen: Ich habe mich nicht um die Leitung in diesem Fall gerissen. Seit Monaten leidet mein Privatleben, wie du dir sicher vorstellen kannst. Ich habe meinen Freund in den vergangenen sechs Monaten an drei Wochenenden gesehen. Samstagabend war ich schon kurz vor Hannover, als mich Vera anrief, ich solle sofort zurückkommen. Und dann tauchst du plötzlich auf und denkst, hier wäre noch immer alles so wie zu dem Zeitpunkt, als du gegangen bist. Gute Ratschläge willst du mir auch noch geben. Wenn du mir aber wirklich helfen willst, dann finde dieses Schwein, bevor wir ein viertes Opfer zu beklagen haben.«

»Du hast doch Stahlhut an deiner Seite«, sagte Jan achselzuckend. »Ich befürchte, dass ich mich noch eine ganze Weile mit dem Gronemeyer-Fall herumschlagen muss. Es tauchen immer mehr Fragezeichen auf. Aber ich kann dir anbieten, dass wir in

Ruhe über den Senne-Mörder-Fall sprechen. Wenn du möchtest, gleich heute Abend. In etwas angenehmerer Atmosphäre.«

»Du lässt ernsthaft noch immer nicht locker«, sagte Lara. Dabei verzog sie ihren Mund, als ob sie ein Lächeln unterdrücken wollte.

»Gib dir doch einfach einen Ruck«, drängte Jan. »Du wirst schon sehen, dass ich ein ganz umgänglicher Typ bin.«

»Du schon, aber ich vielleicht nicht.«

»Kann ich mir beim besten Willen nicht vorstellen.«

Jan sah auf seine Uhr. Es war kurz vor sieben. Er hatte sich vorgenommen, noch eine Weile nach weiteren Informationen über Gronemeyer und dessen Verbindung zum Truppenübungsplatz in der Senne, von der Klaus Wemhöner berichtet hatte, zu recherchieren. Doch den Rest des Abends hatte er nichts vor.

»Ich klopfe einfach um acht Uhr an deine Tür, vielleicht hast du es dir bis dahin ja anders überlegt.«

»Vielleicht.« Diesmal versuchte Lara gar nicht mehr, das leichte Grinsen zu unterdrücken.

Immerhin, dachte Jan. Er wandte sich ab und ging mit dem Kaffeebecher in der Hand zurück in sein Büro.

Sein Computer war mittlerweile hochgefahren. In der Suchleiste seines Browsers gab er den Namen »Henning Gronemeyer« ein. Bevor er auf »Enter« drückte, löschte er den Namen wieder und gab stattdessen »Truppenübungsplatz Senne« ein.

Unter der Rubrik »News« fand er sofort einen Zeitungsartikel, der gerade einmal ein paar Tage alt war. Er behandelte die aktuellen Pläne zur Nachnutzung des Truppenübungsplatzes in der Senne, wenn die britische Armee, die das Gelände seit Ende des Zweiten Weltkriegs verwaltete, ihre Soldaten in naher Zukunft abzog.

Gespannt rückte er noch ein Stück mit seinem Stuhl vor und begann zu lesen.

»Was planen die Briten wirklich?«, titelte die Zeitung.

Wenn in einem Jahr die meisten der über dreitausend britischen Soldaten ihre langjährige Heimat in der Senne nördlich von Paderborn verlassen haben, wird es viele Gewinner geben – aber womöglich noch sehr viel mehr Verlierer. Denn auch wenn die Pläne, einen Nationalpark auf dem Areal zu errichten, vorerst gescheitert sind, klar ist, die Natur wird sich zurückholen, was ihr vor Jahrzehnten genommen wurde. Gartenrotschwanz, Ziegenmelker und Wiesenpieper werden Freudentänzchen aufführen, Frühlings-Spark, Sand-Segge und Bauernsenf die Senne-Landschaft vollständig erobern.
Doch der regionalökonomische Schaden wird immens sein, wenn innerhalb weniger Monate nicht nur die Soldaten, sondern auch deren Familien Paderborn und die Region verlassen werden. Kaufkraft geht verloren, Geschäfte werden schließen, die Bevölkerung wird weiter überaltern, und schließlich werden ganze Ortschaften aussterben. Dass es sich dabei nicht um ein bloßes Schreckensszenario handelt, zeigen zahlreiche Standorte in Deutschland, an denen sich die Bundeswehr bereits zurückgezogen hat. Einen kleinen Hoffnungsschimmer für die Region gibt es vielleicht dennoch. Vor Kurzem wurde verkündet, dass die britische Armee den Standort zumindest nicht komplett aufgeben, sondern mit rund zweihundert Soldaten vor Ort bleiben und den Truppenübungsplatz als Trainingsgelände nutzen werde. Doch wie genau die Zukunft des hundertsechzehn Quadratkilometer großen Areals tatsächlich aussehen wird, ist nach internen Recherchen unserer Zeitung derzeit noch vollkommen offen. Denn es scheint so zu sein, als würden die Briten nur deshalb auf eine weitere Nutzung der Fläche bestehen, um weitere Diskussionen um die Ausweisung als Nationalpark abzuwürgen.
Die treibende Kraft hinter diesen Plänen könnte ein erfolgreicher Unternehmer sein, der auch in Bielefeld nicht

gänzlich unbekannt ist. Die Rede ist von dem Unternehmer Peter Althoff, einem der bekanntesten Gewerbeimmobilienentwickler Ostwestfalens. Es kann aktuell nicht ausgeschlossen werden, dass auf Teilen des jetzigen Truppenübungsplatzes östlich der A33 die Erschließung von Gewerbeflächen vorangetrieben werden soll. Konflikte mit den Naturschützern, die sich mittlerweile in einem gemeinsamen Bündnis zusammengetan haben, sind damit vorprogrammiert.
Nach Informationen, die unserer Redaktion vorliegen, soll sich zudem eine weitere Investorengruppe für Teilgebiete des Truppenübungsplatzes interessieren. Deren Pläne sind aufsehenerregend: So soll ein Freizeitpark, ähnlich dem in der Lüneburger Heide, aus dem Boden gestampft werden. Teil dieses Konsortiums, bestehend aus ausländischen Investoren und einem regionalen Bauunternehmen, soll der bekannte Lokalpolitiker Henning Gronemeyer sein.
Die nächsten Wochen sind mit Spannung zu erwarten. Insbesondere die Frage, welche Rolle die Landesregierung – der Truppenübungsplatz ist Eigentum des Bundes – einnehmen wird. Momentane Signale deuten darauf hin, dass dieses Thema in der bestehenden Koalition für großen Zündstoff sorgen könnte.

Jan schloss für einen kurzen Moment die Augen. Als er sie wieder öffnete, hatte er die leise Hoffnung, der Zeitungsartikel auf seinem Monitor wäre nur eine Halluzination gewesen. Doch er war noch immer da. Das, was er gelesen hatte, stand dort schwarz auf weiß.

Er versuchte, die Informationen einzuordnen. Weshalb hatte niemand der Kollegen erwähnt, in welche Geschäfte Gronemeyer offenbar involviert war? Sein Blick fiel auf das Datum, an dem der Artikel veröffentlicht worden war. Mittwoch letzter Woche. Zwei Tage vor Gronemeyers Tod.

Er selbst war nicht hier gewesen in den vergangenen Monaten. Aber irgendjemand der anderen hätte doch gelesen haben müssen, welche Pläne Gronemeyer verfolgte.

Was bedeutete der Artikel?

Offenbar gab es mehrere potenzielle Investoren, die Pläne für das Areal des Truppenübungsplatzes schmiedeten. Die Briten hatten vor einigen Wochen entschieden, zum Jahr 2020 doch noch nicht komplett aus der Senne abzuziehen. Aber zu welchem Preis? Gab es tatsächlich politische Kräfte, die die Briten dazu gedrängt hatten, länger zu bleiben? Weil sie alles daransetzten, dass das Areal nicht als Naturpark ausgewiesen werden würde?

Der Artikel bestätigte im Prinzip, was Klaus Wemhöner angedeutet hatte. Gronemeyer hatte anscheinend tatsächlich seine Finger im Spiel gehabt. Allerdings schien Wemhöner noch mehr zu wissen, denn was hätte es sonst zu verschweigen gegeben, wenn von der bloßen Tatsache, dass Gronemeyer in diese Sache involviert war, schon die Presse berichtet hatte?

Gronemeyer hatte also gemeinsam mit anderen Investoren auf dem Gelände des Truppenübungsplatzes in der Senne einen Freizeitpark errichten wollen. Es passte nicht zu dem Bild, das Jan noch bis heute Morgen von Gronemeyer gehabt hatte. Das Bild eines Politikers, der für die Bürger da gewesen war und sich vor allem um soziale Probleme gekümmert hatte. Dass er jemand gewesen war, der Großinvestoren unterstützte und sich offenkundig für sie einsetzte, warf ein ganz anderes Licht auf ihn.

Jan glaubte, die Frage, wie Gronemeyer sein großes Haus in der feinen Wohngegend finanziert hatte, jetzt beantworten zu können. Sicher nicht nur mit dem Gehalt eines Landtagsabgeordneten. Womöglich war er in der Vergangenheit schon des Öfteren an ähnlichen Investitionen finanziell beteiligt gewesen.

Erneut überflog Jan den Artikel. Gronemeyers Partner waren ausländische Investoren und ein regionales Bauunternehmen, schrieb die Zeitung. Namen wurden nicht genannt.

Er öffnete ein neues Browserfenster und suchte nach weiteren Artikeln, die sich mit der Zukunft des Truppenübungsplatzes beschäftigten.

Nichts.

Zumindest nichts, was mehr Informationen als der erste Artikel lieferte.

»Bauunternehmen Senne Freizeitpark«, tippte er ein.

Treffer.

Das Bauunternehmen Watermann und Söhne.

Jan klickte auf die Website des Unternehmens und versuchte, sich zurechtzufinden. Nach einigen Minuten war er sich sicher, dass es sich um das Unternehmen handelte, mit dem Gronemeyer zusammengearbeitet hatte.

Zwar fand sich kein konkreter Hinweis auf Pläne, einen Freizeitpark in der Senne zu errichten, aber er hatte zwei Referenzen über ähnliche Bauvorhaben in Belgien und Polen gefunden. Moderne Freizeitparks, die innerhalb weniger Monate auf der grünen Wiese errichtet worden waren. Watermann und Söhne waren als Generalunternehmer aufgetreten, hatten aber offenbar zumindest die Tiefbauarbeiten selbst durchgeführt.

Er rief die Kontaktseite auf. Der Firmensitz von Watermann und Söhne befand sich in Paderborn-Schloß-Neuhaus, also am südlichen Rand des Truppenübungsplatzes. Er notierte sich gerade die Adresse, als er aus dem Augenwinkel sah, dass sich die Tür zu seinem Büro öffnete.

»Störe ich?«

Jan sah auf. Lara stand in der Tür. Sie hatte ihre Jacke übergezogen und wollte offenbar Feierabend machen.

»Ist es schon acht?«

»Nein, ansonsten wärst du ja bei mir vorbeigekommen.«

»Stimmt.«

»Mir reicht es für heute«, sagte sie. »Ich muss mal abschalten.«

»Eine gute Idee.« Jan lächelte. »Hast du es dir also überlegt?«

»Hab ich.«

»Sehr schön. Gib mir noch fünf Minuten, dann können wir los.«

»Nein, du hast mich immer noch nicht richtig verstanden«, sagte sie nüchtern. »Mir steht nicht der Sinn danach, mit jemandem, den ich kaum kenne, einen gemeinsamen Abend zu verbringen. Ich glaube dir, dass du nur nett sein willst, aber das ist nicht so mein Ding. Vielleicht ein andermal, wenn das alles hier vorbei ist.«

»Na gut, das muss ich dann wohl einfach akzeptieren. Ich hätte heute Abend gerne jemanden zum Reden gehabt. Aber wir holen das nach. Komm gut nach Hause.«

»Machst du denn noch lange?«

»Nein, aber ich werde auf jeden Fall noch auf einen Absacker ins ›Nichtschwimmer‹. Ich muss noch ein bisschen darüber nachdenken, was wir heute über Gronemeyer erfahren haben.«

Lara nickte. »Dann bis morgen.«

»Bis morgen.«

Sie wandte sich ab und verließ sein Büro. Ihre Schritte hallten auf dem Linoleumboden des Polizeipräsidiums noch eine Weile nach.

Er war jetzt ganz allein, der Einzige im KK 11, der noch arbeitete. Und das an seinem ersten Werktag seit seiner Rückkehr.

Jan schloss die Browserfenster und fuhr seinen Rechner herunter. Die Gedanken daran, was er im Internet über Gronemeyer und die Pläne auf dem Areal des Truppenübungsplatzes Senne gelesen hatte, ließen ihn nicht mehr los.

Gronemeyers Streit mit dem unbekannten Mann, wenige Stunden bevor er ums Leben kam – und das nur zwei Tage, nachdem der Artikel veröffentlicht worden war. Es war durchaus möglich, dass es in diesem Gespräch um genau diese Pläne gegangen war. Doch wer konnte dieser Unbekannte gewesen sein? Jemand von Watermann und Söhne? Einer der ausländischen Geldgeber? Oder aber einer der anderen potenziellen Investoren, die das Areal für Gewerbeflächen verplant hatten?

Und noch eine Gruppierung durfte Jan nicht ausschließen. Da die Pläne der möglichen Investoren bereits an die Öffentlichkeit gelangt waren, gab es mit Sicherheit auch jede Menge Widerstand vonseiten der Naturschützer, die erst vor wenigen Wochen den Rückschlag hatten hinnehmen müssen, dass das Gebiet des Truppenübungsplatzes vorerst nicht in einen Nationalpark umgewandelt werden würde.

Jan schüttelte sich. Letzten Endes ging es um den Tod von Henning Gronemeyer. Um seinen verhängnisvollen Sturz am Hang des Johannisbergs. Ein Unfall, so wie es schien. Vielleicht war es besser, ihn weiterhin nur als solchen zu behandeln und der Presse gegenüber das zu berichten, was bislang Fakt war. Für ihn selbst war jedoch eines klar: Solange die Dinge, die er heute über Gronemeyer erfahren hatte, womöglich etwas mit dessen Tod zu tun hatten, würde er noch tiefer in die Sache eintauchen müssen.

Er knipste das Licht der Schreibtischlampe aus und verließ sein Büro. Etwas mehr als drei Tage waren vergangen, seitdem er in seine Heimat zurückgekehrt war. In diesem Moment fühlte es sich endgültig so an, als wäre er niemals weg gewesen.

***

Er hatte gehofft, es sich jedenfalls gewünscht, dass Lara trotz ihrer klaren Absage im »Nichtschwimmer« erscheinen würde. Vielleicht mit einer unbeholfenen Entschuldigung. Mit der Erkenntnis, dass es in Ordnung war, mit Kollegen über private Dinge zu reden. Vielleicht auch über den Fall. Aber sie hatte sich tatsächlich nicht blicken lassen. Offenbar meinte sie, was sie sagte.

Als er sich um kurz vor halb elf auf der B 61 Herford näherte, spürte er plötzlich wieder dieses Unbehagen, das seinen Körper immer dann erfasste, wenn er sich in einem zu engen Radius um den elterlichen Hof befand. Früher war es nur das kühle Verhältnis zwischen ihm und seinem Vater gewesen, das ihn davon abgehalten hatte, öfter bei seinen Eltern vorbeizufahren. Und natürlich sein bescheuerter Bruder Cord. Aber jetzt war noch etwas anderes dazugekommen. Etwas, vor dem er sich tief im Innern schon seit Jahren gefürchtet hatte.

Ein schlechtes Gewissen.

Seine Mutter hatte ihm am Samstag den Rest gegeben. Ihre Worte spulte sein Gehirn seit diesem Moment in unregelmäßigen Abständen ab. Vorwurfsvoll. Anklagend. Bitter.

Ihm vorzuwerfen, er denke nur an sich, hatte er ihr besonders übel genommen. Natürlich hatte er einige Entscheidungen in seinem Leben getroffen, ohne sich mit seinen Eltern abzustimmen. Aber er war ein erwachsener Mann von fast vierzig Jahren. Musste er um Erlaubnis fragen, wenn er mit seiner Band auf Tournee ging?

Oder der seit Jahren wiederholte Vorwurf, er hätte mehr aus seinem Leben machen können, als lediglich zur Polizei zu gehen. Auf Jans Privatleben hatte sein Vater stets mit Argusaugen geblickt. Immer wieder diese kleinen Spitzen, dass er sich doch endlich eine Partnerin suchen sollte. Ein solides Leben mit Kindern führen sollte. Dabei hatte nicht einmal Cord eine Frau an seiner Seite. Kein Wunder.

In Jans Wohnung in Herford waren seine Eltern lediglich ein einziges Mal kurz nach seinem Einzug zu Besuch gewesen. Aber es war nicht so, dass Cord und Isabel anders behandelt wurden. Vielleicht konnten die beiden nur besser mit dieser Art umgehen. Darüber hinwegsehen, dass ihre Eltern sich abgesehen von äußeren Umständen kaum für sie interessierten.

Cord hatte sich damit arrangiert, weil er im Prinzip genau wie sein Vater war, nein, sogar schlimmer. Aber Isabel war anders. Sie fand Wege, Situationen anzunehmen, und steckte auch mal zurück. Sie zog daraus ihre Schlüsse, machte es auf ihre eigene

Art und Weise, aber immer auch mit Rücksicht auf die anderen. Vielleicht hatte seine Mutter genau das gemeint, als sie ihm gesagt hatte, er denke nur an sich. Er steckte auch zurück und hatte jedes Mal für sich seine Konsequenzen gezogen. Aber diese waren meistens ultimativ. Das war sein Weg, mit der Enttäuschung über das Verhältnis zu seinen Eltern umgehen zu können.

Am Ende stand für ihn nach all den Jahren eine bittere Erkenntnis: Sein Leben war glücklicher, wenn er so wenig Kontakt wie möglich zu ihnen hatte. Natürlich, das konnten sie ihm vorwerfen. Aber er würde dieses Argument niemals zulassen. Es war einzig und allein seine Entscheidung.

Jan passierte das Ortseingangsschild von Herford. Das Unbehagen verschwand allmählich. Und doch war da noch immer dieses neue Gefühl, das er nicht mehr loswurde. Er hatte noch keine Idee, wie er mit seinem schlechten Gewissen umgehen sollte. Ob er über seinen Schatten springen und auf seinen Vater zugehen sollte. Oder die Worte seiner Mutter befolgte und sich nie wieder auf dem elterlichen Hof blicken ließ.

Letzteres war im Grunde keine Option, das wusste er. Aber es würde noch eine Zeit dauern, bis er ihnen wirklich wieder in die Augen sehen konnte. Und er würde sich mit Sicherheit nicht bei seiner Mutter entschuldigen. Wofür auch?

Jan stellte seinen Mini an der Berliner Straße ab und lief die letzten Meter durch die Hämelinger Straße in Richtung seiner Wohnung. Auf Höhe der Johanniskirche spürte er das Vibrieren seines Handys in der Hosentasche. Es war Cengiz.

»Es ist halb elf«, meldete sich Jan. »Bitte keine neuen Hiobsbotschaften mehr.«

»Leider doch.« Cengiz klang müde und resigniert. »Hörst du eigentlich gar keine Nachrichten oder liest im Internet?«

»Hört sich so an, als hätte ich alles richtig gemacht«, entgegnete Jan. Er spürte jedoch sofort, dass jede Form von Ironie unangebracht war.

»Du kannst jedenfalls froh sein, dass du nicht da gewesen bist.«

»Wo denn?«

»Heute am frühen Abend ist an der Haltestelle Sudbrackstraße eine Frau vor die einfahrende Straßenbahn gestürzt. Horstkötter war schnell vor Ort, aber …« Cengiz brach ab.

»Was?«

»Der Anblick muss ziemlich schlimm gewesen sein. Bettina und Noltes Leute waren da. Später am Abend dann auch noch Lara.«

»Lara?«

»Ja, mit gutem Grund.«

»Wovon redest du?«

»Wir müssen davon ausgehen, dass die Tote in Verbindung zu den anderen Opfern in unserer Ermittlung steht.«

»Wie bitte?«

»Ich kenne noch nicht alle Details, aber offenbar deutet einiges darauf hin.«

»Was denn?«, fragte Jan überrascht.

»Noltes Leute haben heute so schnell gearbeitet, wie ich es noch nicht erlebt habe. Sie haben an der Kleidung, genauer gesagt auf dem Mantel des Opfers Haare gefunden, die nicht der Toten zugeordnet werden konnten. Die Ergebnisse des DNA-Schnelltests liegen zwar noch nicht vor, aber Nolte vermutet, dass es sich um die gleichen Haare handelt, die auch im Zusammenhang mit dem ersten Opfer gefunden wurden. Das würde die These stützen, dass der Täter männlich ist.«

»Soll das etwa heißen, der Senne-Mörder hat diese Frau vor die Bahn gestoßen?«

»Vorstellbar«, antwortete Cengiz. »Allerdings haben wir bisher niemanden, der etwas beobachtet hat. Nicht einmal der Fahrer der Bahn hat etwas gesehen, das uns hilft.«

»Das würde bedeuten, dass der Täter zum ersten Mal sein Muster geändert hätte«, sagte Jan nachdenklich. »Was ist mit Suizid?«

»Natürlich auch nicht auszuschließen.«

»Wie heißt die Tote?«

»Jasmin Förster. Was wir bislang über sie wissen, würde zu den anderen Opfern passen. Alleinstehend, relativ einfache Verhältnisse. Keine näheren Verwandten.«

»Wir müssen das endlich stoppen«, sagte Jan. Mehr zu sich selbst, aber Cengiz fühlte sich sofort angesprochen.

»Deine bestechende Logik hab ich echt vermisst.«

»Es hört sich banal an, aber ich meine das ernst«, fuhr Jan ungerührt fort. »Wenn wir so weitermachen, fliegt uns das in Kürze alles um die Ohren. Ich glaube, wir sollten auf keinen Fall nach außen dringen lassen, dass wir eine Verbindung zwischen den drei Morden und dieser Sache gefunden haben.«

»Das kannst du Vera morgen früh vorschlagen«, sagte Cengiz. »Krisensitzung ist für halb neun angesetzt.«

»Am Ende der Woche habe ich so viele Überstunden angehäuft, dass ich gleich wieder auf Tournee gehen kann«, sagte Jan mit bitterer Süffisanz in der Stimme.

»Du kannst dir deine Sprüche wirklich sparen«, entgegnete Cengiz genervt. »Wir alle gehen seit Wochen auf dem Zahnfleisch. Du bist nicht derjenige, der sich beklagen muss. Ich wünsche dir noch einen schönen Abend.«

Jan wollte noch etwas erwidern, doch Cengiz hatte bereits aufgelegt.

Unbewusst hatte sich Jan auf die Stufen des Brunnens auf dem Neuen Markt gesetzt. Er sah sich um. Weit und breit war niemand zu sehen. Montagabend um kurz vor elf. Herfords Bürgersteige waren schon lange hochgeklappt. Wo konnte er hier noch ein Bier trinken?

Er war aufgewühlt und sah sich nicht in der Lage, schon nach Hause, in seine leere Wohnung, zu gehen. Er musste sich das, was er gerade erfahren hatte, noch einmal in Ruhe durch den Kopf gehen lassen. Einen Plan machen, was er morgen nach der Krisensitzung als Erstes tun wollte. Und er musste den Dingen nachgehen, die er über Gronemeyer herausgefunden hatte. Das war sein Fall.

In die Ermittlungen um den Senne-Mörder wollte er sich gar nicht allzu sehr einmischen. Zumindest vorerst nicht. Er würde sich einbringen, soweit nötig, aber je länger er an diesem Abend über Gronemeyers Pläne in der Senne nachgedacht hatte, desto mehr war er davon überzeugt, dass es mit dem Freitagabend auf dem Johannisberg in Zusammenhang stand. Er musste wissen, mit wem Gronemeyer sich getroffen und auch gestritten hatte. Mittlerweile hatte er immerhin ein paar Namen. Wenn er herausfand, wer der Unbekannte war, stünde vielleicht schnell fest, ob Gronemeyers Tod ein tragischer Unfall gewesen war oder nicht.

Jan stand auf. Das letzte Bier würde er wohl doch zu Hause trinken müssen. Zumindest fiel ihm keine Kneipe ein, in der er heute Abend um diese Uhrzeit noch ein Frischgezapftes bekommen würde.

Ein paar Minuten später saß er an seinem Küchentisch und öffnete die letzte Bierdose, die er noch in seinem Kühlschrank gefunden hatte.

Vor ihm lagen ein leeres Blatt und ein Stift. Er brauchte einen Plan, und er hatte einen halben Liter Bier lang Zeit, diesen zu entwerfen.

Die Senne lebt!

Die Stimmung unter den Kollegen war so schlecht gewesen, dass Jan irgendwann während der Krisensitzung den Besprechungsraum einfach verlassen hatte und in sein Büro gegangen war.

Es war nur schwer zu ertragen gewesen, wie sich das Team unter Laras Leitung verhielt. Wie Vera am Kopfende saß und mit Argusaugen beobachtete, ob Lara ihre Sache besser machte als Cengiz, anstatt dafür zu sorgen, dass jeder Einzelne das Beste aus sich herausholte. Darum schien es ihr überhaupt nicht mehr zu gehen. Kein Wunder, dass sie Wochen nach dem Mord an Simone Großjohann noch immer kaum einen Schritt weiter waren.

Aus der Tasche seiner Jacke, die er über den Schreibtischstuhl gehängt hatte, fischte er einen zusammengefalteten Zettel heraus. Darauf stand sein Plan für den heutigen Tag. Beginnend mit einem Telefonat.

Er wählte die Nummer. Sekunden später meldete sich Sophie Neuhaus.

»Oldinghaus, Kripo Bielefeld«, sagte Jan. »Ich hoffe, ich störe nicht.«

»Ehrlich gesagt schon, ich sitze nämlich gerade in einem Wartezimmer. Ein wichtiger Arzttermin.«

»Dann will ich Sie gar nicht lange aufhalten. Hätten Sie später Zeit? Ich würde gerne noch einmal persönlich mit Ihnen sprechen.«

»Ich arbeite heute.«

»Ich komme gerne im Restaurant vorbei«, sagte Jan. »Mit ein paar Minuten für ein wichtiges Gespräch wird Ihr Chef sicherlich kein Problem haben. Wie Sie sich denken können, geht es noch einmal um den Mann, mit dem sich Henning Gronemeyer letzten Freitag getroffen hat.«

»Na gut, wenn es denn sein muss. Mir wäre es aber lieb, wenn die Kollegen möglichst wenig davon mitbekommen.«

»Verstehe, dann sehen wir uns nachher.« Jan legte auf und setzte das erste Häkchen auf seinem Zettel.

Als Nächstes hatte er sich notiert, zwei Namen im Internet zu ergoogeln und über die Bildersuche brauchbare Fotos zu finden, die er später Sophie Neuhaus zeigen würde. Es dauerte nicht lange, dann hatte er aktuelle Fotos von Sören Watermann und Peter Althoff gefunden. Er konnte sich nicht daran erinnern, die beiden jemals gesehen zu haben.

Watermann war ein bulliger Typ um die fünfzig. Er trug eine Glatze, und auf jedem Foto, das die Bildersuche hergab, glänzten seine ferkelrosa Wangen wie die eines Säuglings. Wenn Jan hätte beschreiben sollen, wie er sich einen skrupellosen Bauunternehmer vorstellte, hätte er wahrscheinlich exakt jemanden wie Watermann vor Augen gehabt.

Althoff dagegen war ein großer, hagerer Mann mit kurzen dunkelbraunen Haaren, die er zu einem Seitenscheitel gekämmt hatte. Jan schätzte den Gewerbeimmobilienentwickler auf Anfang vierzig. Auf den Fotos trug er Anzüge, manchmal mit und manchmal ohne Krawatte.

Sophie Neuhaus hatte ausgesagt, dass der Mann, mit dem sich Gronemeyer getroffen hatte, auffallend gut gekleidet gewesen sei. Das traf wenn überhaupt auf Althoff zu.

War er also der Mann, den er suchte? Ein Konkurrent Gronemeyers im Kampf um mögliche Entwicklungsflächen auf dem Truppenübungsplatz Senne? Falls es so war, gab es wohl auch eine Erklärung dafür, dass die beiden in Streit geraten waren.

Der Verfasser des Zeitungsartikels, den er gestern Abend gelesen hatte, hatte ein Bündnis der Naturschützer erwähnt. Jan brauchte nicht lange, um im Internet mehr Informationen darüber zu finden.

Es nannte sich »Die Senne lebt!«.

Jan hatte noch nie davon gehört, umso überraschter war er,

als er sah, wie viele Treffer die Suchmaschine ausspuckte. Das Bündnis besaß auch eine eigene Website.

Auf der Suche nach dem Vorsitzenden des Bündnisses überflog er rasch die Inhalte der Seite. Nach einigen Sekunden hatte er den Namen gefunden.

Gregor Oberschelp. Ein smarter Mann mit Hipster-Bart und kurz geschorenen schwarzen Haaren. Auch er trug zu Jans Überraschung einen anthrazitfarbenen Anzug auf dem Foto. Den Vorsitzenden eines Naturschutz-Bündnisses hatte er sich anders vorgestellt. Aber wahrscheinlich war dieses Schubladendenken einfach längst nicht mehr angebracht.

Nachdem er alle Fotos ausgedruckt hatte, notierte er sich noch die Adresse des Bauunternehmens. Dann schnappte er sich seine Jacke. Auf dem Gang traf er auf Cengiz und Bettina, die gerade den Besprechungsraum verlassen hatten.

»Wo warst du?«, fragte Cengiz.

»Ich musste in Ruhe nachdenken. Die Sache mit Gronemeyer könnte komplizierter werden, als wir uns das vorgestellt haben.«

»Besprich das mit Vera, aber ich glaube, dass mit einem vierten Mord die Prioritäten ziemlich klar verteilt sind.«

»Die Aufgaben sind klar verteilt, aber sie kann gerne auf mich zukommen«, sagte Jan abweisend. »Ich muss jetzt los.«

Er drängte sich an seinem Kollegen vorbei, um in Richtung Fahrstuhl zu gehen, als er Veras Stimme plötzlich hinter sich hörte.

»Jan, warte mal. Wohin willst du?«

»Mich um meinen Fall kümmern.« Er vermied es, sich umzudrehen.

»Ich dachte, ich hätte mich vorhin in der Besprechung klar genug ausgedrückt. Wir konzentrieren uns fürs Erste ausschließlich auf die Frauenmorde. Die Sache mit Gronemeyer muss natürlich vollständig aufgeklärt werden, aber im Augenblick kann das warten. Und so wie ich dich bislang verstanden habe, gibt es ja keine Zweifel daran, dass sein Tod ein tragischer Unfall war.«

»Es ging ja vorhin nur um den Senne-Mörder. Was meinen Fall angeht, habe ich gestern einige Dinge herausgefunden, denen ich nachgehen muss«, sagte Jan und wandte sich nun doch zu seiner Chefin um. »Gronemeyer war nicht der Saubermann, für den ihn seine Wähler hielten. Er hatte zum Beispiel Pläne, sich mit –«

»Gibt es irgendeinen Hinweis auf Fremdverschulden?«, unterbrach Vera ihn rüde.

»Das ist nicht die entscheidende Frage.«

»Doch, das ist sie.«

Jan fixierte Vera und trat einen Schritt auf sie zu. Aus dem Augenwinkel erkannte er, dass Cengiz ihm ein Zeichen gab, ruhig zu bleiben.

»Das ist nicht gerade die Art, wie ich an einen Fall herangehe«, sagte er so gelassen, wie es ihm in diesem Moment möglich war. »Ich habe vorhin eine Stunde in dieser Besprechung, die du Krisensitzung nennst, gesessen und zugehört. Es tut mir leid, dass ich das so deutlich sagen muss, aber ich hatte nicht das Gefühl, dass wir auch nur einen Zentimeter vorwärtskommen. So werden wir diesen Fall nicht aufklären.«

»Gut zu wissen, wie du über deine Kollegen denkst«, entgegnete Vera scharf. »Was schlägst du denn vor, damit wir erfolgreich sind?«

»Der erste und wichtigste Schritt wäre, dass du die Kollegen machen lässt, statt sie durch übermäßige Kontrolle auszubremsen. Und vielleicht bist du ja irgendwann wieder die Alte. Denn falls du es noch nicht gemerkt hast, du hast dich –«

»Jan, lass gut sein«, ging Cengiz beschwichtigend dazwischen.

»Weshalb?«, fragte Jan provokant. »Damit sie mich nicht genauso übel behandelt wie dich? Ich bin nicht hierher zurückgekommen, um mich mit diesen internen Grabenkämpfen auseinanderzusetzen. Wir waren mal ein Team, in dem jeder dem anderen vertraut hat. Aber da drinnen saßen vorhin acht demotivierte Kollegen, die bei jedem Wort darauf geachtet haben, nichts Falsches zu sagen. Dafür ist mir meine Zeit zu schade. Ich fahre jetzt in die Senne, wo ich mich mit einem Bauunternehmer treffe, der gemeinsam mit Gronemeyer geplant hat, einen Freizeitpark auf dem südlichen Teil des Truppenübungsplatzes zu errichten. Anschließend treffe ich mich noch einmal mit der Zeugin, die den Streit zwischen Gronemeyer und dem Unbekannten beobachtet hat. Ihr lege ich Fotos einiger Personen vor, von denen sie hoffentlich jemanden wiedererkennt. Und dann, so hoffe ich, werden wir wissen, was letzten Freitag tatsächlich am Johannisberg passiert ist.«

»Gut, bist du fertig?«, fragte Vera nach einigen Sekunden des Schweigens. »Dann hörst du mir jetzt mal zu. Du wirst da jetzt reingehen und dir von Lara erklären lassen, wie du ihr helfen kannst. Meine Idee war es, dass du mit dem Gronemeyer-Fall startest und dann nach und nach ins Team zurückkommst. Aber mit dem offenbar vierten Mord haben sich die Dinge geändert. Wir müssen jetzt klare Prioritäten setzen. Mit Gronemeyer machst du erst weiter, wenn wir diesen Irren geschnappt haben. Und dann reden wir auch darüber, was hier gerade vorgefallen ist.«

»Dein Ernst?«

»Ich bin nicht zu Scherzen aufgelegt.«

»Du wirst damit nicht durchkommen«, sagte Jan so leise, dass es die anderen, die noch immer um sie herumstanden, nicht hören konnten. »Ich verstehe nicht, warum du das alles tust. Allerdings bin ich mir vollkommen sicher, dass du falschliegst.«

»Du machst jetzt bitte, was ich gesagt habe. Und ich will darüber auch nicht länger diskutieren.« Vera schob sich an ihm vorbei und ging in Richtung ihres Büros.

Jan blieb zurück. Er sah die anderen an. Fragend. Fassungslos. Was zum Teufel ging hier eigentlich vor sich? Wie konnte es sein, dass Vera, seine ehemals enge Verbündete und Freundin, eine fragwürdige Entscheidung nach der anderen traf? Und vor allem offensichtlich dafür verantwortlich war, dass die Stimmung im Team auf dem absoluten Nullpunkt war?

»Ich werde schon noch herausfinden, was hier passiert ist, während ich weg war«, sagte er schließlich an Cengiz gewandt. Dann verschwand er im Besprechungsraum, wo Lara und Stahlhut offenbar auf ihn gewartet hatten.

»Ich hätte es schön gefunden, wenn du vorhin geblieben wärst«, kam Lara sofort zur Sache. »Wir brauchen jeden Einzelnen im Team. Und soweit ich das bislang beurteilen kann, dich ganz besonders.«

»Nun, bis gestern Abend um kurz vor Mitternacht war ich in erster Linie für die Aufklärung von Henning Gronemeyers Tod zuständig. Wir haben eigens eine Pressekonferenz dazu gegeben, damit wir die Medien beruhigen. Und jetzt, wo ich im Übrigen auch erste Erkenntnisse habe, die darauf hindeuten, dass mehr dahintersteckt, soll ich die Sache einfach beiseitelegen?«

»Du musst sie nicht beiseitelegen, aber wir müssen die Prioritäten verschieben.«

»So hat sich das bei Vera aber nicht angehört.«

»Vergiss Vera«, sagte Stahlhut plötzlich. »Sie weiß momentan einfach nicht so richtig, was das Beste ist. Aber lassen wir das.«

»Ich brauche dich für einige Aufgaben, bei denen du nach Meinung von Kai und Cengiz der Beste bist«, sagte Lara.

Jan runzelte die Stirn. Er hatte erwartet, dass die beiden ihm Vorwürfe machen und Anweisungen erteilen würden. Stattdessen schmierten sie ihm Honig um den Bart. Dazu noch Stahlhuts Kommentar über Vera. Er war auf der Hut.

»Und was soll das sein?«, fragte er.

»Die Gespräche, die wir führen, bringen uns einfach nicht weiter«, antwortete Lara. »Es wäre gut, wenn du dir den Freundeskreis und die Nachbarschaft von Denise Möller und Jasmin

Förster vornimmst. Cengiz kann dich gerne dabei unterstützen.«

»Habt ihr nun ein Problem damit, dass ich erst mal in die Senne fahre und dem nachgehe, was ich herausgefunden habe, oder nicht?«

»Nicht, wenn du dich auch darum kümmerst, was ich dir gerade gesagt habe.«

»Verstehe.«

»Und?«

»Habe ich etwa die Wahl?«, fragte Jan.

»Nicht wirklich.« Lara sah ihn mit ernster Miene an. »Aber ich habe auch kein Interesse daran, dass wir beide uns nicht verstehen und du ein schlechtes Gefühl dabei hast, mit mir zusammenzuarbeiten.«

»Ich übrigens auch nicht«, pflichtete Stahlhut bei. »Außerdem haben wir schließlich schon ein paarmal ganz gut zusammengearbeitet.« Er zwinkerte Jan zu.

»Gut zu hören, dass ihr so denkt. Ich helfe euch natürlich gerne.«

»Nichts anderes habe ich von dir erwartet«, sagte Stahlhut. »Wir müssen diesen Verrückten endlich finden. Es kann nicht noch Wochen so weitergehen. Und noch ein kleiner Tipp: Du solltest darauf aufpassen, mit wem du dich umgibst und auf wen du hörst. Für Cengiz wird die Luft immer dünner.«

Große Schwester

Sören Watermann lief auf und ab in seinem Büro, während er aufgeregte Wortfetzen in sein Handy hineinrief.

Jan beobachtete ihn durch eine Glastür und kam zu dem Schluss, dass der Mann mit der Figur eines Sumoringers wahrscheinlich gerade ein für seine Verhältnisse normales Telefongespräch führte.

Als er sein Handy eine knappe Minute später wütend auf seinen Schreibtisch warf und sich zu ihm umdrehte, hatte Jan einen Augenblick lang die Befürchtung, Watermann würde wie ein Nashorn kurz innehalten, mit den Füßen scharren und dann einfach über ihn hinwegwalzen.

Doch stattdessen veränderte sich die Miene des Mannes plötzlich. Ein breites Lächeln überspannte sein gesamtes Gesicht. Die roten Wangen glänzten wie die eines Honigkuchenpferdes, als er die Tür öffnete. Wie auf den Fotos, die Jan im Internet gesehen hatte.

»Guten Morgen, Herr Kommissar«, begrüßte Watermann ihn mit tiefer Stimme. »Ein trauriger Anlass, aber das dürfte Ihnen wohl bei vielen Gesprächen, die Sie führen, so ergehen.«

»Das kommt immer ganz darauf an, mit wem wir reden«, entgegnete Jan trocken.

»Natürlich.« In Watermanns Lächeln mischte sich Irritation. »Kommen Sie rein, setzen wir uns.«

»Danke«, sagte Jan. »Ihre Sekretärin hat Ihnen also bereits gesagt, wer ich bin und weshalb ich mit Ihnen sprechen möchte?«

»Das hat sie.« Watermann behielt seine aufgesetzte Freundlichkeit. »Um ehrlich zu sein, habe ich Ihren Besuch schon erwartet. Immerhin ist es seit diesem Zeitungsbericht kein Geheimnis mehr, dass Henning und ich gemeinsame Pläne gehabt haben.«

»Das hört sich so an, als wären Sie nicht sonderlich erfreut darüber gewesen?«

»Wie Sie sicherlich wissen, ist die zukünftige Nutzung des Truppenübungsplatzes ein überaus heikles Thema. Sowohl in der Politik als auch in der Bevölkerung. Dass dieser übereifrige Redakteur gemeint hat, mit halbgaren Informationen solch einen Bericht schreiben zu müssen, war für niemanden förderlich.«

»An welcher Stelle entsprach der Artikel denn nicht der Wahrheit?«, fragte Jan neugierig.

»Wissen Sie, ob Wahrheit oder nicht, darum geht es letztendlich gar nicht«, wich Watermann aus. »Alles, was wir wissen, ist, dass die Briten vorerst bleiben werden. Zumindest mit einem kleinen Teil ihrer Leute. Dass womöglich zukünftig Flächen frei werden, die anderweitig genutzt werden können, steht auf einem anderen Blatt. Völlig normal, dass es Leute gibt, die sich darüber zum Wohl der Menschen in der Region Gedanken machen.«

»Leute aus ganz unterschiedlichen Lagern«, ergänzte Jan und sah Watermann auffordernd an.

»Wissen Sie, am meisten stört mich bei diesen körnerfressenden Aktivisten, dass sie die Tatsachen völlig verdrehen. Wenn es jemanden gibt, der es mit der Wahrheit nicht so hat, dann diese ...« Watermann hielt auf einmal inne. Er schien gemerkt zu haben, dass er aus seiner Rolle des gesprächsbereiten Bauunternehmers herausgefallen war und plötzlich sich selbst offenbarte.

»Lassen wir das.« Er lächelte wieder. »Was ich eigentlich sagen wollte, es geht hier nur um einen sehr kleinen Teil, wenige Hektar Fläche eines riesigen Areals, über die sich Henning und ich Gedanken gemacht haben. Es ist wirklich tragisch, dass er nun nicht mehr da ist. Henning hatte großartige Ideen.«

»War es also seine Idee, einen Freizeitpark in der Senne zu errichten?«

»Wieder dieser Zeitungsbericht«, sagte Watermann, während er lächelnd abwinkte. »Wie Sie sicherlich wissen, befindet sich keine zwanzig Kilometer von hier entfernt ein Safaripark. Glauben Sie ernsthaft, dass ein Freizeitpark in unmittelbarer Nähe sinnvoll wäre?«

»Sagen Sie es mir.«

»Bei allem Respekt, aber Henning liegt noch nicht einmal unter der Erde. Ich habe wirklich kein Interesse daran, mit Ihnen über unsere Pläne zu reden. Das ist nicht das, worüber ich mir momentan Gedanken machen will. Und ich wüsste auch nicht, was die Kripo das angeht.«

»Kann es nicht sein, dass die Sache mit dem Freizeitpark Ihre Idee gewesen ist? Ich habe gelesen, dass Sie in Belgien und Polen bereits solche Parks gebaut haben.«

»Erstaunlich, was Sie so alles über mich recherchieren«, sagte Watermann. Sein Lächeln war jetzt verschwunden. »Was auch immer Sie bezwecken, kann ich Ihnen sagen, dass es für Sie vollkommen unerheblich ist, was wir vorhatten. Und ob Henning oder ich oder jemand ganz anderes die treibende Kraft war, ist ebenso uninteressant für Sie.«

»Was für uns relevant ist oder nicht, entscheiden wir schon selbst«, sagte Jan. »Aber wechseln wir doch das Thema. Wo waren Sie am vergangenen Freitagabend?«

Watermann kratzte sich am Kinn und rollte mit seinem Drehstuhl einen halben Meter nach hinten. »Sie verlangen ernsthaft ein Alibi von mir?«, fragte er schließlich.

»Ich will lediglich wissen, wo Sie waren.«

»Und weshalb?«

»Weil …« Jan hielt inne. Jetzt musste er sehr vorsichtig sein, was er sagte. Wie viel er preisgab.

»Kennen Sie das Hotelrestaurant am Johannisberg in Bielefeld?«

»Sie meinen, ob ich am Freitag dort gewesen bin?«

»Waren Sie?«

»Nein«, antwortete Watermann durchaus überzeugend. »Ich hatte andere Termine, ansonsten hätte ich natürlich an der Konferenz teilgenommen.«

»An welcher Konferenz?«, fragte Jan perplex.

»Diese Zukunftskonferenz für regionale Immobilienentwickler. Ich dachte, deshalb hätten Sie gefragt.«

»Und diese Konferenz fand am Freitag in dem Hotel statt?«

»Ja, sie fing morgens an und endete am späten Nachmittag. Henning hatte mir erzählt, dass er teilnehmen wollte.«

Jan versuchte, sich seine Irritation nicht anmerken zu lassen. Er ärgerte sich. Vor allem über sich selbst. Am liebsten hätte er angesichts der Tatsache, dass er von der Konferenz gerade zum ersten Mal hörte, mit der Faust auf Watermanns Schreibtisch geschlagen.

»Ging es bei dieser Konferenz auch um das Thema der weiteren Nutzung des Truppenübungsplatzes?«

»Davon gehe ich stark aus«, antwortete Watermann. »Henning wollte sich mit dem einen oder anderen treffen, der für unsere Pläne wichtig war.«

»Mit wem konkret?«, drängte Jan.

»Was spielt das für eine Rolle?«

»Hören Sie.« Jan verlor allmählich die Geduld. »Wir wissen, dass Henning Gronemeyer an diesem Abend wenige Stunden vor seinem Tod einen heftigen Streit mit einem uns unbekannten Mann hatte. Wenn Sie uns also in irgendeiner Weise weiterhelfen könnten, was diesen Unbekannten angeht, wäre ich Ihnen sehr dankbar.«

»Ich habe das letzte Mal am vergangenen Mittwoch mit Henning telefoniert. Da sagte er mir nur, dass er am Freitag einiges klären wolle. Ich habe beim besten Willen keine Ahnung, mit wem er sich gestritten hat. Aber es ist ja kein Geheimnis, dass es andere Interessenten gibt.«

»Die auch in dem Zeitungsartikel genannt wurden?«

»Das haben Sie gesagt«, antwortete Watermann.

»Wer hat Ihnen größere Probleme bereitet?«, fragte Jan unbeirrt weiter. »Peter Althoff oder Gregor Oberschelp?«

»Kein Kommentar.«

»Sind Sie oder Gronemeyer in der Vergangenheit schon einmal mit einem der beiden aneinandergeraten?«

»Ich bin Bauunternehmer, da herrscht von Grund auf ein rauer Ton. Und außerdem will ich Geschäfte machen; dass dabei auch mal die Fetzen fliegen, versteht sich von selbst. Diese militanten Umweltfuzzis glauben allerdings, ihre eigenen Spielregeln zu haben.«

»Was soll das heißen?«

»Mit denen kann man sich nicht streiten«, erklärte Watermann. »Es geht ihnen immer nur um Maximalforderungen. Ich habe Henning immer gesagt, dass er bei denen vorsichtig sein muss. Bloß nicht auf Kompromisse eingehen, denn reicht man ihnen den kleinen Finger, ist der ganze Arm ab. Eines sollte Ihnen klar sein: Ob Ostwestfalen-Lippe nach Abzug der britischen Soldaten den Bach runtergeht oder nicht, ist denen vollkommen egal.«

»Wissen Sie, was ich nicht verstehe?«, erwiderte Jan. »Was ist eigentlich Ihr Problem mit diesem Zeitungsartikel? Er müsste Ihnen doch in die Karten spielen. Immerhin zeigt der Redakteur recht deutlich den wirtschaftlichen Schaden auf, wenn die Briten die Senne verlassen. Der Text stammt mit Sicherheit nicht aus der Feder eines Umweltfuzzis.«

Watermann sagte nichts. Stattdessen stand er auf und trat schweigend an das große Fenster.

»Ihnen stinkt, dass Peter Althoffs Name genannt wurde, richtig? Weil Sie befürchten, dass er die Nase vorn haben könnte. Und jetzt ist auch noch Gronemeyer tot. Die Person, die Ihnen dabei helfen konnte, Ihre Pläne in der Politik durchzusetzen. Und vielleicht sogar in der Bevölkerung, immerhin war er als Politiker überaus beliebt.«

»Worauf wollen Sie mit Ihrer Fragerei eigentlich hinaus?«

»Beantworten Sie einfach meine Fragen, dann haben Sie umso schneller wieder Ihre Ruhe. Also, habe ich recht?«

»Vergessen Sie es.«

»Na gut, dann die nächste Frage: Weshalb erwähnten Sie eingangs, dass Sie meinen Besuch erwartet haben?«

»Weil ich dachte, dass ...« Watermann stockte und setzte sich zurück an seinen Schreibtisch. Seine Irritation wirkte überzeugend, aber Jan war sich sicher, dass er sie nur spielte.

»Na schön, Sie wollen nicht«, sagte Jan unvermittelt. »Dann lassen wir das für den Moment. Vielen Dank, dass Sie sich die Zeit genommen haben. Ich habe einiges erfahren, das uns weiterhelfen wird, den vergangenen Freitag zu rekonstruieren. Da Sie mir aber leider nicht alles erzählen wollten, was Sie wissen, bitte ich Sie, die Region in den nächsten Tagen nicht zu verlassen, damit wir gegebenenfalls noch einmal mit Ihnen sprechen können.«

Watermann blickte Jan jetzt argwöhnisch an, nickte schließlich aber.

»Gut, dann wünsche ich Ihnen noch einen schönen Tag«, sagte Jan. »Und viel Erfolg mit Ihrem Freizeitpark.« Er hob die Hand zum Abschied und wandte sich um.

»Glauben Sie eigentlich, dass Hennings Tod etwa kein Unfall gewesen ist?«, fragte Watermann, plötzlich verunsichert.

Jan blieb auf der Türschwelle stehen und drehte sich noch einmal um.

»Ich bin Kriminalpolizist«, sagte er. »Ich glaube nicht, ich sammle Fakten.«

***

Sein Blick fiel auf die Liste, die auf dem Beifahrersitz lag. Stahlhut hatte sie ihm heute Mittag vor seiner Fahrt nach Schloß Neuhaus gegeben. Eine Liste mit den Namen der Nachbarn und Bekannten der Opfer des Senne-Mörders, sofern sie denn überhaupt welche gehabt hatten. Jan hatte zugesagt, dass er sich heute noch darum kümmern werde. Aber nicht, bevor er Sophie Neuhaus noch einmal befragt hatte – erst recht nach dem Gespräch mit Sören Watermann.

Er überlegte, sie auf dem Handy anzurufen, entschied sich aber dafür, direkt im Hotelrestaurant am Johannisberg nachzufragen, ob ihre Schicht bereits begonnen hatte. Er hatte Glück, Sophie Neuhaus war gerade dort angekommen.

Zwanzig Minuten später stieg Jan aus seinem Mini aus. Bevor er das Restaurant am Johannisberg betrat, ging er allerdings erst einmal um das Gebäude herum.

Da lag sie vor ihm. Bielefeld, die große Schwester Herfords. Obwohl keine zwanzig Kilometer entfernt, hatte er nie eine tiefere Bindung zu der Stadt aufbauen können. Natürlich war er an den Wochenenden oft mit Freunden hier gewesen. Hatte im PC69 seine ersten Konzerte erlebt, in der »Hechelei« zu Oasis und Blur getanzt und war am Klosterplatz in seine erste und einzige Schlägerei verwickelt gewesen.

Sie sah schön aus. Keineswegs wie die Stadt, die es nicht gab. Dieser längst totgelaufene Witz, über den hier niemand mehr lachen konnte. Nein, diese Stadt existierte, und sie gefiel ihm immer mehr. Der Blick auf die Neustädter Kirche und die Sparrenburg – das war nicht nur beeindruckend, sondern auch ein großes Stück Heimatgefühl.

Vielleicht war es auch für ihn an der Zeit, aus Herford wegzuziehen und sich in Bielefeld eine Wohnung zu suchen. Um endlich in der Stadt anzukommen, in der er schon so lange arbeitete. Er würde automatisch neue Menschen kennenlernen. Einen neuen Lebensabschnitt beginnen. Statt auf den elterlichen Hof zurückzukehren …

Jan verdrängte den Gedanken und rief sich vor Augen, dass an dieser Stelle vor ein paar Tagen auch Henning Gronemeyer gestanden hatte. Er versuchte sich vorzustellen, was am vergangenen Freitag hier geschehen war. War Gronemeyer einfach nur den serpentinenartigen Weg hinuntergegangen und unglücklich gestolpert? Eigentlich kaum zu glauben.

Der Weg war nicht steil. Zumindest nicht dort, wo Gronemeyer ums Leben gekommen war. Was war hier bloß vorgefallen?

»Hier bin ich.«

Jan zuckte zusammen und drehte sich abrupt um. Vor ihm stand Sophie Neuhaus.

»Schön, dass Sie Zeit gefunden haben«, sagte er. »Ich hatte mich erkundigt, ob Sie bereits hier sind. Ich würde Ihnen gerne noch ein paar Fragen stellen.

»Eigentlich müssen wir für das Mittagessen eindecken, aber ein paar Minuten sind in Ordnung.«

»Danke«, sagte Jan. »Können wir uns drinnen in Ruhe unterhalten?«

»Besser hier draußen, es wird sowieso schon viel getuschelt.«

»Getuschelt?«

»Na, weil Sie ständig mit mir sprechen wollen. Meine Kollegen denken allmählich, ich hätte etwas zu verheimlichen.«

»Immerhin wissen Sie tatsächlich etwas, was sehr wichtig für unsere Ermittlungen ist. Und genau deshalb möchte ich Ihnen etwas zeigen.«

Jan zog aus der Innentasche seiner Jacke die Fotos, die er im Internet gefunden und ausgedruckt hatte.

»Sie sehen jetzt drei Personen, von denen Sie möglicherweise eine wiedererkennen werden. Bitte konzentrieren Sie sich also und denken Sie nach, ob einer dieser Männer derjenige ist, der am vergangenen Freitag im Restaurant mit Henning Gronemeyer an einem Tisch gesessen hat.«

Jan zeigte zuerst das Foto von Sören Watermann. Sophie Neuhaus betrachtete es einige Sekunden lang, dann schüttelte sie den Kopf.

»Sicher?«

»Absolut.«

»Dann schauen Sie sich bitte dieses Foto an.«

Wieder vergingen einige Sekunden, in denen die junge Frau zu überlegen schien.

»Ich weiß nicht«, sagte sie schließlich. »Es könnte sein, aber das Gesicht …«

»Lassen Sie sich Zeit.«

»Kann ich das letzte Foto sehen? Vielleicht fällt es mir dann leichter.«

Jan nickte und drehte das Foto von Peter Althoff um.

»Das ist er«, sagte sie, diesmal ohne zu überlegen.

»Keine Zweifel?«

»Nein, ich erkenne ihn wieder.«

»Gut, das hilft uns sehr.«

»Glauben Sie wirklich, dass Henning Gronemeyer umgebracht wurde? Etwa von diesem Mann?«

»Wir versuchen lediglich, den Abend zu rekonstruieren«, versuchte Jan abzuwiegeln. »Wenn ein so bekannter Mann wie Gronemeyer auf diese Weise stirbt, müssen wir alle Fragen beantworten können. In diesem Zusammenhang würde mich interessieren, ob Sie mir etwas zu der Konferenz sagen können, die am Freitag hier im Hotel stattgefunden hat.«

»Ich arbeite nur im Restaurant«, antwortete Sophie Neuhaus achselzuckend. »Fragen Sie am besten an der Rezeption, dort wird man Ihnen bestimmt weiterhelfen können. Darf ich jetzt wieder rein?«

»Natürlich.«

»Ich würde mich freuen, wenn das das letzte Mal war, dass Sie mit mir sprechen mussten.«

»Ich kann verstehen, dass Ihnen das unangenehm ist. Aber leider kann ich Ihnen das nicht versprechen.«

Sophie Neuhaus seufzte laut, dann wandte sie sich ab.

Jan sah ihr einige Sekunden lang hinterher, als ihm plötzlich noch etwas einfiel.

»Warten Sie!«, rief er. »Eine Frage habe ich doch noch: Als

Sie eben das zweite Foto gesehen haben, da waren Sie sich unsicher. Weshalb? Nur weil dieser Mann ebenfalls einen Anzug trägt?«

»Nein«, antwortete Sophie Neuhaus. »Ich meine, auch deshalb, ja. Aber eigentlich, weil mir sein Gesicht auch bekannt vorkommt. Ich bin mir ziemlich sicher, dass er am Freitagabend ebenfalls im Restaurant zu Gast gewesen ist.«

»Kripo Bielefeld, guten Tag.« Jan hielt dem Mann an der Rezeption, den er auf um die fünfzig schätzte, seinen Dienstausweis hin. »Entschuldigen Sie bitte, ich muss Sie kurz stören.«

»Ist ja nicht das erste Mal in den letzten Tagen.«

»Wie bitte?« Jan war überrascht.

»Ihre Kollegen mit den weißen Anzügen gehen hier mehr oder weniger ein und aus. Wir haben Ihnen einen Raum angeboten, wo sie ihr Equipment lagern konnten. Aber jetzt scheinen sie ja endlich fertig zu sein.«

»Klar.« Jan musterte den Mann. Dass der sich wichtigmachen wollte, ignorierte er fürs Erste.

»Ich bin nicht von der Spurensicherung«, fuhr er fort. »Ich möchte etwas anderes von Ihnen wissen. Es geht um diese Zukunftskonferenz am letzten Freitag. Sie haben doch sicherlich eine Teilnehmerliste?«

»Weshalb sollte ich?«, fragte der Mann und zuckte mit den Schultern. »Die Konferenz wurde meines Wissens von der Handelskammer veranstaltet. Wir stellen lediglich die Räumlichkeiten und kümmern uns um das Catering. Außerdem werden Teilnehmerlisten aufgrund der Datenschutzverordnungen nicht mehr bereitgestellt.«

»Sie haben also keinerlei Information darüber, wer an der Konferenz teilgenommen hat?«, fragte Jan. Er spürte, dass er jetzt bereits die Geduld mit dem Mann verlor.

»Tut mir leid, nein. Kann ich Ihnen sonst noch behilflich sein?«

»Haben Sie vergangenen Freitag gearbeitet?«

»Ja, das habe ich.«

»Dann versuchen wir es vielleicht mal hiermit.« Jan zog erneut die Fotos aus seiner Jackentasche und breitete sie auf der Theke der Rezeption aus.

»Kommt Ihnen eines dieser Gesichter bekannt vor?«

»Habe ich auch ein Recht, meine Aussage zu verweigern?«

»Nein, Sie sind ja nicht verdächtig in dieser Angelegenheit.«

»Gut zu wissen.« Der Rezeptionist lachte, brach jedoch ab, als ihn Jans unmissverständlicher Blick traf.

»Okay, dann werfe ich jetzt mal besser ein Auge auf die Fotos.«

»Allerdings.«

Der Mann schob die Fotos auf der Theke wie ein Hütchenspieler hin und her. Unterbrochen von lang gezogenen, nachdenklichen Lauten.

»Gut«, sagte er nach knapp zwei Minuten, in denen Jan sich mehrfach auf die Lippe gebissen hatte, um ihn nicht anzuraunzen, sich zu beeilen.

»Der hier war auf jeden Fall dabei.« Der Mann hinter der Rezeption tippte mit dem Zeigefinger auf das Foto von Peter Althoff.

Jan nickte.

»Und der hier auch.«

Jan folgte dem Finger. Er war sich eigentlich sicher, auf welches Foto der Mann zeigte. Deshalb brauchte er einige Sekunden, um zu verstehen, dass es sich nicht um das von Gregor Oberschelp handelte, sondern um Sören Watermann.

»Sind Sie sich wirklich sicher?«

»Absolut«, antwortete der Mann. »An den hier erinnere ich mich gut. Der war sehr laut und ist ein paarmal unangenehm in der Lobby aufgefallen, weil er lauthals telefoniert hat.«

Jan versuchte zu begreifen, was er gerade gehört hatte. Trotzdem schob er den Gedanken an Watermann noch einmal kurz beiseite.

»Was ist mit diesem Mann hier?« Er zeigte auf Oberschelp. »Haben Sie ihn nicht gesehen?«

»Doch, der war auch hier. An ihn kann ich mich erinnern, weil er erst am Nachmittag gekommen ist.«

»Also haben alle drei Männer an der Konferenz teilgenommen?«

»Ohne Zweifel.«

»Danke.« Jan nahm die Fotos und steckte sie zurück in seine Jacke. Was zum Teufel sollte er davon halten? Alle drei waren hier gewesen. Auf gewisse Weise Partner, aber vor allem erbitterte Konkurrenten. Mit einem von ihnen hatte sich Gronemeyer am Abend noch im angrenzenden Restaurant getroffen und war in Streit geraten. Wenn man Sophie Neuhaus Glauben schenken konnte, hatte es sich um Peter Althoff gehandelt.

Was ihn in diesem Moment jedoch am meisten beschäftigte, war die Frage, weshalb Watermann ihm so dreist ins Gesicht gelogen hatte.

Gegner

Um kurz vor vier parkte Jan seinen Mini in einer Seitenstraße unweit des neuen Rathauses. Er hatte sich am frühen Nachmittag in einem der kleinen Restaurants am Siggi gestärkt und seine Gedanken geordnet. Eigentlich hatte er vorgehabt, anschließend die Gespräche mit dem Freundeskreis und der Nachbarschaft von Denise Möller und Jasmin Förster zu führen, so wie Lara es ihm aufgetragen hatte. Letztlich hatte er sich dagegen entschieden, obwohl ihm bewusst war, dass er sich damit Veras Anweisungen widersetzte. Er wollte sich zumindest heute noch um den Fall Gronemeyer kümmern. Und genau deshalb steuerte er jetzt zielstrebig das große Gebäude am Niedernwall schräg gegenüber vom Theater an.

Auf dem großen Messingschild neben der Eingangstür fand er schnell den Namen, den er suchte. Althoff und Sohn GmbH & Co. KG. Sie hatte ihren Sitz im dritten Stock.

Während er mit dem Fahrstuhl nach oben fuhr, dachte er darüber nach, ob Peter Althoff der Senior des Unternehmens war oder aber der Sohn. Er hatte ihn anhand der Fotos aus dem Internet auf Anfang vierzig geschätzt. Wahrscheinlich war er der Sohn, der die Geschäfte seines Vaters mittlerweile übernommen hatte.

Als sich die Tür des Fahrstuhls öffnete, befand er sich sofort in einem weitläufigen, modernen Empfangsbereich. Eine elegant gekleidete Frau saß hinter einem gläsernen Tresen und blickte in seine Richtung. Obwohl er sich gerne noch eine Weile in Ruhe umgesehen hätte, ging Jan rasch auf sie zu.

»Guten Tag, mein Name ist Jan Oldinghaus, Kripo Bielefeld. Ich würde gerne mit Peter Althoff sprechen.«

»Senior oder Junior?«

»Junior«, antwortete Jan. In der Hoffnung, dass er richtiglag.

»Haben Sie einen Termin?«

»Nein.«

»Dann tut es mir leid«, sagte die Frau und richtete den Blick wieder auf ihren Monitor. »Ich kann aber gerne schauen, wann er ein freies Zeitfenster in den nächsten Tagen hat.«

»Ich glaube, Sie haben mich falsch verstanden«, entgegnete Jan so freundlich, wie es ihm in diesem Moment möglich war. »Ich bin nicht hier, um einen Termin auszumachen.«

»Herr Althoff befindet sich aktuell in einem Gespräch. Im Anschluss daran muss er sofort los zu einer wichtigen Abendveranstaltung.«

»Würden Sie ihm bitte mitteilen, dass die Kriminalpolizei mit ihm sprechen möchte? Und zwar sofort.«

»Ich kann da nicht einfach hereinplatzen und ihm erklären, dass die Kripo mit ihm sprechen möchte.«

»Dann mache ich es eben selbst«, sagte Jan. »Welcher Raum?«

»Nein, das geht nicht.«

Jan sah sich um. Zu beiden Seiten verliefen lange Flure mit Bürotüren. Er musste sich entscheiden. Raschen Schrittes ging er rechts am Tresen vorbei. Seine Augen scannten die kleinen Schilder neben den Türen.

»Mitarbeiter«.

Er ging weiter, während die Frau ihm folgte und ihn mit eindringlichen Worten aufzuhalten versuchte.

Das Ende des Flurs rückte näher. Auf der linken Seite noch eine letzte Tür, die zu einem größeren Büro zu führen schien. »Geschäftsführung«, stand auf dem Schild. Er atmete einmal kräftig durch, dann stieß er die Tür auf.

»Jan Oldinghaus, Kripo Bielefeld.«

Für einen kurzen Augenblick wusste Jan nicht, wie ihm geschah. Sein Blick wanderte hin und her. Von links nach rechts und wieder zurück. Hinter dem Schreibtisch stand, da war sich Jan absolut sicher, Peter Althoff mit dem Telefonhörer in der

Hand. Wahrscheinlich hatte ihn die Frau vom Empfang bereits vorgewarnt.

Der Mann, der links im Raum an einem kleinen Besprechungstisch saß, hatte nicht nur verdammt große Ähnlichkeit mit Gregor Oberschelp. Er war es tatsächlich. Wie auf dem Foto, das Jan sich ausgedruckt hatte, trug er auch heute wieder einen anthrazitfarbenen Anzug. Sein Vollbart war noch länger als auf dem Foto.

»Wie können Sie einfach so hier hereinplatzen?«, brach es aus Althoff heraus. »Ich befinde mich mitten in einem wichtigen Gespräch.«

»Mit einem Ihrer schärfsten Gegner.«

»Hören Sie, ich habe keine Ahnung, was Sie das angeht und weshalb Sie überhaupt hier sind und mich belästigen. Aber ich garantiere Ihnen, dass das Konsequenzen für Sie haben wird.«

»Immer mit der Ruhe«, sagte Jan. »Ich rate Ihnen, den Mund nicht allzu voll zu nehmen, und würde vorschlagen, dass wir uns unter vier Augen unterhalten.«

»Weshalb denn? Sagen Sie mir erst einmal, worum es überhaupt geht.«

»Ich denke, Sie wissen genau, weshalb ich hier bin. Vor vier Tagen ist einer Ihrer größten Widersacher ums Leben gekommen, zumindest was die Zukunft des Truppenübungsplatzes Senne angeht. Und wir wissen, dass Sie sich am Abend seines Todes mit ihm im Restaurant am Johannisberg getroffen haben und in einen lautstarken Streit verwickelt waren.«

»Das ist der Grund Ihres Besuches? Ernsthaft?«

»Wir suchen seit Tagen nach dieser Person aus dem Hotelrestaurant. Nennen Sie mir einen vernünftigen Grund, warum Sie sich nicht bei uns gemeldet haben.«

»Bis jetzt habe ich überhaupt nicht gewusst, dass das eine wichtige Information für Sie sein könnte.«

»Hören Sie auf«, sagte Jan streng. »Ein paar Stunden nachdem Sie sich gestritten hatten, ist Henning Gronemeyer gestorben. Ihnen dürfte durchaus klar gewesen sein, dass wir die Verbindung zu Ihnen irgendwann finden.«

»Was für eine Rolle spielt es, dass ich mit ihm aneinandergeraten bin?« Althoff ging um seinen Schreibtisch herum und trat auf Jan zu. »Ich verstehe ehrlich gesagt überhaupt nicht, was Sie von mir wollen.«

Auch Jan trat noch einen Schritt näher an sein Gegenüber heran, ehe er sich noch einmal sammelte.

»Es ist so, Herr Althoff«, erklärte er. »Wir schließen nicht aus, dass Gronemeyers Tod gar kein Unglück gewesen ist. Und deshalb ist es in diesem Fall für jeden, der in letzter Zeit mit ihm zu tun hatte, alles andere als ratsam, Dinge zu verschweigen.«

»Ich habe kein Problem damit, zuzugeben, dass wir uns an diesem Abend getroffen haben. Und ja, wir haben uns gestritten. Nicht zum ersten Mal übrigens. Im Grunde war das ein ganz normales Treffen zwischen uns beiden. Versuchen Sie jetzt ernsthaft, mir einen Strick daraus zu drehen?«

»Mich interessiert, wo Sie zwischen elf Uhr und Mitternacht am Freitagabend gewesen sind.«

»Da habe ich längst geschlafen. Ich habe das Restaurant um kurz vor zehn verlassen.«

»Wo haben Sie geschlafen?«

»Zu Hause natürlich.«

»Wer kann das bezeugen?«

»Meine Frau.«

Jan wandte sich einen Augenblick ab. Ihm wurde bewusst, wie vollkommen unvorbereitet er in dieses Gespräch gegangen war. Aus den Augenwinkeln sah er, dass Gregor Oberschelp gelangweilt in einer Broschüre herumblätterte. Zumindest tat er so, als interessiere ihn die Angelegenheit überhaupt nicht.

Obwohl er sich sicher war, dass Althoff eine wichtige Rolle spielte, hatte Jan in diesem Moment keine Ahnung, wie er das Gespräch fortsetzen sollte. Besser, das Thema erst einmal zu wechseln.

»Wie kann es sein, dass Sie und das Bündnis ›Die Senne lebt!‹ gemeinsame Sache machen?«

»Warum interessiert Sie das denn nun schon wieder?«, fragte Althoff verwundert. »Und wieso klingt das bei Ihnen wie ein Vorwurf?«

»Beantworten Sie einfach meine Fragen. Was läuft hier zwischen Ihnen?«

»Gar nichts läuft hier.« Althoff blieb ruhig, aber die zunehmende Empörung war ihm anzusehen. »Wir beide versuchen nichts anderes, als auszuloten, ob und was wir gemeinsam erreichen können.«

»Gemeinsam im Kampf gegen Gronemeyer und Sören Watermann?«

»Denken Sie allen Ernstes, die Sache wäre so einfach?« Althoff lächelte überheblich. »Ich bin grundsätzlich für alle Konstellationen offen. Gronemeyer hatte ein anderes Parteibuch als ich, keine Frage. Aber darüber hinaus hatten wir trotz gelegentlicher Meinungsverschiedenheiten ein vernünftiges Verhältnis zueinander. Bei Sören Watermann sieht das allerdings ganz anders aus. Mit ihm Geschäfte zu machen ist leider unmöglich.«

»Weshalb?«

»Watermann ist unberechenbar und nicht verlässlich. Von seinen cholerischen Ausfällen ganz zu schweigen.«

»Was mir nicht in den Kopf will«, sagte Jan, »Sie wollen Teile des Truppenübungsplatzes in der Senne in ein Gewerbegebiet umwandeln.« Er wandte sich von Althoff ab und blickte Gregor Oberschelp an.

»Wie kann es sein, dass Sie als Vorsitzender des Bündnisses ›Die Senne lebt!‹ überhaupt hier sitzen und mit einem Gewerbeimmobilienentwickler über gemeinsame Pläne in einem potenziellen Naturschutzgebiet reden? Das klingt, mit Verlaub, absurd.«

»Wir sind keine Ideologen, falls Sie das glauben«, antwortete Oberschelp routiniert. »Wir wissen genau, dass wir unsere

Ziele nur dann umsetzen können, wenn wir auch bereit sind, Kompromisse einzugehen. Unser Ziel ist es, dass die Briten die Senne verlassen, damit weitere Gebiete der Senne als Naturschutzgebiet ausgewiesen werden können. Wir wissen aber auch, dass wir der Region etwas schuldig sind. Wir müssen Arbeitsplätze ersetzen, die durch den Abzug der Briten verloren gehen. Also überlegen wir, die Pläne von Peter Althoff zu unterstützen. Wir reden hier nur über wenige Hektar im Süden des Truppenübungsplatzes, in unmittelbarer Nähe zur A 33.«

»Meines Wissens geht es bei den Plänen von Sören Watermann ebenfalls nur um eine vergleichsweise kleine Fläche. Und dass er einen Freizeitpark bauen will, ist bisher nur ein Gerücht.« Jan ließ nicht locker.

»Natürlich will er, aber er lässt sich nicht in die Karten schauen«, sagte Oberschelp entschieden. »Wir wollen allerdings keinen Freizeitpark in der Senne.« Er stand auf und verschränkte die Arme vor der Brust.

»Sie müssen wissen, dass die Konsequenzen dramatisch wären. Wir haben in der Nähe bereits einen Safaripark. Eine weitere touristische Attraktion wäre aus unserer Sicht die schlechteste Lösung. So etwas zieht in erheblichem Umfang weitere Touristenströme nach sich. Die Ausweisung von Naturschutzgebieten wäre dann weitaus schwieriger. Ich halte es grundsätzlich für keine gute Idee, dass jedes Jahr eine Million Menschen in die Senne fahren, um einen Freizeitpark zu besuchen.«

»Würden Sie mir bitten sagen, wo Sie am vergangenen Freitagabend waren?« Jan ignorierte Oberschelps Ausführungen und ging einige Schritte auf ihn zu. »Immerhin haben Sie am Nachmittag ja auch an der Konferenz im Hotel teilgenommen«, schob er hinterher.

»Wollen Sie jetzt etwa ernsthaft mich verdächtigen, etwas mit Gronemeyers Tod zu tun zu haben?«

»Routinefragen. Sagen Sie mir doch einfach, wo Sie waren.«

»Ich wüsste wirklich nicht, weshalb –«

»Ich weiß, dass Sie am Abend ebenfalls im Hotelrestaurant gewesen sind«, unterbrach Jan den Vorsitzenden des Naturschutz-Bündnisses. »Und zwar zur selben Zeit, als auch Sie, Herr Althoff, mit Henning Gronemeyer dort gewesen sind. Und, was haben Sie dazu zu sagen?«

»Ich habe dort gemeinsam mit einem Kollegen aus dem Bündnis zu Abend gegessen«, antwortete Oberschelp mit einem verständnislosen Lächeln auf den Lippen. »Was wollen Sie denn von mir hören?«

»Haben Sie etwas von dem Streit mitbekommen?«

»Nein, aber Peter hat mir davon erzählt.«

»Worum ging es dabei eigentlich?« Jan drehte sich wieder zu Althoff um.

»Weshalb zum Teufel ist das wichtig für Sie?«

»Keine Ahnung, ob es wichtig ist. Das kann ich erst entscheiden, wenn ich weiß, worum es ging.«

»Sie können sich doch denken, worüber wir gesprochen haben. Gronemeyer hat versucht, mich von unseren Plänen abzubringen. Aber darauf habe ich mich natürlich nicht eingelassen, weil ich weiß, dass wir zusammen mit dem Bündnis bessere Chancen haben. Um es mal ganz deutlich zu sagen: Gronemeyer war an diesem Abend äußerst aufgebracht, weil er seine Felle davonschwimmen sah. Ich war froh, als das Gespräch zu Ende war und ich nach Hause gefahren bin.«

»Und Sie?« Wieder wandte sich Jan um. Er stand zwischen Althoff und Oberschelp und kam sich immer mehr so vor, als spielten sie Schweinchen in der Mitte mit ihm.

»Mein Taxi hat mich um Viertel vor zehn in die Altstadt gefahren. Wollen Sie auch wissen, was ich dann gemacht habe?«

Jan fühlte sich bloßgestellt. Er war hier einfach hereingeplatzt und hatte die beiden mit seinen unausgegorenen Vorwürfen konfrontiert. Er hatte sich wohl verrannt. Denn was er gerade gehört hatte, ließ wenig Zweifel daran zu, dass er mit seinem

Verdacht, Althoff habe womöglich etwas mit Gronemeyers Tod zu tun, auf dem Holzweg war.

»In Ordnung«, sagte er und spürte selbst, wie enttäuscht er klang. »Für den Moment habe ich keine weiteren Fragen. Vielen Dank fürs Erste, ich behalte mir allerdings vor, wiederzukommen.«

»Wir haben nichts zu verbergen«, sagte Althoff. »Aber kündigen Sie sich beim nächsten Mal bitte an.«

»Versprechen kann ich nichts«, sagte Jan. Er nickte den beiden zu und verließ das Büro. Im nächsten Moment hielt er inne.

Irgendetwas hatte ihn an dem Gespräch die ganze Zeit gestört. Althoff und Oberschelp hatten auf jede Frage eine Antwort parat gehabt. Weil sie gewusst hatten, dass er hier aufkreuzen würde. Es war ihnen klar gewesen, dass die Kripo früher oder später dahinterkommen würde, dass es Althoff gewesen war, mit dem sich Gronemeyer getroffen hatte. Auf jede seiner Fragen hatten sie sich – im Gegensatz zu ihm – vorbereiten können.

Vielleicht hatte er sich doch nicht verrannt …

Während er das Gebäude verließ, verschwand der Frust über die missglückte Befragung. Stattdessen schwor er sich, einen neuerlichen Anlauf zu nehmen. Denn irgendetwas sagte ihm, dass Althoff und Oberschelp nicht die guten Investoren waren, als die sie sich präsentierten.

41

Tim Nolte stand auf dem Flur des KK 11 und sah sich um, als suche er jemanden.

»Kann ich dir helfen?«, fragte Jan, nachdem er den Fahrstuhl verlassen hatte und sich ihm bis auf wenige Meter genähert hatte.

»Kümmerst du dich eigentlich noch um die Gronemeyer-Sache?«

»Natürlich, das ist mein Fall«, antwortete Jan. »Wobei Vera das nicht mehr so gerne sieht. In ihren Augen ist das ja gar kein Fall.«

»Das könnte sich jetzt allerdings ändern.«

»Was meinst du?« Sofort wurde Jan hellhörig. »Was habt ihr gefunden?«

»Es hat lange gedauert, bis wir alle Spuren ausgewertet haben. Zuletzt hatten wir uns noch diejenigen Fußabdrücke auf den Abschnitten des Wegs hinunter vom Johannisberg, auf denen Schotter liegt, genauer angesehen. Und natürlich auch noch diesen einen Abdruck etwa dreißig Zentimeter vom Fundort zwischen den Weinreben entfernt, der uns erst am Sonntag aufgefallen ist, weil er kaum zu erkennen war. Und wie der Zufall es wollte, haben wir wohl eine Übereinstimmung zwischen diesem Abdruck und einigen derer, die wir auf dem Schotterweg ausfindig gemacht haben, feststellen können.«

»Die alle nicht Henning Gronemeyer oder dem Spaziergänger, der ihn gefunden hat, zuzuordnen sind?«

»Gronemeyers Abdrücke konnten wir klar abgrenzen.«

»Wenn ich dich richtig verstehe, glaubst du also, dass diese fremden Fußspuren von ein und derselben Person stammen?«

»So wie ich die Ergebnisse interpretiere, dürfte das der Fall sein. Die Abdrücke stammen unseren Analysen zufolge alle vom vergangenen Freitag. Wir haben Sie am Samstagmorgen beziehungsweise am Sonntag identifiziert, dadurch fiel es uns relativ leicht, sie näher zu untersuchen. Das vielleicht Wichtigste, was wir dabei herausgefunden haben, ist die Tatsache, dass die Abdrücke auf dem Schotterabschnitt in einem gewissen Abstand zueinander lagen. So, als wenn jemand Gronemeyer gefolgt wäre. Es lässt sich anhand der Spuren allerdings nicht hundertprozentig klären, ob das wirklich so gewesen ist. Aber wenn du mich fragst, hatte Gronemeyer letzten Freitag einen Schatten, dem er wahrscheinlich zu entkommen versucht hat.«

»Und in der Folge ist er dann gestolpert und gegen die Steinmauer gestürzt?«

»So könnte es tatsächlich gewesen sein«, antwortete Nolte. »Und derjenige, der ihm gefolgt ist, hat sich dann wohl offenbar noch einmal davon überzeugt, dass Gronemeyer auch wirklich tot ist. Daher könnte der Abdruck zwischen den Reben stammen.«

»Also hat ihn jemand in den Tod getrieben?«

»Keine Ahnung, ob man das so sagen kann. Aber er wurde meines Erachtens zumindest verfolgt. Die Abdrücke lassen sich durchaus so interpretieren, dass beide gelaufen oder zumindest schnell gegangen sind.«

»Wie sicher bist du dir?«

»Ziemlich«, antwortete Nolte. »Die Theorie, dass Gronemeyer derart unglücklich gestürzt ist, während er einfach den Hang hinuntergegangen ist, war aus meiner Sicht ohnehin von Anfang an kaum vorstellbar.«

»Warum hast du nichts gesagt?«

»Ich halte nichts von Spekulationen, das weißt du. Und ich äußere mich erst dann, wenn ich mir vergleichsweise sicher bin.«

»Du hättest aber zumindest erwähnen können, dass es überhaupt Spuren gibt, die ihr noch überprüfen müsst. Das hätte mir einiges erleichtert.«

»Um die Wahrheit zu sagen, die Sache mit den Fußabdrücken ist bei uns auch ein wenig liegen geblieben. Die Tatorte in Brackwede und an der Haltestelle Sudbrackstraße hatten Priorität. Wir alle wissen nicht mehr, wo uns der Kopf steht.«

Jan versuchte abzuwägen, welche Konsequenzen Noltes Informationen nach sich zogen.

»Ist eigentlich noch jemand hier?«, fragte er schließlich.

»Das frage ich mich auch«, sagte Nolte. »Na ja, es ist gleich sieben. Ich werde wohl auch Schluss für heute machen. Wenn du Lara noch antreffen solltest, dann sag ihr, sie soll mich bitte gleich morgen früh anrufen.« Er hob die Hand zum Abschied und verschwand in Richtung Treppenhaus.

Jan blieb noch eine Weile auf dem Flur stehen und hing seinen Gedanken nach. Nolte hatte sich unmissverständlich ausgedrückt: Gronemeyers Tod war kein Unfall gewesen. Zumindest keiner im Sinne eines ausschließlichen Eigenverschuldens. Jemand hatte ihn am Freitagabend verfolgt, vielleicht sogar absichtlich in den Tod getrieben. Oder zumindest in Kauf genommen, dass der betrunkene Gronemeyer in der Dunkelheit stürzte.

Der Verdacht war ohnehin schon da gewesen, doch jetzt würde er Gronemeyers Partner Sören Watermann, seinem Konkurrenten Peter Althoff und auch Gregor Oberschelp, dem Vorsitzenden des Bündnisses »Die Senne lebt!«, tatsächlich mit Fakten entgegentreten können.

Dabei ging es jetzt um viel mehr, als herauszufinden, mit wem sich Gronemeyer Stunden zuvor gestritten hatte, und die noch offenen Fragen für die Öffentlichkeit und die Presse hinreichend zu beantworten. Um mehr als die kontroversen Pläne Gronemeyers, in der Senne einen Freizeitpark bauen zu lassen. In Wirklichkeit ging es um eine Bedrohung mit Todesfolge und – im günstigsten Fall für den Täter – um unterlassene Hilfeleistung.

Jetzt hatte er also seinen Fall. Er musste dringend mit Vera sprechen. Egal, welche Priorität der Fall des Senne-Mörders besaß, sie brauchten auch in dieser Angelegenheit mehr – mehr Rückendeckung, mehr Kapazitäten. Öffentlich machen zu müssen, dass einer der bekanntesten Politiker der Stadt offenbar doch nicht durch einen tragischen Sturz ums Leben gekommen war, war heikel genug.

Wie gut, dass er in den letzten Tagen nicht lockergelassen hatte. Nachdem er jetzt nicht nur vage Anhaltspunkte hatte, sondern im Grunde sogar einen Hauptverdächtigen sowie zwei weitere Personen, die für die Tat in Frage kamen, musste er eigentlich nichts weiter tun, als die Fußabdrücke miteinander … Jan hielt inne, blickte den Flur entlang.

Nolte.

Er rannte los, die Treppen hinunter in den zweiten Stock. »Tim?«, rief er laut über den Gang. »Bist du noch hier?«

Nach einigen Sekunden reckte Nolte seinen Kopf aus einem Raum, der als kriminalistisches Labor genutzt wurde, ganz am Ende des Flurs.

»Gut, dass du noch nicht weg bist«, sagte Jan, nachdem er die letzten Meter zurückgelegt hatte. »Ich habe nämlich noch eine Frage wegen der Fußabdrücke. Kannst du etwas zur Schuhgröße und zum Profil der Sohle sagen?«

»Lamprecht hat sich darum gekümmert, ich habe mir die Ergebnisse noch nicht durchgelesen.«

»Hast du sie hier?«

»Ja, die Mappe liegt auf meinem Schreibtisch.«

»Ich würde sie gerne sehen.«

Nolte ging voraus. Sein Büro lag nicht weit entfernt in einem Seitenflügel des Gebäudes.

Dort angekommen durchforstete er einen Stapel Akten und schlug eine hellbraune Mappe auf. Dann blätterte er eine Weile darin herum.

»Wie ich es mir schon gedacht habe«, sagte er schließlich. »Die Spuren waren nicht präzise genug, um Aussagen über ein Schuhprofil treffen zu können. Aber immerhin hat Lamprecht die Größe des Schuhs abschätzen können. Vor allem anhand des Abdrucks auf der Erde zwischen den Weinreben.«

»Und?«

»Tja«, sagte Nolte. »Überraschend ist es schon.«

»Nun sag schon.«

»Wir gehen von Größe 40 bis 41 aus.«

Jan starrte Nolte an. Dann griff er nach der Mappe, um sich selbst davon zu überzeugen, was Lamprecht aufgeschrieben hatte.

Er rief sich erneut die drei Männer vor Augen. Althoff, Oberschelp und Watermann. Nur einer der drei kam eventuell für diese Schuhgröße in Frage. Allerdings nicht derjenige, von dem er bis gerade eben noch am ehesten angenommen hatte, dass er Gronemeyer nach dem Streit im Restaurant zu späterer Stunde noch einmal zur Rede gestellt hatte oder ihm hinterhergerannt war.

Peter Althoff konnte es offenbar nicht gewesen sein. Mit seinen knapp ein Meter neunzig hatte er mit Sicherheit nicht Schuhgröße 41.

Und für Gregor Oberschelp galt das Gleiche.

Die Abdrücke konnten wenn überhaupt nur Sören Watermann gehören. Der Bauunternehmer hatte zwar ein wuchtiges Erscheinungsbild, aber wenn sich Jan richtig erinnerte, war der untersetzte Mann höchstens eins fünfundsechzig groß. Das konnte passen. Womöglich hatte Watermann ihm deshalb verschwiegen, dass er am Freitag auch bei der Konferenz im Hotel am Johannisberg gewesen war.

»Ich glaube, ich weiß, wen wir suchen«, sagte Jan.

»Und zwar?«

»Sören Watermann, ein Bauunternehmer aus Schloß Neuhaus. Gronemeyer und er hatten Pläne, auf Teilen des Truppenübungsplatzes in der Senne einen Freizeitpark zu errichten. Irgendwas muss letzten Freitag vorgefallen sein, das ihn dazu gebracht hat, Gronemeyer spätabends am Johannisberg zu verfolgen.«

»Dann ist dieser Watermann also auch derjenige, mit dem Gronemeyer diesen Streit in dem Restaurant hatte?«

»Nein, ist er nicht.«

»Muss ich das verstehen?«

Jan blickte Nolte nachdenklich an. Dann schüttelte er den Kopf.

Der neue Drummer

»Tut mir leid, aber die ›Underdogs‹ brauchen dich nicht mehr.«

»Ich habe die Band mit dir zusammen gegründet, du kannst mich nicht einfach rausschmeißen!«

»Du bist nun mal ein ziemlich mittelmäßig begabter Schlagzeuger. Schade, dass du es nicht selbst gemerkt hast. Du bringst es einfach nicht mehr. Aber offenbar merkst du gar nicht mehr, was um dich herum vor sich geht. Dass ich deine Schwester flachlege, ist dir ja auch nicht aufgefallen.« Philipp lachte laut.

Sein bester Freund glaubte also, ihn aus seiner Band werfen zu können, und machte sich auch noch über ihn lustig. Jan spürte, dass sich seine Hände zu Fäusten ballten. Aber ihm fehlte die Kraft, sich zu wehren. Nicht einmal mit Worten.

»Ja, so kenne ich dich«, verhöhnte Philipp ihn weiter. »Schau dich nur an, du Jammerlappen. Schon ganz richtig, dass du Beamter bist. Geh zurück an deinen Schreibtisch und bilde dir ein, dass du ein cooler Typ bist, wenn du mit deiner alten Blechbüchse durch die Gegend kurvst.«

»Lass gut sein, Philipp.« Isabel betrat den Raum und positionierte sich mit verschränkten Armen vor ihrem Bruder. »Jan hat ohnehin ein hartes Los gezogen. Er muss nämlich jeden Tag aufs Neue mit sich selbst klarkommen. Stelle ich mir ganz schön schwierig vor, wenn man so ein egoistisches Arschloch ist.«

Jan blickte seiner Schwester tief in die Augen. Sie sahen kalt aus. Ohne jedes Gefühl, als wäre er irgendein Fremder. Er sank in sich zusammen, zu müde, um etwas zu erwidern.

»Jetzt sagst du wieder nichts. Genau wie Samstag, als du einfach abgehauen bist und Mutter und Vater im Stich gelassen hast.«

»Wir haben doch darüber gesprochen«, sagte Jan mit schwacher Stimme.

»Mit mir hast du auch gesprochen.« Katharina von Allwörden kam herein und stellte sich neben Isabel.

»Mit mir auch.« Jetzt war es Vera, die im Raum erschien.

Gefolgt von Lara Niehaus, die ihm böse Blicke zuwarf.

»Und was hat es gebracht?«, fragte Isabel. »Genau, nämlich gar nichts. Du willst immer reden, aber nur über dich. Wir alle hier sind dir doch vollkommen egal.«

»Was soll das denn?« Jan klang verzweifelt, kämpfte mit den Tränen. Vor Wut. Und vor Verletztheit. »Ja, vielleicht habe ich Fehler gemacht. Vielleicht war ich zu sehr mit mir selbst beschäftigt. Aber was habe ich euch getan, dass ihr mich so an den Pranger stellt?«

»Er hat es nicht verstanden, oder?« Philipp blickte die Frauen im Raum an.

»Nein«, antworteten sie unisono.

»Dann holen wir jetzt am besten unsere Eltern dazu«, sagte Isabel.

»Muss das wirklich sein?«

»Wenn du verstehen willst, weshalb du so bist, wie du bist, wäre das sinnvoll«, erklärte Isabel. »Oder hast du Angst davor?«

»Nein, aber ich finde, dass das hier nicht der richtige Rahmen dafür ist. Ich will in Ruhe mit den beiden reden.«

»Natürlich, mal wieder nur reden«, entgegnete Isabel. »Reden, reden und noch mehr reden. Heute wirst du allerdings nicht reden, sondern zuhören, was unsere Eltern dir zu sagen haben.«

»Nein, bitte nicht.«

»Doch«, sagte Isabel entschieden. »Hier sind sie.«

Jan schloss die Augen. Als er sie nach einigen Sekunden blinzelnd wieder öffnete, war von seinen Eltern nichts zu sehen. Er atmete tief durch. Erst jetzt erkannte er, dass auch die anderen verschwunden waren.

Er schüttelte sich. Versuchte zu verstehen, was soeben passiert war.

»Bin ich hier richtig?«

Jan fuhr herum. Ein untersetzter Mann mit hochrotem Kopf betrat den Raum. Er kam ihm bekannt vor, aber ihm wollte nicht einfallen, woher.

»Wen suchen Sie denn?«

»Die Band«, sagte der Mann. »Wir waren hier verabredet.«

»Vielleicht kann ich Ihnen helfen. Ich gehöre auch zur Band. Mein Name ist Jan Oldinghaus.«

»Sören Watermann, ich bin der neue Drummer.«

Jan riss die Augen auf. Die Bilder um ihn herum wurden zu Grau und dann schnell zu Schwarz. Er fuhr hoch. Sah sich um. Sekunden vergingen und fühlten sich an wie Minuten. Dann verstand er.

Es war Viertel nach sechs, als Jan auf die Uhr seines Handys blickte. Der Traum war so völlig absurd gewesen und hatte sich doch erschreckend echt angefühlt. Seine privaten Probleme schienen ihn mehr zu beschäftigen, als er sich eingestehen wollte. Die ungeklärte Situation mit seinen Eltern. Die Tatsache, dass seine Schwester mit seinem besten Freund zusammen war. Katharinas Geständnis, sich in einer Beziehung zu befinden. Veras seltsames Verhalten. Die neue Kollegin Lara, zu der er sich auf gewisse Art und Weise hingezogen fühlte. All das hatte er in den wenigen Tagen, die seit seiner Rückkehr vergangen waren, verarbeiten müssen. Kein Wunder, dass einiges davon auch im Schlaf stattfand. Er musste unbedingt ein paar Dinge klären.

Dass am Ende des Traums ausgerechnet Sören Watermann erschienen war, wunderte ihn nicht. Die letzten Stunden des gestrigen Abends hatte Jan an niemand anderen als diesen Bauunternehmer aus Schloß Neuhaus gedacht. Wenn er es gewesen war, der Henning Gronemeyer letzten Freitag den Weg vom Johannisberg hinunter gefolgt war, was war sein Motiv? Und wie ließ sich herausfinden, ob Watermann tatsächlich eine

Schuld an Gronemeyers Tod trug? Klar war in dem Fall nur, dass er keine Hilfe gerufen hatte, nachdem Gronemeyer gestürzt war. Der Fußabdruck in unmittelbarer Nähe der Leiche war Beweis genug. Er hatte sich womöglich sogar vom Tod Gronemeyers überzeugt. Jetzt musste Jan nur noch sicherstellen, dass die Fußabdrücke auch tatsächlich von Watermann stammten.

Er wälzte sich lange hin und her. Versuchte, noch einmal einzuschlafen. Aber die Tatsache, dass er den Fall vielleicht in Kürze schon würde aufklären können, ließ ihn nicht zur Ruhe kommen. Gestern Abend hatte er kurz daran gedacht, die Kollegen zu informieren und mit großer Mannschaft zu Watermann zu fahren. Heute Morgen war er sich jedoch sicher, dass es für den Moment ratsam wäre, allein mit ihm zu sprechen.

***

Zwei Stunden später stand Jan wieder vor der Glastür von Watermanns Büro und wartete darauf, dass der Bauunternehmer sein Telefonat beendete. Im Gegensatz zum letzten Mal drang heute kein Geräusch nach draußen.

Anders als bei seinem gestrigen Besuch bei Peter Althoff verzichtete Jan diesmal darauf, einfach ins Büro zu stürmen. Obwohl er weiterhin davon überzeugt war, dass Althoff und Oberschelp ihm etwas vorgespielt hatten, war ihm der Gedanke, dass sie ihn dermaßen hatten auflaufen lassen, noch immer unangenehm. Watermann wollte er sich dagegen Stück für Stück zurechtlegen.

Im nächsten Augenblick ahnte er bereits, dass dieser Vorsatz zum Scheitern verurteilt war. Watermann kam wutschnaubend auf ihn zu und öffnete die Tür.

»Was um alles in der Welt wollen Sie denn schon wieder hier?«

»Glauben Sie mir, ich hätte gerne darauf verzichtet, um diese Uhrzeit hier aufzutauchen. Aber es gibt da noch ein paar Dinge, die ich dringend mit Ihnen besprechen muss.«

»Ich habe wirklich wenig Zeit heute Morgen.«

»Tut mir leid, aber die müssen Sie sich nehmen«, entgegnete Jan. »Für den Fall, dass Sie mich falsch verstanden haben: Ich bin hier, weil wir Spuren gefunden haben, denen wir nachgehen müssen.«

»Was habe ich damit zu tun?«

»Das werden wir sehen. Darf ich jetzt hereinkommen, damit wir uns in Ruhe unterhalten können?«

Watermann blickte auf seine Armbanduhr. »Zehn Minuten«, sagte er schließlich.

»Wir enden dann, wenn ich alle meine Fragen losgeworden bin und zufriedenstellende Antworten bekommen habe«, sagte Jan unbeeindruckt.

Wütend schloss Watermann die Tür und setzte sich hinter seinen Schreibtisch, ohne Jan zu beachten. Es war ihm deutlich anzusehen, dass es in ihm brodelte. Anders als gestern, als er sich während ihres Gesprächs zusammengerissen hatte, um nicht die Contenance zu verlieren.

»Weshalb haben Sie mich bei unserem letzten Gespräch angelogen?«, fragte Jan, während er langsam durch das Büro schritt. Dabei versuchte er, einen Blick auf Watermanns Schuhe zu werfen.

»Was meinen Sie?« Watermann tippte auf seinem Handy herum und vermied es weiterhin, Jan anzusehen.

»Ich spreche vom vergangenen Freitag. Sie haben gesagt, dass Sie an der Konferenz nicht teilnehmen konnten. Wir haben aber einen Zeugen, der Sie gesehen hat.«

»Tatsächlich?«

»Tatsächlich«, sagte Jan eindringlich. »Also, warum haben Sie mich angelogen?«

»Ich war lediglich eine Stunde dort«, antwortete Watermann

genervt. »Die meiste Zeit davon habe ich in der Lobby telefoniert.«

»Davon hörte ich. Mich würde dennoch interessieren, weshalb Sie mir gesagt haben, dass sie keine Zeit gehabt hätten, an der Konferenz teilzunehmen.«

»Weil ich keine Lust hatte, mir noch weitere idiotische Fragen stellen zu lassen.« Endlich hob Watermann den Kopf und sah Jan an. In seinem Blick lag eine seltsame Mischung aus Angriffslust und Unbehagen. »Aber da Sie keine Ruhe geben, erzähle ich Ihnen jetzt eben, was Freitag passiert ist. Ich bin an diesem Nachmittag nämlich kurz mit Henning aneinandergeraten. Draußen auf dem Parkplatz vor dem Hotel.«

»Weshalb?«, fragte Jan überrascht. Er näherte sich dem Schreibtisch und baute sich vor Watermann auf.

»Wir waren uns nicht einig, wie wir mit unseren Plänen taktisch am sinnvollsten umgehen.«

»Was soll das heißen?«

»Ich war dafür, dass wir medial in die Offensive gehen, vor allem nach dem Zeitungsbericht«, erklärte Watermann. »Aber Henning meinte, dass wir noch abwarten sollten. Das Thema sei zu heikel und die Situation zu unklar, um es jetzt bereits der Öffentlichkeit zu präsentieren. Er war eben Politiker durch und durch. Anders als ich.«

»Was heißt denn ›aneinandergeraten‹?«, hakte Jan nach. »Verbal?«

»Was denn sonst?«, blaffte Watermann schroff zurück. »Glauben Sie etwa, wir wären handgreiflich geworden?«

Jan hob die Augenbrauen, verzichtete jedoch auf eine Antwort. »Und wegen dieses Streits haben Sie mich angelogen?«, fragte er stattdessen.

»Ja klar. Sie hätten mir doch sofort die Sache in die Schuhe geschoben.«

»Welche Sache?«

»Hennings Tod natürlich. Es ist doch offensichtlich, dass Sie in dieser Sache ermitteln, weil Sie davon ausgehen, dass es kein Unfall gewesen ist.«

Jan ignorierte Watermanns Kommentar. Sicherlich ließ sich nicht mehr verheimlichen, dass im Fall Gronemeyer längst in alle Richtungen ermittelt wurde. Ihn überraschte aber etwas anderes: Watermann ging plötzlich in die Offensive. Wollte er auf diese Weise seine eigene Haut retten, obwohl sie vielleicht gar nicht mehr zu retten war?

»Wo waren Sie am Freitagabend, nachdem die Konferenz beendet war?«, fragte Jan schließlich.

»Zu Hause.« Watermann klang mit einem Mal erschöpft. »Nach dem Streit auf dem Parkplatz bin ich gefahren. Da war es ungefähr halb sechs.«

»Sie waren also nicht mehr im Restaurant?«

»Nein.«

»Und Sie haben keine Ahnung, mit wem Gronemeyer dort in Streit geraten ist?«

»Nein.«

»Sie haben recht«, sagte Jan plötzlich. »Wir müssen davon ausgehen, dass der Sturz kein tragischer Unfall gewesen ist. Wir haben am Fundort der Leiche Fußabdrücke gefunden, die nicht Gronemeyer zuzuordnen sind.«

»Das heißt, Henning wurde tatsächlich von jemandem …?« Watermann sprach den Satz nicht zu Ende, um seine Fassungslosigkeit noch besser wirken zu lassen.

»Danach sieht es aus.« Jan rückte noch etwas näher an den Schreibtisch heran. »Welche Schuhgröße haben Sie eigentlich?«

»Wie bitte?«

»Sie haben meine Frage verstanden.«

»Sie wollen ernsthaft mich verdächtigen, etwas mit Hennings Tod zu tun zu haben?«

»Wir können Sie sehr schnell ausschließen, wenn Sie mir Ihre Schuhgröße nennen.«

»Und wenn nicht?«

»Dann werden wir Sie ins Präsidium vorladen. Und zwar heute noch.«

»Ich verstehe nicht, wieso Sie hier Ihre Zeit verplempern.« Watermann war plötzlich deutlich erregt und erhob sich von seinem Schreibtischstuhl. Sofort wurden seine Pausbacken noch etwas rosiger. »Ich habe Ihnen verraten, dass ich mit Henning an diesem Tag eine Meinungsverschiedenheit hatte. Glauben Sie, das mache ich, weil ich Henning umgebracht habe? Das ist doch vollkommen idiotisch. Aber wenn Sie es unbedingt wissen wollen, kein Problem. Meine Schuhgröße ist 41. Etwas ungewöhnlich, ist mir klar. Aber sehen Sie mich an, ich bin eher breit als hoch.« Watermann lachte.

Volltreffer.

Jan atmete tief durch. Es war tatsächlich so – Watermann kam als Einziger der drei Verdächtigen in Frage. Für einen Haftbefehl war das wahrscheinlich noch immer zu wenig, aber einen Durchsuchungsbeschluss mit dem Ziel der Sicherstellung wichtiger Beweismittel würde er der Staatsanwaltschaft hoffentlich binnen weniger Stunden abringen können.

»Sind Sie jetzt fertig?« Watermann ging um seinen Schreibtisch herum und bedeutete Jan, den Raum zu verlassen. »Ich habe Ihnen alles gesagt, was ich weiß. Lassen Sie mich jetzt bitte in Ruhe, ich habe Wichtigeres zu tun.«

»Bevor ich gehe, würde mich noch eine Sache interessieren«, sagte Jan. »Wie war Henning Gronemeyer so? Als Mensch und als Geschäftspartner. Mir war er nur als beliebter und besonnener Politiker bekannt. Es wundert mich, dass er am Freitag gleich zweimal in solche Streitigkeiten geraten ist.«

Watermann blickte Jan argwöhnisch an.

»Ruhig und besonnen, das war er«, sagte er nach kurzem Überlegen. »Meistens zumindest, aber manchmal gab es da diese andere Seite an ihm. Wenn ihm etwas nicht passte oder jemand anderer Meinung als er war. Dann konnte er regelrecht cholerisch werden. Das war ziemlich unangenehm. Ich konnte damit allerdings ganz gut umgehen, fahre ja selbst schnell genug aus der Haut.« Wieder lachte Watermann.

Jan verkniff sich jeden weiteren Kommentar. Stattdessen verabschiedete er sich.

Erstaunt darüber, dass Watermann keinerlei Nervosität mehr zeigte, verließ er das Büro. Und dennoch war er sich einigermaßen sicher, den Tod von Henning Gronemeyer weitestgehend aufgeklärt zu haben.

Bauernfrühstück

Jan stieg voll in die Eisen. Die Warnblinklichter vor ihm kamen immer näher. Er war nur einen Augenblick abgelenkt gewesen, als eine SMS auf seinem Handy aufleuchtete. Einen Augenblick zu lange, um rechtzeitig zu erkennen, dass er auf einen Stau auffuhr.

Die Reifen seines Minis quietschten, und das Blech unter seinen Füßen ruckelte so stark, dass er das Gefühl hatte, gleich zerfalle sein Baby in tausend Einzelteile. Eine Wagenlänge hinter einem polnischen Lkw kam Jan schließlich zum Stehen.

Wie in Zeitlupe sank sein Kopf auf das Lenkrad. Die verkrampften Finger entspannten sich nur langsam. Hätte er nur eine Sekunde länger auf sein Handy geblickt, wäre sein Mini, Jahrgang 78, an dem Lkw zerschellt.

Er blieb in dieser Position noch eine Weile sitzen. Wartete darauf, dass der Verkehr weiterrollte. Aber es tat sich nichts. Vor ihm. Neben ihm. Hinter ihm. Überall nur Autos und Laster. Der Verkehr auf der A 33 war vollkommen zum Erliegen gekommen.

Zwanzig Minuten vergingen, ehe sich der Lkw vor ihm wieder in Bewegung setzte. Die ganze Blechlawine fuhr rechts rüber auf die Standspur. Als er ein bisschen Abstand ließ, sah er mehrere Polizeiwagen, die sich quer zur Fahrbahn gestellt hatten. Die Autobahn war offenbar komplett gesperrt worden. Krankenwagen fuhren plötzlich links an ihm vorbei.

Im Schritttempo fuhr Jan einen knappen Kilometer, bis sie schließlich von der Autobahn hinuntergeleitet wurden. Aus dem Augenwinkel erkannte er, dass es sich um die Ausfahrt Stukenbrock-Senne handelte.

Jan seufzte. Der gesamte Verkehr würde sich über die Paderborner Straße in Richtung Bielefeld schieben. Dabei durfte er keine Zeit verlieren, um mit dem zuständigen Staatsanwalt zu sprechen und Vera davon zu überzeugen, dass Watermann derjenige war, den sie suchten. Umso erleichterter war er, als der Verkehr schneller als befürchtet wieder ins Rollen kam.

Rechts von ihm zog die Sennelandschaft vorbei. Zwischen den typischen Nadelbäumen blitzte immer wieder lila blühendes Heidekraut auf. Irgendwo dahinter lag in einigen hundert Metern Entfernung der Truppenübungsplatz, der vor allem von den britischen Streitkräften genutzt wurde.

Doch wie lange noch? Investoren und Naturschützer spekulierten gleichermaßen auf die frei werdenden Flächen. Der Kampf wurde offenbar mit harten Bandagen geführt, aber konnte es wirklich sein, dass Henning Gronemeyer wegen der unterschiedlichen Interessen und Vorstellungen in dieser Sache sein Leben verloren hatte? Oder waren sie zumindest das Motiv für Totschlag oder unterlassene Hilfeleistung? Gerade bei Watermann war die Frage nach dem Motiv schwierig. Immerhin hatten er und Gronemeyer ja zusammengearbeitet.

Jans Magen knurrte. Es war erst kurz vor zehn an diesem Mittwochmorgen. Er hatte noch nichts gegessen, nicht einmal einen Kaffee getrunken. Als er plötzlich das Schild eines Dorfkrugs näher kommen sah, überlegte er nicht lange. Er bremste und bog rechts auf den Parkplatz vor dem in die Jahre gekommenen Gebäude ab.

Hatte das Restaurant um diese Uhrzeit überhaupt schon geöffnet? Doch dann fiel sein Blick auf die Kreidetafel vor der Tür des »Sennekrugs«: »Bauernfrühstück plus Kaffee satt: 5,50 Euro!«

Jan stieg aus und sah sich um. Der »Sennekrug« war weit und breit das einzige Gebäude, während ein paar Meter von ihm entfernt die Autos und Lkw an ihm vorbeirasten, die aufgrund der Vollsperrung der A 33 über die Landstraße an Stukenbrock und Schloß Holte vorbei in Richtung Nordwesten gelenkt wurden. Über dem Lokal lag eine Wohnung. Wenn der Besitzer des »Sennekrugs« dort wohnte, lebte er ganz schön einsam.

Als Jan das Lokal betrat, wusste er sofort, dass er es bei einem Kaffee belassen würde. Gegenüber der Inneneinrichtung wirkte das Gebäude von außen geradezu hochmodern. Offenbar war hier seit Jahrzehnten kein Cent mehr investiert worden. Das altbackene Mobiliar war verschlissen, der Linoleumboden klebrig und die Theke in einem Zustand, dass Jan sich fragte, wann hier zuletzt ein Bier gezapft worden war. Doch das Schlimmste war der Geruch. Eine schauderhafte Mischung aus altem Fett und kaltem Zigarettenqualm.

Jan war der einzige Gast. Nur ein schneller Kaffee, dann würde er weiterfahren. Er räusperte sich.

Aus dem hinteren Bereich des Lokals hörte er Schritte. Im nächsten Moment erschien ein Mann um die sechzig hinter der Theke. Er sah erschöpft aus. Mit dunklen Augenringen und wirrem, leicht ergrautem Haar. Und einer verdreckten Schürze um die Hüften. Über seine Schulter hatte er mehrere Küchentücher geworfen. Er nickte kurz.

»Guten Morgen«, sagte Jan.

»Was darf es sein?«

»Ein Kaffee.«

»Kein Bauernfrühstück?«

»Danke, nein.«

»Verpassen Sie was. Ist der Renner hier.«

»Bereiten Sie es frisch zu?«

Der Mann schüttelte beinahe unmerklich den Kopf. Jan wusste nicht, wie er die Reaktion zu deuten hatte.

»Also?«

»In Ordnung, machen Sie mir ein Bauernfrühstück.«

»Gute Wahl.«

Jan suchte sich einen Platz an einem Tisch am Fenster und legte seine Jacke ab. Dann ging er langsam durch das Restaurant. An der Theke entlang, bis der Raum abknickte und die

Sicht auf einen kleinen Saal preisgab. Erinnerungsschnipsel an seine Kindheit kamen in ihm hoch. An seine Eltern, wenn sie in Tanzsälen auf dem Lande zwischen Herford und Bielefeld gefeiert hatten.

Eine Zeit, die sich in diesem Augenblick wie ein anderes Leben anfühlte. Nicht unangenehm, aber auch nicht besonders schön. Am ehesten vielleicht neutral. Das war es wohl, was die Beziehung zu seinen Eltern am besten beschrieb. Als hätte zeit seines Lebens eine unsichtbare Wand zwischen ihnen existiert, die verhindert hatte, dass irgendeine Form von Emotion hindurchdringen konnte.

Es schien bessere Zeiten für den »Sennekrug« gegeben zu haben. Zumindest deuteten die vielen Fotos links an der Wand darauf hin. Jan ging ein Stück näher heran und ließ seinen Blick über die Bilder schweifen. So alt, wie er vermutet hatte, waren sie offenbar gar nicht. Bei einigen Fotos hatte er sogar den Eindruck, dass sie erst kürzlich gemacht worden waren.

Es wunderte ihn, dass dieses Lokal auch heute noch gut besucht sein sollte. Auf den Fotos waren viele feiernde Menschen zu sehen, die fröhlich in die Kamera lachten.

Sein Blick glitt zurück zu seinem Platz. Zu dem Gastwirt, der an der Kaffeemaschine einen unbeholfenen Eindruck hinterließ.

Jan hob plötzlich irritiert die Augenbrauen. Dann fuhr er wieder herum. Konnte das wirklich sein? Auf den Fotos hatte er ein Gesicht gesehen, das er kannte. Sein rechter Zeigefinger glitt über die Wand.

Da war er.

Verdammt. Das war tatsächlich Henning Gronemeyer.

Aber in Wirklichkeit war es gar nicht Gronemeyer, der ihm aufgefallen war. Sondern die Frau, die neben ihm zu sehen war. Die er im Arm hielt.

Jan spürte, wie sein Puls hochschnellte. Obwohl er nur das Foto ihrer Leiche gesehen hatte, war er sich zweifelsfrei sicher, dass es sich um Jennifer Niermann handelte. Das zweite Opfer des Senne-Mörders.

Er nahm das Foto von der Wand und ging zur Theke. Als der Gastwirt zu ihm hinsah, hielt Jan ihm das Foto vors Gesicht.

»Was können Sie zu diesem Bild sagen?«, fragte er.

»Ich verstehe nicht«, antwortete der Mann.

»Erzählen Sie mir alles, was Sie wissen. Das hier ist Henning Gronemeyer. War er öfter hier? Wann wurde das Foto gemacht? Und was hat es mit ihm und dieser Frau auf sich?« Jan tippte erneut auf das Foto.

»Ich rede nicht über meine Gäste. Was sollen diese ganzen Fragen?«

»Kriminalpolizei Bielefeld«, erklärte Jan und zeigte dem Wirt seinen Dienstausweis. »Ich gehe mal davon aus, dass Sie wissen, wer Henning Gronemeyer war?«

Der Mann schüttelte verunsichert den Kopf.

»Landtagsabgeordneter?«, wollte Jan ihm auf die Sprünge helfen. »Einer der bekanntesten Lokalpolitiker Bielefelds?«

»Wieso ›war‹?«

»Er wurde am vergangenen Samstag tot aufgefunden. Davon haben Sie aber bestimmt was mitbekommen. So fernab der Zivilisation leben Sie hier nun auch wieder nicht.«

»Ich interessiere mich weder für Politik, noch lese ich Zeitungen«, sagte der Mann achselzuckend. »Tut mir leid.«

Obwohl es ihm kaum vorstellbar schien, hatte Jan das Gefühl, der Mann sage die Wahrheit.

»Wer hat diese ganzen Fotos eigentlich gemacht?«

»Entweder meine Tochter oder die Aushilfe, die an den Wochenenden oft hier ist«, antwortete der Wirt. »Manchmal auch die Gäste selbst. Ich habe eine alte Polaroidkamera, die gerne zum Einsatz kommt.«

Jan nickte gedankenverloren. »Wie ist Ihr Name?«, fragte er schließlich.

»Axel Wiebusch«, gab der Mann ungerührt zurück.

»Herr Wiebusch, vergessen Sie jetzt einfach mal, dass Sie über Ihre Gäste nicht sprechen möchten. Die Kripo Bielefeld ermittelt in dieser Angelegenheit wegen eines mutmaßlichen Tötungsdelikts. Wenn Sie nicht wollen, dass Sie aufs Präsidium vorgeladen werden, dann sagen Sie mir jetzt alles, was Sie wissen. Haben Sie das verstanden?«

Diesmal nickte Wiebusch andeutungsweise.

»Dann sagen Sie mir jetzt bitte, ob Sie sich daran erinnern können, wann dieses Foto entstanden ist.«

»Er war ein paarmal in den vergangenen Monaten hier. Das Foto muss an einem Abend entstanden sein, als hier ein bisschen mehr los war. Vielleicht eine größere Feier, ein Geburtstag oder eine der Ü30-Feten, die wir gelegentlich veranstalten. Aber ich erinnere mich nicht so genau.«

»Ich glaube sehr wohl, dass Sie sich erinnern«, drängte Jan. »Denken Sie mal genau nach.«

»Es muss Ende Juni gewesen sein«, antwortete Wiebusch schmallippig.

»Lief da etwas zwischen den beiden?«

»Keine Ahnung. Ich schmeiße den Laden hier fast allein. Meinen Sie etwa, mich würde interessieren, was meine Gäste privat so treiben?«

»Wer ist die Frau auf dem Foto?«

»Das weiß ich auch nicht.« Der Gastwirt wirkte zunehmend genervt von Jans Fragen.

»War sie auch öfter hier?«

»Kann schon sein.«

Jan atmete tief durch. Er hatte mittlerweile genug von Leuten, die ihm nicht sagten, was sie wussten. Die ihn einfach für dumm verkaufen wollten.

»In Ordnung«, sagte er nach einigen Sekunden. »Offenbar wollen Sie meine Fragen nicht vernünftig beantworten. Halten Sie sich in den nächsten achtundvierzig Stunden bitte bereit, Ihre Vorladung aufs Präsidium ist nur eine Frage der Zeit. Und dann sollten Sie sich gut überlegen, ob Sie verschweigen wollen, was Sie wissen.«

»Verstehen Sie denn nicht, dass es mir schaden kann, wenn ich zu viel über meine Gäste rede?«

»Was ist das hier? Ein Puff oder was?«, brach es aus Jan heraus.

»Mir ist es vollkommen egal, wie Sie es nennen. Hier treffen sich ganz viele Menschen, die einfach auf der Durchreise sind. Aber auch Leute, die immer wieder hierher zurückkehren. Und einige, die es zu schätzen wissen, dass ihnen niemand solche Fragen stellt, wie Sie es gerade tun.«

Jan versuchte zu verstehen, was Wiebusch meinte. Es hörte sich beinahe so an, als ob es sich nicht um einen stinknormalen Dorfkrug handelte. Offenbar gingen hier Dinge vor sich, die nicht an die große Glocke gehängt werden sollten.

»Ich wiederhole mich noch einmal«, sagte Jan. »Wir ermitteln hier in einem möglichen Mordfall.«

»Dann sagen Sie mir doch mal, was bitte schön ich denn wissen soll?«, entgegnete Wiebusch stoisch. »An manchen Abenden gehen hier so viele Gäste ein und aus, dass ich überhaupt nichts mitbekomme. Aber wenn Sie es unbedingt wissen wollen, diesen Politiker, von dem Sie die ganze Zeit sprechen, habe ich auch im Arm von anderen Frauen gesehen.«

»Geht das etwas genauer?« Jan spürte förmlich, wie das Adrenalin durch seinen Körper flutete.

»Keine Ahnung, bestimmt einer Handvoll.«

»Jennifer Niermann, sagt Ihnen der Name etwas?«

»Nie gehört.«

»Simone Großjohann, Denise Möller, Jasmin Förster … Irgendeinen dieser Namen schon einmal gehört?«

»Nein, was soll denn –?«

»Sie wissen nichts, ich habe es verstanden«, unterbrach Jan den Mann. »Trotzdem noch eine letzte Frage: Wann war Henning Gronemeyer zuletzt hier? Versuchen Sie sich bitte genau zu erinnern.«

»Ich glaube, das ist noch gar nicht so lange her. Müsste vor knapp zwei Wochen gewesen sein.«

»Sicher?«

»Ziemlich.« Wiebusch kratzte sich am Hinterkopf. »Am Donnerstag oder Freitag müsste das gewesen sein.«

»War er allein?«

»Ich erinnere mich, dass er mit einer Frau am Tisch saß. Gleich da drüben am Fenster.« Wiebusch zeigte auf den Tisch neben dem Platz, an dem Jan seine Jacke abgelegt hatte.

»Wie sah die Frau aus?«

»Ich sagte doch schon, dass ich dazu nichts sagen kann.«

»Na schön, dann eben nicht.« Jan griff genervt nach seiner Jacke und ging in Richtung Tür.

»Was ist mit Ihrem Bauernfrühstück?«

»Beim nächsten Mal«, antwortete Jan. »Sie können sich nämlich sicher sein, dass ich wiederkomme.«

Als die Tür hinter ihm zuschlug und er die kühle Herbstluft einatmete, fuhren Jan Dutzende Gedanken gleichzeitig durch den Kopf. Er hatte sich hier in diesem Dorfkrug nur kurz stärken wollen, doch das Foto an der Wand hatte womöglich alles verändert.

Konnte es wirklich so sein, wie es plötzlich schien? Dass zwischen Henning Gronemeyer und den ermordeten Frauen ein Zusammenhang bestand? Dass er womöglich sogar der Senne-Mörder war? Besser gesagt, gewesen war?

Noch weigerte sich sein Verstand, dies zu glauben. Aber allein die Tatsache, dass er es in Erwägung zog, war schon unvorstellbar genug.

Er musste an die Worte von Klaus Wemhöner denken, dass Gronemeyer gegenüber seiner Frau bisweilen aufbrausend gewesen war. Watermann hatte Ähnliches berichtet. Er hatte Gronemeyer sogar als cholerisch bezeichnet.

Jan stieg in seinen Mini und setzte mit quietschenden Reifen zurück. Nachdem er sich wieder in den noch immer einigermaßen zäh fließenden Verkehr eingefädelt hatte, griff er zu seinem Handy und wählte Cengiz' Nummer. Er hatte eine Idee, wie er seinem unglaublichen Verdacht nachgehen konnte.

Nach einigen Sekunden meldete sich Cengiz.

»Wo steckst du gerade?«, kam Jan sofort zur Sache.

»Ich höre mich bei den Nachbarn von Jasmin Förster um und warte darauf, dass du deinen Hintern hierherbewegst.«

»Planänderung«, sagte Jan. »Wir treffen uns in einer Viertelstunde vor Gronemeyers Haus. Es könnte sein, dass ...« Jan stockte. Er hatte gerade das Ortsschild von Schloß Holte-Stukenbrock passiert. Häuser huschten im Augenwinkel an ihm vorbei. Mehrfamilienhäuser. Und ein größerer Wohnkomplex, den er schon einmal gesehen hatte. Auf einem Foto.

»Verdammt«, flüsterte er. »Es stimmt tatsächlich.«

»Was ist los?«

»Ich glaube, ich weiß, wer der Senne-Mörder ist«, antwortete Jan und konnte es selbst noch nicht fassen.

»Wie bitte? Willst du mich verarschen?«

»Ganz und gar nicht.«

»Und weshalb sollen wir uns dann vor Gronemeyers Haus treffen?«

Jan schwieg. Sekunden vergingen, während er seinen Mini weiter durch Stukenbrock steuerte.

»Das ist jetzt ein Scherz, oder?« Cengiz klang, als hielte er Jan für vollkommen übergeschnappt. »Du glaubst doch nicht allen Ernstes, dass Gronemeyer die Frauen getötet hat?«

»Doch«, antwortete Jan knapp.

»Und wie erklärst du dir dann bitte schön, dass Denise Möller und Jasmin Förster gestorben sind, nachdem Gronemeyer bereits tot war?«

»Bei Denise Möller stimmt das nicht unbedingt«, erklärte Jan. »Die Rechtsmedizin geht davon aus, dass ihre Leiche zwischen achtundvierzig und sechsundneunzig Stunden in der Wohnung gelegen hat, bevor wir sie gefunden haben.«

»Kann es sein, dass du dich da in etwas verrannt hast? Das alles ergibt doch überhaupt keinen Sinn.«

»Im Gegenteil, alles passt zusammen«, sagte Jan unbeeindruckt. »Außer Jasmin Förster. Wir treffen uns gleich vor Gronemeyers Haus. Dann erkläre ich es dir.«

Er legte auf. Und hoffte, dass er richtiglag. Denn nur noch wenige hundert Meter, und er würde an dem Haus vorbeikommen, in dem Jennifer Niermann gewohnt hatte.

Rouladen

Cengiz stand neben seinem Wagen und rauchte, als Jan vor Gronemeyers Haus vorfuhr.

»Danke.« Jan klopfte seinem Kollegen auf die Schulter. »Ich bin dir wohl noch ein paar Erklärungen schuldig.«

Nachdem Jan berichtet hatte, schüttelte Cengiz nur noch den Kopf und zündete sich die dritte Zigarette innerhalb kürzester Zeit an.

»Ich weiß nicht«, sagte er zwischen zwei tiefen Zügen. »So wie du es erzählst, klingt es natürlich logisch. Aber außer diesem Foto an der Wand dieses Dorfkrugs gibt es doch nichts, was darauf hindeutet.«

»Nein? Dann denk doch nur mal an unser Gespräch mit Klaus Wemhöner. Es scheint mir ehrlich gesagt nicht unwahrscheinlich, dass Gronemeyer mit diesen Frauen geschlafen hat.«

»Selbst wenn es so gewesen sein sollte, was wäre dann sein Motiv gewesen, sie umzubringen?«

»Darüber lässt sich nur spekulieren. Wir brauchen weitere Hinweise, und dafür müssen wir uns Zutritt zu seinem Haus verschaffen.«

»Was hast du vor?«

»Wir kennen die Todeszeitpunkte der Frauen«, antwortete Jan. »Wenn Gronemeyer tatsächlich der Senne-Mörder ist, hoffe ich, dass wir einen Hinweis darauf finden, dass er an den Tagen, an denen die Taten begangen wurden, auch wirklich in der Senne gewesen ist. Dass er genau dort entlanggefahren ist, wo auch ich eben unterwegs war.«

»Und was suchst du? Seinen Terminkalender?«

»Zum Beispiel.« Jan sah seinen Kollegen eindringlich an. »Lass uns in das Haus reingehen und hoffen, dass wir fündig werden.«

»Für den Fall, dass du richtigliegst«, sagte Cengiz. »Was, glaubst du, ist mit Gronemeyers Frau passiert? Hat er sie etwa auch …?« Er sprach seine Worte nicht zu Ende.

Natürlich hatte Jan während der Fahrt hierher auch schon darüber nachgedacht, was mit Constanze Gronemeyer geschehen sein könnte. »Wir sollten zumindest darauf vorbereitet sein«, antwortete er nach kurzem Zögern. »Vielleicht ist sie aber auch Teil des Motivs. Ein sehr wichtiger Teil sogar.«

»Wie meinst du das?«

»Wenn sie ihn verlassen hat, war sie womöglich der Auslöser des Ganzen«, erklärte Jan.

»Du meinst, Gronemeyer hat sich anschließend in Affären gestürzt, dann aber ein schlechtes Gewissen bekommen und die Frauen einfach umgebracht?«

»Ach, was habe ich deine Art nur vermisst«, entgegnete Jan. »Offenbar bist du ja wieder ganz der Alte.«

»Sagen wir mal so, es läuft in die richtige Richtung. Aber das ist eine andere Sache.«

»Du glaubst mir nicht, oder?« Jan sah seinen Kollegen argwöhnisch an.

»Mit Glauben oder Nichtglauben hat das nichts zu tun. Der Verdacht gegen Gronemeyer klingt nun mal vollkommen absurd. Dazu kommt, dass er mit mindestens einem Todesfall gar nichts zu tun haben kann. Und warum? Weil er mittlerweile selbst tot ist. Und wir wissen nicht einmal, weshalb.«

»Doch, ich denke schon.«

»Ach ja?«

»Ich muss zugeben, dass ich noch ein paar Restzweifel habe, vor allem wenn wir annehmen, dass Gronemeyer der Senne-Mörder ist. Aber eigentlich bin ich überzeugt davon, dass die Schuhabdrücke am Johannisberg Sören Watermann zuzuordnen sind.«

»Welche Schuhabdrücke?«

Jan atmete tief ein. Er hatte vollkommen verdrängt, dass er

wahrscheinlich der Einzige war, der von den Spuren wusste, die Noltes Leute am Johannisberg gefunden hatten. Er berichtete Cengiz, was die Techniker herausgefunden hatten, und schloss mit seinem Verdacht gegen Watermann, jedoch ohne zu erwähnen, dass der Bauunternehmer jede Beteiligung mit Vehemenz abgestritten hatte.

»Ich will da jetzt rein«, sagte Jan. »Bist du dabei?«

Cengiz zögerte einen Moment, dann nickte er.

Fünf Minuten später hatten die beiden sich Zutritt zum Haus verschafft und standen in einem großzügig geschnittenen Wohn- und Esszimmer. Sie blickten in einen weitläufigen Garten, der im Wesentlichen aus akkurat geschnittenem Rasen und einigen Nadelhölzern bestand.

»Lokalpolitiker müsste man sein«, sagte Cengiz und schüttelte bitter lächelnd den Kopf.

»Keine Sorge, das hier hat nichts damit zu tun, dass er Politiker gewesen ist. Wenn er mit Leuten wie Sören Watermann zusammengearbeitet hat, wird er sich seinen Reichtum sicherlich über andere Kanäle verdient haben.«

»Du weißt, wie verrückt das alles klingt?«, fragte Cengiz. »Gronemeyer war der Saubermann, einer der Lieblinge der Bielefelder. Ich bin mir sicher, dass er bei der nächsten Wahl zum Bürgermeister gute Chancen gehabt hätte. Und jetzt stehen wir hier in seinem Wohnzimmer und kotzen uns über ihn und seinen Lebensstil aus.«

»Sein Lebensstil ist mir vollkommen egal«, sagte Jan voller Überzeugung. »Wir stehen hier, weil er der Senne-Mörder gewesen sein könnte. Und ich gehe hier nicht raus, bevor ich nicht irgendetwas gefunden habe, was das bestätigt.«

»Hast du mal daran gedacht, dass Constanze Gronemeyer noch hier wohnt?«

Jan verstand, worauf Cengiz hinauswollte. Die Möglichkeit, dass Gronemeyer seine Frau hier umgebracht hatte, war nicht auszuschließen. Aber Jans Vermutung war eine andere. Entweder war sie zuvor abgehauen und wusste von all dem, was geschehen war, noch gar nichts. Oder er hatte sie tatsächlich umgebracht und ihre Leiche an einem Ort versteckt, den sie nicht so schnell finden würden.

»Hier ist sie jedenfalls nicht«, sagte er daher. »Aber wir müssen sie dringend finden. Sie ist diejenige, die uns dem möglichen Motiv näher bringen könnte.«

Eine knappe Stunde durchsuchten die beiden das Haus der Gronemeyers. Ohne auf irgendetwas Zählbares zu stoßen. Es gab nicht den geringsten Hinweis darauf, dass Gronemeyer die Frauen gekannt, geschweige denn umgebracht hatte.

Jan wunderte sich vor allem über das, was nicht im Haus vorhanden war. Es war einerseits das typische Zuhause eines kinderlosen, gut situierten Ehepaars, andererseits aber seltsam leer. Beinahe wie ein angemietetes möbliertes Haus, aus dem man nach ein bis zwei Jahren wieder auszog.

Persönliche Gegenstände waren fast gar nicht zu finden. Vor allem nicht von Constanze Gronemeyer. Er spürte die leise Hoffnung, dass Gronemeyers Frau das gemeinsame Haus schon vor Wochen oder Monaten verlassen und ihre persönlichen Habseligkeiten mitgenommen hatte.

Einzig ein gemeinsames Foto der beiden, das auf dem Kaminsims stand, erinnerte an vielleicht glückliche Zeiten der Gronemeyers. Jan betrachtete es eine Weile. Ein Urlaubsfoto, irgendwo in den Alpen aufgenommen. Die beiden waren leger gekleidet. Constanze trug Wanderschuhe, eine kurze Hose und ein kariertes kurzärmeliges Hemd. Sie schien ein paar Zentimeter größer als er zu sein. Die glatten dunkelblonden Haare trug sie zu einem Zopf gebunden.

Eigentlich so weit alles ganz normal, dachte er. Wenn da nicht diese große Narbe auf ihrer rechten Wange gewesen wäre, die vom Auge bis hinunter zum Mundwinkel reichte.

Jan zog sein Handy hervor und fotografierte das Bild. Dann

wandte er sich wieder Cengiz zu, der bereits am Treppenabsatz auf ihn wartete. Die letzten Zimmer, die sie noch nicht näher angesehen hatten, lagen im Obergeschoss. Eines davon war mit einem Schreibtisch, Bücherregalen und einem langen Sideboard mit Dutzenden von Ordnern vollgestellt. Offenbar handelte es sich um Gronemeyers Arbeitszimmer.

Jan und Cengiz überflogen endlose Dokumente über den Finanzhaushalt der Stadt Bielefeld und über das Beteiligungsmanagement. Sie stellten die Ordner frustriert zurück an ihren Platz und zogen wieder neue hervor.

Ohne Erfolg.

Keinerlei Unterlagen, die hier nichts zu suchen hatten. Auch kein Terminkalender, aus dem sie vielleicht etwas hätten ablesen können.

»Wie war das eigentlich mit seinem Handy?«, fragte Jan nachdenklich.

»Wir haben keins bei ihm gefunden.«

»Das weiß ich, aber wieso ist uns das eigentlich nicht gleich seltsam vorgekommen?«

»Wahrscheinlich, weil wir keinen Grund zu der Annahme hatten, dass es kein Unfall gewesen ist«, antwortete Cengiz etwas ungehalten.

»Schon gut, war ja kein Vorwurf an dich«, sagte Jan beschwichtigend.

»Hörte sich aber so an.«

»Gut möglich, dass das fehlende Handy den Fußabdruck direkt neben Gronemeyers Leiche erklärt«, fuhr Jan fort. »Watermann wollte vielleicht nicht, dass wir das Handy finden, und hat es Gronemeyer entwendet.«

»Ich will ja kein Spielverderber sein«, sagte Cengiz, während er einige Zeitschriften von Gronemeyers Schreibtisch nahm und durchblätterte. »Aber das alles klingt nicht unbedingt überzeugend. Bevor du das den anderen präsentierst, sollten wir ein paar mehr Asse im Ärmel haben.«

»Vielen Dank für diesen tollen Tipp.« Jan verzog seinen Mund. »Genau deshalb sind wir doch hier. Wir brauchen irgendetwas, um diese Theorie zu stützen.«

»Vielleicht das hier.« Cengiz fingerte einen Zettel hervor, der zwischen einem Stapel Zeitschriften lag.

»Was ist das?«

»Eine Tankquittung. Ausgestellt auf einen Betrag von fünfzig Euro in Schloß Neuhaus. Letzten Donnerstag um siebzehn Uhr fünfundfünfzig.«

»Zeig mal«, sagte Jan aufgeregt. »Das könnte es tatsächlich sein.« Gedanklich ging er den jeweiligen Todeszeitpunkt der Frauen durch und kam zu dem Schluss, dass der Tankzettel zwar kein Beweis dafür war, dass Gronemeyer der Senne-Mörder gewesen war, aber zumindest ein weiteres Puzzleteil.

Der Mord an Denise Möller war laut Rechtsmedizin irgendwann zwischen Donnerstag und Samstag begangen worden. Gronemeyer hätte demnach sein mutmaßlich drittes Opfer also vierundzwanzig Stunden vor seinem eigenen Tod umgebracht.

»Ich hatte mir erhofft, dass wir hier mehr finden«, sagte Jan. »Aber ich denke, wir wissen auch so, was zu tun ist.«

»Und zwar?«

»Wir müssen bei allen vier Opfern feststellen, ob es irgendeine Verbindung zu Henning Gronemeyer gibt. Und ich bin mir verdammt sicher, dass diese existiert.«

Als sie die Haustür wieder verschlossen hatten und unauffällig zu ihren Autos zurückgekehrt waren, fiel Jans Blick auf das Haus der Wemhöners.

»Denkst du, was ich denke?« Jan sah Cengiz auffordernd an.

»Ob das noch einmal etwas bringt?«

»Um ehrlich zu sein, hat uns Wemhöner mit dem Hinweis auf den Truppenübungsplatz mehr geholfen als alle anderen, mit denen wir gesprochen haben. Und trotzdem bin ich mir sicher, dass er uns nicht alles verraten wird, was er weiß. Einen Versuch ist es zumindest wert, wo wir ohnehin hier sind.«

Cengiz zuckte mit den Schultern und folgte Jan, der sich bereits weggedreht hatte und vorgegangen war.

Sekunden später öffnete ihnen Jutta Wemhöner die Tür.

»Sie schon wieder«, sagte die Frau, die eine Kochschürze trug und ihre Hände entschuldigend hochhielt. »Es passt nicht gut, ich fülle gerade Rouladen.«

»Wir würden gerne mit Ihrem Mann sprechen.«

»Der ist nicht da.«

»Wann kommt er denn zurück?«

»Um halb eins gibt es Mittagessen, bis dahin muss er zurück sein.«

Jan musste innerlich schmunzeln. Hatte er bei ihrem ersten Besuch noch den Eindruck gehabt, Jutta Wemhöner stünde unter dem Scheffel ihres Mannes, hörte es sich jetzt ein wenig anders an.

»Dürfen wir vielleicht Ihnen noch ein paar Fragen stellen?«

»Mir?«, fragte Jutta Wemhöner überrascht. »Ich glaube nicht, dass das –«

»Sie haben doch bestimmt genauso viel beobachtet wie Ihr Mann«, unterbrach Jan die Frau.

»Was meinen Sie damit?«

»Ich rede von den Besuchern, die Ihr Nachbar Gronemeyer empfangen hat. Können Sie dazu etwas sagen?«

»Tut mir leid, da kann ich Ihnen nicht weiterhelfen. Denken Sie etwa, ich stehe den ganzen Tag am Fenster und beobachte, wer bei den Gronemeyers ein und aus geht?«

Jan biss sich auf die Unterlippe und verzichtete auf einen Kommentar. »Kommen wir dann noch einmal auf Constanze Gronemeyer zurück«, sagte er. »Ich würde gerne von Ihnen wissen, wann Sie sie das letzte Mal gesehen haben.«

»Hat mein Mann nicht schon beim letzten Mal gesagt, dass wir uns daran nicht genau erinnern können?«

»Ja, das hat er gesagt. Aber vielleicht geben Sie sich noch einmal etwas Mühe.« Jan machte eine kurze Pause, bevor er weitersprach. »Wir haben nämlich mittlerweile Grund zu der Annahme, dass hinter Henning Gronemeyers Tod mehr als ein tragischer Unfall steckt.«

»Dann hat Klaus also recht gehabt?«

»Womit?«

»Mein Mann war sich sicher, dass Gronemeyers Tod kein Unfall gewesen sein kann, wenn die Kripo hier auftaucht und Fragen stellt.«

»Die Kripo würde in jedem Fall ermitteln, aber lassen wir das.« Jan spürte, dass diese Frau seinen Pulsschlag in die Höhe trieb.

»Was wollen Sie denn jetzt von mir wissen?«

»Das fragte ich bereits«, sagte Jan ungeduldig. »Wann haben Sie Constanze Gronemeyer zuletzt gesehen?«

»Wirklich gesehen habe ich sie zuletzt vor ein paar Wochen«, antwortete Jutta Wemhöner, während sie ihre Hände an der Schürze sauber rieb. »Irgendwann im August war das, glaube ich. Allerdings ist mir vor Kurzem noch einmal ihr Auto vor dem Haus aufgefallen.«

»Wann war das?«

»Jetzt am Sonntag.«

»Wie bitte?« Jan schüttelte den Kopf, als müsse sie sich irren.

»Sonntagmorgen, als ich ein paar Gemüseabfälle in die Biotonne geworfen habe, sah ich ihren Wagen. Dieses Orange fällt schließlich auf.«

»Noch mal ganz langsam«, sagte Jan. »Sie haben am Sonntagmorgen Constanze Gronemeyers Wagen hier auf der Straße gesehen?«

»Ja, das sagte ich doch gerade.«

»An diesem Sonntag? Vor drei Tagen?«

»Hören Sie, ich muss mich um meine Rouladen kümmern. Offenbar hören Sie mir gar nicht richtig zu, oder warum fragen Sie alles mehrmals nach?«

»Wir hören Ihnen sogar sehr gut zu. Es ist nur so, dass …« Jan brach ab. Jutta Wemhöner musste nicht wissen, was ihre Information über Constanze Gronemeyer zu bedeuten hatte. »Warum haben Sie uns das denn nicht beim letzten Mal gesagt?«, fragte er stattdessen.

»Sie haben nicht danach gefragt«, antwortete Jutta Wemhöner achselzuckend.

Constanze Gronemeyer war also nicht tot. Wenn sie am Sonntagmorgen hier gewesen war, konnte Henning sie nicht umgebracht haben. Zudem, und das war vielleicht noch viel entscheidender, musste sie offenbar mitbekommen haben, dass ihr Mann tot war. Aber weshalb hatte sie sich noch immer nicht bei der Polizei gemeldet? Constanze Gronemeyer war als vermisst gemeldet worden. Auch ihr VW Beetle wurde gesucht, doch bislang hatte es noch nicht den geringsten Hinweis aus der Bevölkerung gegeben.

Cengiz warf Jan einen Blick zu. Offenbar wollte er sich zurückziehen, um in Ruhe mit ihm zu reden. Doch eine Sache wollte er Jutta Wemhöner noch fragen.

»Ihr Mann erwähnte beim letzten Mal, dass Henning Gronemeyer mit seiner Frau bisweilen sehr herablassend umgegangen ist.«

»Was wir gehört haben, war in der Tat nicht schön.«

»Hat er sie geschlagen?«

»Geschlagen?«

»Die Narbe in ihrem Gesicht, woher stammt die? Wissen Sie das?«

»Das wird sie Ihnen selbst sagen müssen.«

»Wie meinen Sie das?«

»Alles, was ich Ihnen dazu sagen würde, wäre nur meine Vermutung.«

»Und Sie vermuten also, dass er ihr das angetan hat?«

»Ich weiß es nicht«, antwortete Jutta Wemhöner. »Als die beiden hierhergezogen sind, hatte sie diese Narbe bereits.«

»Können Sie sich denn vorstellen, dass er es ihr angetan hat?«

»Ausschließen würde ich es nicht.«

»Wegen der Beschimpfungen?«

»Sie können sich nicht vorstellen, wie er sie beleidigt hat. Klaus war kurz davor, die Polizei zu rufen.«

»In Ordnung«, sagte Jan. »Vielen Dank, das hat uns sehr geholfen. Ich kann nicht ausschließen, dass wir noch ein weiteres Mal mit Ihnen sprechen müssen.«

»Was immer auch passiert ist«, setzte sie noch einmal an, »es hat mit Sicherheit nicht den Falschen getroffen.«

Jan starrte die Frau an. Sein Mund öffnete sich, weil er etwas erwidern wollte.

»Lass gut sein«, sagte Cengiz. »Wir haben Wichtigeres zu tun.«

Jan schluckte die Worte, die ihm auf der Zunge lagen, hinunter. Cengiz hatte recht. Sie mussten dringend klären, was die Informationen über Constanze Gronemeyer zu bedeuten hatten. Und vor allem mussten sie sie so schnell wie möglich finden.

Tiger im Käfig

Sie hatte es von Anfang an geahnt. Als sie ihn in diesem Lokal getroffen und sich anschließend auf ihn eingelassen hatte.

Alles war viel zu schnell gegangen, als dass es wirklich etwas Ernsthaftes sein konnte. Und warum auch hätte sich ein Mann wie er dauerhaft ausgerechnet mit ihr treffen sollen?

Sie hatte gehofft, dass sie ihn wenigstens noch einmal wiedersehen würde. War immer wieder am gleichen Wochentag zur gleichen Zeit im »Sennekrug« gewesen und hatte den ganzen Abend nach ihm Ausschau gehalten. Aber er war kein weiteres Mal gekommen.

Sechs Wochen waren seit diesem einen Treffen vergangen. Sie waren zu ihr nach Hause gefahren und hatten miteinander geschlafen. Viele Worte hatten sie nicht gewechselt. Obwohl sie es immer wieder versucht hatte, mehr aus ihm herauszubekommen.

Für den Moment hatte es ihr allerdings gereicht, dass da einfach jemand gewesen war, der sie begehrt hatte. Die Gründe waren ihr egal gewesen. Vielleicht war es ihm nur darum gegangen, seine eigene Lust zu stillen oder sich von seinem anstrengenden Alltag abzulenken. Aber er hätte natürlich auch jede andere Frau auswählen können. Es musste wohl tatsächlich so gewesen sein, dass er sie attraktiv fand.

Das Blöde an der ganzen Situation war nur, dass sie ihn nicht mehr aus dem Kopf bekam. Immerzu musste sie an ihn denken. Und mit jeder Minute, die verging, wurde es schlimmer. Seit Tagen hatte sie ihre Wohnung nicht mehr verlassen, weil sie der Gedanke daran, dass er sie nur ausgenutzt hatte, so herunterzog, dass sie depressive Schübe bekam.

Vielleicht hätte sie damit leben können, wenn er ihr von vornherein reinen Wein eingeschenkt hätte. Wenn er ihr gesagt hätte, dass er ein Abenteuer brauchte. Ein einmaliges. Aber gar nichts zu sagen und ihr dadurch das Gefühl zu geben, dass sie ihm vollkommen unwichtig war, verletzte sie mehr als alles andere.

Vor ihr auf dem Küchentisch lag die kostenlose Wochenzeitung. In manchen Wochen die einzige Post, die ihr in den Briefkasten gesteckt wurde. Ein Abonnement einer der lokalen Zeitungen hatte sie sich niemals leisten können.

Es war nur ein kurzer Moment, in dem ihr Blick das Foto auf der Titelseite streifte. Aber sofort fühlte sie sich wie gelähmt. Das war er. Der Mann, mit dem sie geschlafen hatte. Zum ersten Mal seit zehn Jahren hatte sie dank ihm wieder Kontakt zu einem Mann gehabt.

Schlimmer als das Foto war jedoch die Überschrift, die sie nicht wahrhaben wollte. Die Worte schockierten sie. Denn dort stand fett geschrieben: »Tragischer Tod von Henning Gronemeyer – beliebter Bielefelder Politiker stirbt bei Unfall am Johannisberg«.

Da war sie wieder. Die Ahnung. Sie hatte sofort gewusst, dass er besonders war. Keine normale Affäre, wie sie sie früher manchmal geführt hatte. Aber dass sie mit einem der bekanntesten Politiker der Stadt im Bett gelandet war, hätte sie sich in ihren kühnsten Träumen nicht vorstellen können.

Jetzt war er also tot. Wahrscheinlich ein tragischer Unfall, wie das Blatt schrieb.

Ein bitteres Lächeln fuhr ihr über die Lippen. Es war wie immer in ihrem Leben. Sobald ein noch so kleines Licht am Horizont erschien, wurde ihr Glück mit voller Wucht zerschlagen. Sie war nicht gläubig – aber es fiel ihr auch schwer, zu glauben, dass einfach nur das Schicksal es schlecht mit ihr meinte.

Sie horchte in sich hinein. Suchte nach Trauer oder ähnlichen Gefühlen. Nichts. Ihr Leben hatte sie gegen solche Momente abstumpfen lassen. Zu viel Enttäuschung, zu viele Erfahrungen, die sie ihrem größten Feind nicht wünschte. Wahrscheinlich hatte sie sich längst damit abgefunden, dass ihr kein Glück vergönnt war.

Ihr Blick richtete sich wieder auf den Zeitungsartikel. Dass er ihr seinen richtigen Namen und seinen Beruf verschwiegen hatte, konnte sie verstehen. Aber war es wirklich möglich, dass sein Tod ein tragischer Unfall gewesen war?

Nein, da waren diese wenigen Worte gewesen, die er bei ihrem letzten Treffen gesagt hatte. Er hatte davon gesprochen, dass momentan alles nicht so einfach für ihn sei. Dass er nicht versprechen könne, ob und wie es mit ihnen beiden weitergehen werde. In den Augen des ansonsten so beherrschten und souveränen Mannes hatte sie für einen kurzen Moment Unsicherheit gesehen. Vielleicht sogar Angst.

Sie hatte nicht weiter nachgefragt. Es war nicht ihre Art, nachzubohren. Und genau deshalb hatte er sich wohl überhaupt auf sie eingelassen. Keine unangenehmen Fragen. Keine allzu große Nähe. Keine Verpflichtungen.

Etwas musste ihn in den letzten Wochen belastet haben. Nicht ohne Grund hatte er sich nicht mehr im alten Dorfkrug blicken lassen. Und wahrscheinlich waren diese Probleme auch der Grund dafür, dass er jetzt tot war. Nicht irgendein tragischer Unfall.

Sie stand auf und trat mit ihrer Kaffeetasse ans Fenster. Der Verkehr rollte wie jeden Tag unaufhörlich auf der Paderborner Straße. Heute sollte sie wieder zur Arbeit. Sie hatte Spätschicht. Doch nach der Zeitungsmeldung war ihr nicht nach ihren Kollegen zumute. Sie musste rausgehen. Unter Leute, Fremde treffen, mit denen sie sich doch eigentlich so schwertat. In Momenten, in denen die dunklen Wolken zurückkehrten, wollte sie nicht allein sein, sondern die Nähe zu anderen Menschen suchen. Sich ablenken. Anderen zuhören oder vielleicht sogar Wildfremden von ihren Ängsten erzählen. Als beichte sie etwas. Jemandem, den sie nicht kannte und vielleicht auch nie wiedersehen würde. Vollkommen anonym.

Vielleicht würde sie zum »Sennekrug« fahren, auch wenn die Erinnerung an die letzten Male jetzt noch mehr schmerzte. Thomas, der in Wirklichkeit Henning geheißen hatte, würde sie nie wieder dort treffen.

Sie zuckte zusammen, als plötzlich das laute Geräusch der Türklingel ertönte. Weil so selten jemand klingelte, empfand sie das Geräusch als ungewohnt. Fremd.

Sie stellte ihre Kaffeetasse ab, ging langsam in den Flur und nahm den Hörer der Gegensprechanlage ab.

»Hallo?«

Keine Antwort.

»Ist da jemand?«

Offenbar nicht, dachte sie.

Auch durch den Spion war niemand auf dem Flur zu erkennen. Sie wollte sich bereits wieder abwenden, als sie noch einmal innehielt und ein weiteres Mal durch den Spion blickte.

Da war doch jemand vor ihrer Tür. Derjenige lief wie ein Tiger im Käfig vor ihrer Wohnung auf und ab. Und sie kannte ihn. Von dem Abend, als sie auch Thomas, nein, Henning kennengelernt hatte. Im »Sennekrug«. Thomas und er waren damals zusammen dorthin gekommen, meinte sie sich zu erinnern.

Einen Moment lang zögerte sie, einem Menschen, den sie im Grunde gar nicht kannte, die Tür zu öffnen. Aber dann dachte sie an Thomas und daran, dass der untersetzte Mann vielleicht auch nur jemanden zum Reden brauchte, weil sein bester Freund gestorben war.

Sie legte ihre Hand auf den Türgriff. Dann öffnete sie.

»Sie kann es eigentlich nicht sein.« Cengiz trommelte mit den Fingern auf das Lenkrad. »Die DNA, die wir bei den Opfern gefunden haben, stammt von einem Mann.«

»Natürlich, mit ziemlich großer Sicherheit von Henning Gronemeyer«, entgegnete Jan.

»Spätestens morgen haben wir die Ergebnisse aus dem Labor.«

»Und trotzdem war er es wohl nicht«, sagte Jan. »Abgesehen davon, dass er den vierten Mord gar nicht begangen haben kann, könnte es sein, dass Constanze Gronemeyer die Person ist, die wir suchen. Unser Senne-Mörder ist eine Mörderin. Sie hat sich für jede einzelne seiner Affären gerächt.«

»Und dann auch noch direkt an ihm selbst, indem sie ihn vergangenen Freitag in den Tod getrieben hat?«

»Es könnte zumindest sein, die Fußabdrücke lassen das zu«, sagte Jan nachdenklich.

»Was machen wir denn jetzt?« Cengiz klang unschlüssig. »Wir müssten eigentlich sofort die anderen informieren und eine Großfahndung nach Constanze Gronemeyer herausgeben.«

»Ja, das müssten wir wohl.« Er hatte Cengiz gar nicht richtig zugehört. Stattdessen beugte er sich vor und schlug mit der flachen Hand auf die Armaturen. Ihm war plötzlich ein Gedanke gekommen.

»Alles in Ordnung?«, fragte Cengiz irritiert.

»Weißt du, woran ich gerade dachte? Was, wenn sie noch gar nicht fertig ist?«

»Du meinst –«

»Ganz genau«, unterbrach er Cengiz. »Gronemeyer hatte womöglich mehr als vier Affären. Der Wirt im ›Sennekrug‹

hat zumindest von mehreren Frauen gesprochen, mit denen er Gronemeyer in den letzten Monaten gesehen hätte.«

»Scheiße.«

»Du sagst es.«

»Was machen wir?«

»Wir fahren zum ›Sennekrug‹«, antwortete Jan. »Diesmal wird dieser Wiebusch uns alles sagen, was er weiß. Dafür werde ich sorgen.«

Zwanzig Minuten später parkte Cengiz seinen Passat vor dem »Sennekrug« kurz hinter Schloß Holte-Stukenbrock. Jan, dessen Mini noch vor Gronemeyers Haus stand, hatte während der Fahrt angestrengt über das nachgedacht, was sie herausgefunden hatten. Sie mussten so schnell wie möglich eine landesweite Großfahndung nach Constanze Gronemeyer veranlassen. Sobald sie mit Wiebusch gesprochen hatten, würde er Lara oder Vera anrufen und sie informieren.

»In diesem Laden hier ist Gronemeyer ein und aus gegangen?«, fragte Cengiz überrascht, nachdem sie ausgestiegen waren.

»Er scheint so einige Seiten gehabt zu haben, von denen die Öffentlichkeit nichts wusste. Vielleicht war es gerade die Anonymität, die ihn gereizt hat. In Bielefeld hätte er als verheirateter Politiker nicht einfach so in eine Kneipe gehen können, um Frauen anzusprechen.«

Jan sah sich um. Der Verkehr rollte noch immer zähflüssig am »Sennekrug« vorbei, wahrscheinlich war die Autobahn noch immer gesperrt.

»Dann gehen wir mal rein, Hunger habe ich auch«, sagte Cengiz.

Jan lachte. »Wenn du Glück hast, wartet da noch ein Bauernfrühstück.«

Cengiz öffnete die Tür, und Jan erblickte sofort Axel Wiebusch, der hinter der Theke stand und Gläser putzte.

»Sie schon wieder?«

»Ich sagte doch, dass ich wiederkomme«, antwortete Jan. »Und diesmal habe ich Verstärkung mitgebracht.«

Cengiz trat vor und zeigte den grimmigsten Gesichtsausdruck, zu dem er in der Lage war.

»Kommen Sie bitte rum«, forderte Jan den Wirt auf. »Wir setzen uns jetzt gemeinsam an einen Tisch und reden ganz in Ruhe über die vergangenen Monate.«

»Muss das wirklich sein? Es ist gleich halb eins, dann wird es hier voll. Ich muss mich um meine Gäste kümmern.«

»Wir können Ihr Restaurant auch komplett schließen, wenn Ihnen das lieber ist«, sagte Cengiz und machte mit einer Geste deutlich, dass er keine Sekunde zögern würde, seine Drohung umzusetzen.

»Fünf Minuten«, sagte Wiebusch.

»Das liegt einzig und allein an Ihnen. Beantworten Sie unsere Fragen, und wir sind ganz schnell wieder weg.«

Wiebusch kam hinter seiner Theke hervor und ging an Jan und Cengiz vorbei. Er setzte sich genau an den Tisch, an den sich auch Jan vor mittlerweile fast zwei Stunden hatte setzen wollen.

»Wir brauchen jeden Namen«, sagte Jan, als sie alle Platz genommen hatten. »Henning Gronemeyer hat hier im ›Sennekrug‹ Frauen kennengelernt, mit denen er Affären hatte. Also gehen wir jetzt jede einzelne dieser Frauen durch.«

»Ich erinnere mich nicht an alle, das müssen Sie mir glauben.«

»Wie viele waren es denn?«

»Das weiß ich nicht«, sagte Wiebusch. »Er hatte eigentlich fast jedes Mal eine neue Frau an seiner Seite.«

»Was wir brauchen, sind Namen«, sagte Jan.

»Aber ich kenne keine Namen.«

Jan gab Cengiz ein Zeichen, woraufhin der einen Umschlag mit Fotos der toten Frauen aus seiner Jackentasche zog und sie einzeln auf den Tisch legte. In der Reihenfolge, wie sie umgebracht worden waren. Dann tippte Jan auf das erste Opfer.

»Sie haben mir die Namen doch schon heute Morgen genannt. Mir sagen sie aber nichts.« Der Wirt zuckte mit den Schultern.

Jan verdrehte die Augen. So kam er nicht weiter, offenbar konnte oder wollte sich der Mann nicht erinnern. »Dann anders«, sagte er und stand auf. »Kommen Sie mit.«

»Was soll das? Wohin gehen Sie?«

Cengiz, der neben Wiebusch saß, gab ihm mit einem eindringlichen Blick zu verstehen, dass es an der Zeit war, aufzustehen.

Jan war bereits um die Ecke gebogen, dorthin, wo sich der saalartige Raum anschloss. Dort, wo die Fotos an der Wand hingen.

Reihe für Reihe suchte er die Fotos ab. Gab es noch weitere, auf denen Henning Gronemeyer abgelichtet war? Es schien so zu sein, als wäre das Foto, auf dem er mit Jennifer Niermann zu sehen gewesen war, das einzige.

»Mit mehreren Frauen hat Gronemeyer sich getroffen, haben Sie gesagt. Sehen Sie an dieser Wand irgendeine dieser Frauen? Bemühen Sie sich bitte«, schob Jan entschieden hinterher.

»Ich weiß nicht, das sind so viele Gesichter.«

»Verdammt noch mal, jetzt sehen Sie sich die Fotos an«, fuhr Jan ihn jetzt an und baute sich vor ihm auf. »Ich glaube Ihnen kein Wort. Sie wissen ganz genau, wer diese Personen sind. Mir ist es völlig egal, wer hier sonst so ein und aus geht. In diesem Fall zählt Ihr selbst auferlegtes Schweigegelübde nicht. Also zum letzten Mal, wen haben Sie hier zusammen mit Gronemeyer gesehen?«

Jans Nasenspitze berührte beinahe die des Gastwirts. Im letzten Moment trat er zur Seite und gab die Sicht auf die Fotowand frei.

»Es war nie mein Ziel, dass diese Leute hier ständig auftauchen«, sagte Wiebusch plötzlich. Sein Gesichtsausdruck offenbarte, wie schwer es ihm fiel, darüber zu reden. Aber anscheinend hatte Jan ihn weichgekocht.

»Es fing mit einer harmlosen Jubiläumsfeier vor ein paar Jahren an. Da waren ein paar Unternehmer aus der Region dabei. Nach einer Weile tauchten einige dieser Leute immer wieder hier auf. Hatten jeden Freitag ihren Stammtisch. Meistens waren sie zu acht.«

»Daran ist erst einmal nichts ungewöhnlich«, sagte Jan ungeduldig.

»Nein, erst mal noch nicht. Aber wie sie sich verhalten haben, das hätte ich mir nicht vorstellen können. Nicht nur, dass die sich regelmäßig fürchterlich besoffen haben, irgendwann fing das mit den Frauen an.«

»Was meinen Sie?«

»Das war nichts, was offensichtlich war«, antwortete Wiebusch. »Aber ich bekam nach und nach mit, dass immer öfter auch andere Gäste angesprochen wurden. Also Frauen. Da geschah einiges, von dem ich eigentlich gar nichts wissen wollte. Nach einiger Zeit löste sich der Stammtisch dann auf. Drei dieser Männer kamen jedoch weiterhin, meistens allein. Manchmal aber auch zusammen.«

»Und Gronemeyer war dabei?«

»Nein, war er nicht. Der tauchte erst vor etwa einem halben Jahr zum ersten Mal hier auf. Jemand hatte ihn mitgebracht.«

»Wer?«

»Ich weiß den Namen nicht, ganz ehrlich.«

»Wie sah er denn aus?«

»Das war so ein untersetzter Mann mit einer Glatze. Ziemlich unangenehmer Typ.«

»Watermann«, sagte Jan leise. »Das Ganze hier würde zu ihm passen.«

»Wie bitte?«

»Nichts, schon gut. Ich glaube, wir wissen, wer dieser Mann

ist. Aber reden Sie weiter, ich will vor allem wissen, ob eine der Frauen an dieser Wand etwas mit Gronemeyer zu tun hatte.«

»Ich bin gerade dabei, es Ihnen zu erzählen«, sagte Wiebusch ungehalten.

»Bitte.«

»Ich habe Gronemeyer hier einige Male gesehen, meistens in Begleitung dieses anderen Mannes. Sie waren, glaube ich, immer donnerstags oder freitags hier. Manchmal auch, wenn wir hier Feiern hatten. Und irgendwann sind mir dann auch die Frauen aufgefallen. Wie ich bereits erzählt habe, waren das bestimmt ein halbes Dutzend verschiedene in den vergangenen Monaten.«

»Wieso glauben Sie eigentlich, dass zwischen Gronemeyer und diesen Frauen irgendetwas lief?«, hakte Jan nach.

»Das weiß ich doch gar nicht«, antwortete Wiebusch achselzuckend. »Aber was, denken Sie denn, machen zwei erwachsene Menschen, die eng umarmt einen Dorfkrug nachts um halb eins verlassen?«

»Wir sind uns sicher, dass Gronemeyer mindestens mit vier Frauen ein Verhältnis gehabt hat, von denen er auf jeden Fall eine hier kennengelernt hat«, sagte Jan. »Vermutlich aber mehr. Auf den Fotos hier habe ich allerdings kein Gesicht gesehen, das wir suchen.«

»Wonach suchen Sie denn eigentlich?«, brach es aus Wiebusch heraus. »Ich meine, weswegen müssen Sie das überhaupt wissen?«

»Diese vier Frauen sind tot, verstehen Sie das?«

»Wie bitte?«

»Sie wurden ermordet, und wir müssen davon ausgehen, dass es weitere Opfer geben kann.«

»Aber Larissa ...«

»Wer?«

»Meine Tochter.«

»Was ist mit Ihrer Tochter?«

Wiebusch zeigte mit zittriger Hand auf ein Foto rechts oben. »Das ist Larissa.«

Jan und Cengiz gingen einen Schritt näher heran. Das Foto zeigte eine Frau von etwa Mitte dreißig. Mit langen blonden Haaren. Einem Lächeln, das etwas verkniffen wirkte, und Grübchen, die Jan gefielen. Ähnlichkeiten mit Wiebusch konnte er nicht erkennen. Unvorstellbar, dass sie die Tochter dieses in die Jahre gekommenen, müde aussehenden Wirts war.

»Sie hat …« Wiebusch stockte. »Sie und dieser Gronemeyer, ich glaube, die beiden …« Er brach ab.

»Wie sicher sind Sie sich?«

»Ziemlich sicher.«

»Deswegen wollten Sie nicht reden?«

Der Mann nickte.

»Wovor hatten Sie Angst?«

»Ich hatte keine Angst, aber Larissa hat mich angefleht, niemandem etwas davon zu sagen.«

»Wohnt Ihre Tochter auch hier in diesem Haus?«

»Nein, sie lebt schon lange allein.«

»Ihre Adresse?«

»Moment.«

Während der Wirt in Richtung Theke verschwand, sah Jan Cengiz an. An dessen Blick erkannte er, dass sein Kollege das Gleiche dachte wie er. Das Leben der Tochter des Wirts war in Gefahr, und sie durften keine Zeit verlieren.

Im nächsten Augenblick kam Wiebusch bereits zurück und drückte Jan einen Zettel mit einer Adresse in Stukenbrock in die Hand.

»Glauben Sie denn wirklich, dass Larissa …?«

»Es steht leider zu befürchten«, antwortete Jan wenig rücksichtsvoll. »Umso wichtiger, dass wir uns sofort um sie kümmern.« Er nickte Wiebusch zu. »Ich bin mir aber sicher, dass mit Ihrer Tochter alles in Ordnung ist«, schob er etwas unbeholfen hinterher.

»Warten Sie«, sagte der Wirt. »Ich habe Ihnen noch nicht alles gesagt. Es gibt noch eine weitere Frau an dieser Wand, von der ich weiß, dass sie und Gronemeyer gemeinsam mein Lokal verlassen haben.« Diesmal tippte er auf ein Bild in der Mitte der Fotowand. Zu sehen war eine Frau, die Wiebuschs Tochter erstaunlich ähnlich sah.

»Wer ist sie?«

»Eine gute Freundin von Larissa.«

»Und beide hatten also eine sexuelle Beziehung zu Henning Gronemeyer?« Jan glaubte, sich verhört zu haben.

»Verstehen Sie mich jetzt?«

»Nein«, antwortete Jan kopfschüttelnd. »Aber sagen Sie uns bitte den Namen dieser Frau.«

»Mona Keller. Sie wohnt in demselben Haus wie Larissa.«

»Verdammt.« Jan seufzte laut. Er malte sich aus, was es bedeutete, ein wahrscheinlich nicht gerade kleines Mietshaus in Schloß Holte-Stukenbrock abzusichern und gleich zwei potenzielle Opfer aus ihren Wohnungen zu holen. Cengiz und er würden das allein nicht schaffen. »Wir müssen die Kollegen benachrichtigen, Cengiz. Wahrscheinlich ist es das Beste, wenn ein MEK anrückt.«

Im nächsten Moment klingelte Jans Handy. Er sah, dass es Lara war. Er nahm das Gespräch an, um sie sofort über die Lage zu informieren, doch sie war schneller.

»Wir haben ihn«, sagte sie.

»Wen?«, fragte Jan irritiert.

»Sören Watermann, du hattest offenbar recht. Er hat die Morde begangen.«

»Wie bitte? Ich habe nie behauptet, dass Watermann der Senne-Mörder ist. Wie kommst du denn darauf?«

»Sagtest du nicht, er hätte –«

»Es ging um den Tod von Gronemeyer«, fuhr Jan dazwischen. »Ich war mir sicher, dass Watermann es war, der ihn am letzten Freitag am Johannisberg verfolgt hat.«

»Er ist jetzt auf dem Weg ins Krankenhaus«, fuhr Lara einfach fort. »Momentan ist noch unklar, ob er durchkommt.«

Jan drehte sich im Kreis. Das besorgte Gesicht des Gastwirts. Die Fotowand. Laras Informationen über Watermann. Er verstand nicht mehr, was vor sich ging. Wieso sollte denn plötzlich Watermann der Senne-Mörder sein?

»Was ist denn überhaupt passiert?«, fragte er.

»Offenbar hat Watermann versucht, eine weitere Frau umzubringen«, antwortete Lara.

»Wie ist ihr Name?«

»Mona Keller.«

»Ach du Scheiße«, entfuhr es Jan. Es war also wahr. Mona Keller, Wiebusch hatte ihren Namen vor nicht einmal sechzig Sekunden erwähnt. Fehlte also nur noch Larissa, seine Tochter.

»Ist sie am Leben?« Jans Stimme zitterte beinahe.

»Das hoffen wir.«

»Was soll das heißen?«

»Sie ist nicht hier.«

»Wo seid ihr denn?«

»In ihrer Wohnung«, antwortete Lara. »Wir haben Watermann schwer verletzt vor dem Mehrfamilienhaus auf der Straße gefunden.«

»Ihr wisst nicht, wo Mona Keller gerade ist?«

»Nein, in der Wohnung sieht es ziemlich chaotisch aus. Die beiden müssen heftig miteinander gekämpft haben. Hier ist auch einiges an Blut. Und ich befürchte, dass es nicht nur von Watermann stammt.«

»Welche Verletzungen hat Watermann?«

»Vor allem am Kopf, so wie ich das gesehen habe.«

»Okay«, sagte Jan. »Lass mich kurz nachdenken.«

»Was ist los mit dir?«, fragte Lara verständnislos. »Was gibt es da noch nachzudenken?«

»Einen Moment noch.« Jan massierte seine Schläfen. Das alles ergab keinen Sinn.

»Habt ihr irgendeinen Anhaltspunkt, wohin Mona Keller verschwunden sein könnte?«, fragte er schließlich.

»Im Augenblick nicht«, antwortete Lara.

»Pass jetzt gut auf, was ich dir sage. Es ist wirklich wichtig.« Jan machte eine Pause, um ihre volle Aufmerksamkeit zu haben.

»Ich bin mir ziemlich sicher, dass es vollkommen anders ist, als du gerade denkst. Sören Watermann ist nicht der Senne-Mörder. Die Person, die wir suchen, ist jemand ganz anderes. Und sie ist wahrscheinlich bewaffnet und wird versuchen, das zu Ende zu bringen, was sie angefangen hat.«

»Von wem redest du denn?«

»Constanze Gronemeyer«, antwortete Jan. »Ich vermute, sie ist der Senne-Mörder … die Mörderin. Ich habe keine Ahnung, wo sie sich gerade aufhält. Irgendetwas muss in der Wohnung von Mona Keller schiefgegangen sein. Ich verstehe auch nicht, was Watermann dort zu suchen hatte. Was ich jedoch weiß, ist, dass ein weiteres potenzielles Opfer in demselben Haus wohnt, in dem ihr euch gerade befindet.«

»Tut mir leid, Jan. Ich habe keine Ahnung, worüber du gerade redest. Aber die Situation hier sieht vollkommen anders aus. Kai und ich sind uns sicher, dass wir mit Watermann die richtige Person gefunden haben. Warum zum Teufel sollte Constanze Gronemeyer etwas damit zu tun haben?«

Erst jetzt erinnerte sich Jan, dass mit Ausnahme von Cengiz niemand über die Erkenntnisse der letzten Stunden informiert war. Vollkommen klar, dass es abstrus klang, wenn er behauptete, dass Constanze Gronemeyer die mutmaßliche Täterin war.

»Es klingt merkwürdig, das verstehe ich. Aber es wäre gut, wenn ihr da bleibt, wo ihr jetzt seid. Noch besser wäre es, wenn ihr die Präsenz verstärkt. Cengiz und ich werden in zehn Minuten bei euch sein. Dann erkläre ich dir noch einmal alles in Ruhe.«

»Schön, dass du mir noch einmal alles erklären willst«, sagte Lara süffisant. »Ich glaube aber, dass das gar nicht notwendig ist. Wir haben hier alles unter Kontrolle. Und mit Verlaub, deine Theorien klingen wirklich absurd.«

»Das weiß ich«, sagte Jan gereizt. »Aber ob es dir passt oder nicht … ihr müsst auch die Wohnung von Larissa Wiebusch sichern. Sie dürfte ein weiteres potenzielles Opfer sein.«

»Tut mir leid, Jan, aber Vera ist da ganz anderer Meinung. Sie sagt, wir sollen uns zurückziehen und den Technikern die Wohnung überlassen.«

»Verdammt, dann entscheide du, wem du glauben willst«, brach es aus Jan heraus. »Cengiz und ich haben neue Erkenntnisse, und es dauert jetzt zu lange, das alles zu erklären. Aber ich treibe hier keine taktischen Spielchen!«

»Sprich einfach mit Vera.«

Im nächsten Moment meldete sich Vera am Telefon.

Jan überlegte, was er sagen sollte. Die Hoffnung, sie mit wenigen Worten davon zu überzeugen, dass Lara falschlag, weil er wusste, wer die Senne-Mörderin war, war verschwindend gering. Doch ihm blieb nichts anderes übrig, als es zu versuchen.

»Ich bin froh, dass wir endlich wissen, was passiert ist«, sagte sie.

»Ich muss dich leider enttäuschen, Vera. Watermann ist nicht die Person, die wir suchen.«

»Was?«, fragte sie und klang einigermaßen fassungslos. »Und wieso nicht?«

»Weil Cengiz und ich herausgefunden haben, dass es Constanze Gronemeyer gewesen sein muss. Sie hat die vier Morde begangen und wird alles daransetzen, auch noch –«

»Constanze Gronemeyer?«, unterbrach Vera ihn mit höhnischem Unterton. »Seid ihr nicht die ganze Zeit davon ausgegangen, dass sie tot ist?«

»Wir wissen, dass sie lebt«, antwortete Jan. »Und wir wissen, dass sie noch einmal in ihrem Haus gewesen ist, als Henning Gronemeyer bereits tot war. Sie weiß es also, meldet sich aber nicht bei uns. Bleibt verschwunden, obwohl wir offiziell nach ihr suchen.«

»Und was genau soll das beweisen?«

»Henning Gronemeyer hatte höchstwahrscheinlich mit all diesen Frauen, die umgebracht wurden, eine Affäre oder zumindest Sex. Constanze hat das gewusst. Ihre Ehe war schon lange ein Scherbenhaufen. Wir haben uns in der Nachbarschaft der Gronemeyers umgehört und erfahren, dass es immer wieder zu Streitigkeiten zwischen den beiden gekommen ist. Henning Gronemeyer hat seine Frau nicht selten sehr übel beleidigt. Es gibt sogar den Verdacht, dass er sie geschlagen haben könnte. Ich vermute, Constanze Gronemeyer hat aus Rache getötet. Jede einzelne seiner Affären war ein Motiv. Und genau das macht sie gefährlich. Was, wenn sie noch längst nicht am Ende angekommen ist? Auch mit Mona Keller hatte Gronemeyer was.«

»Woher willst du das wissen?«

»Weil ich mich gerade in dem Lokal befinde, in dem das alles begann.«

»Jan, ich kann dir leider nicht folgen.«

»Vollkommen egal«, sagte er. »Wir haben Gewissheit, dass Gronemeyer Kontakt zu mindestens zwei weiteren Frauen hatte. Mona Keller und Larissa Wiebusch. Und Letztere wohnt ebenfalls in dem Haus, in dem ihr euch gerade befindet. Ich habe Lara vorhin schon gesagt, dass ihr dringend die Wohnung von ihr sichern müsst. Wenn es nicht schon zu spät ist.«

»Wenn es dich beruhigt, werde ich bei Larissa Wiebusch klingeln und nach dem Rechten sehen«, sagte Vera. »Aber nach unserem Ermittlungsstand ist sie nicht mehr in Gefahr, da wir Watermann festgenommen haben. Unser Hauptaugenmerk gilt nun Mona Keller. Wir müssen sie dringend finden. Es ist nicht auszuschließen, dass sie verletzt ist.«

»Das ergibt doch gar keinen Sinn«, entgegnete Jan. »Wo soll sie denn sein? Weshalb sollte sie einfach fliehen? Habt ihr überhaupt irgendwelche Spuren gefunden, die darauf hindeuten?«

»Es gibt hier jede Menge Spuren«, antwortete Vera. Sie klang jetzt sehr kurz angebunden. Offenbar hatte sie keine Lust mehr, noch länger mit Jan zu diskutieren.

»Nolte und sein Team sind gerade angerückt«, sagte sie. »Ich hoffe, wir finden schnell heraus, wo Mona Keller ist.«

»Es war nicht Watermann«, sagte Jan leise. Ihm war allerdings klar, dass seine Worte nichts mehr bewirkten. Vera und Lara hatten ihm nicht wirklich zugehört.

In seinem Rücken spürte er einen kalten Luftzug. Die Tür zum »Sennekrug« öffnete sich.

Jan fuhr herum. Die rechte Hand, in der er sein Handy hielt, glitt nach unten. Ein rascher Blickwechsel mit Cengiz. Die weit aufgerissenen Augen von Wiebusch. Und dann diese Frau, die gerade das Lokal betrat.

Jan wusste sofort, wer sie war. Was ihn viel mehr beschäftigte, war allerdings das Blut an ihren Händen.

Parfüm

Sie konnte weder sagen, was genau passiert war, noch, wo sie sich überhaupt befand. Alles um sie herum war dunkel. Ihr Kopf schmerzte. Und sie kam sich vor wie ein zusammengeschnürtes Päckchen. Nicht in der Lage, Arme und Beine zu bewegen.

Sie war erst vor wenigen Minuten wieder zu sich gekommen. Alles um sie herum hatte geschaukelt, bis gerade eben.

Obwohl sie sich noch immer fühlte, als wache sie gerade aus einer Narkose auf, kamen langsam ihre Sinne zurück. Vielleicht war es ein Kofferraum, in dem sie lag. In einem Auto, das soeben angehalten hatte.

Sie versuchte sich zu erinnern, was passiert war. Der Moment, als es geklingelt hatte. Als sie darüber nachgedacht hatte, ob sie die Tür öffnen sollte.

Sie hatte es getan. Und dann hatte da dieser untersetzte Mann vor ihr gestanden. Den sie kannte. Aus dem »Sennekrug«. Ein Freund von Thomas.

Er war nervös gewesen. Hatte ihr erklärt, dass er sich Sorgen um sie mache. Dass sie womöglich in Gefahr sei. Warum, hatte sie allerdings zuerst gar nicht verstanden.

Irgendetwas daran war komisch gewesen, sie war misstrauisch geblieben und hatte den Mann nicht in die Wohnung gelassen. Weshalb auch? Aber er ließ nicht locker, und schließlich war sie doch schwach geworden. Als hätte sie ihn nicht vor der Tür stehen lassen dürfen. Als müsse sie ihn vor etwas bewahren.

Plötzlich war alles ganz schnell gegangen. Das Chaos war innerhalb weniger Sekunden über sie hereingebrochen. Irgendwo aus dem Hintergrund war jemand auf sie zugestürmt gekommen und hatte mit einem Gegenstand auf sie eingeschlagen. Nichts von alledem hatte sie noch bewusst wahrgenommen. Es war, als hätte sie sich während dieser wenigen Sekunden in einer großen Luftblase befunden, die Geräusche und Schmerz von ihr fernhielt.

Jemand hatte sie niedergeschlagen. War es die Person gewesen, vor der er sie hatte warnen wollen? An ein Gesicht konnte sie sich aber nicht erinnern. Wer auch immer es auf sie abgesehen hatte, wollte ganz offenbar nicht erkannt werden.

Je wacher sie wurde, desto mehr begannen ihre Gedanken zu kreisen. Die letzten Wochen liefen vor ihrem inneren Auge ab.

All das musste mit Thomas zu tun haben. Seit sie ihn kennengelernt hatte, war ihr Leben vollkommen aus dem Ruder gelaufen. Im positiven Sinne, nach so vielen Jahren ohne gegenseitige Zuneigung. Vieles daran hatte sie aber auch belastet. Die ständige Frage, wann sie ihn wiedersehen würde. Ob sie ihn überhaupt wiederträfe. Ob er eines Tages vielleicht die gleichen Gefühle für sie entwickeln würde, die sie für ihn bereits empfand. Ob es womöglich noch eine andere Frau in seinem Leben gab. Diese Ungewissheit war es, die ihr letztlich mehr zu schaffen gemacht hatte als die Einsamkeit.

Und dann hatte sie heute Morgen diese Zeitung aufgeschlagen und gelesen, dass er tot war. Es fiel ihr immer noch schwer, zu verstehen, dass sie mit einem offenbar ziemlich bekannten Politiker geschlafen hatte. Ausgerechnet sie, für die sich seit zehn Jahren kein Mann mehr interessiert hatte.

Irgendwie passte es ins Bild, dass er tot war. Es passte zu ihr, zu ihrem Leben. Alles war nur ein Traum gewesen. Eine Seifenblase, schon wieder zerplatzt. Jetzt war sie wieder ganz allein.

Allein in einem Kofferraum. Gefesselt und geknebelt. Ohne dass sie auch nur den Hauch einer Ahnung hatte, weshalb das alles geschah, nachdem sie eben noch am Küchentisch gesessen und die Zeitung gelesen hatte.

Wer war diese Person gewesen, die so plötzlich in ihre Wohnung gestürmt war? Sie war schwarz gekleidet gewesen und hatte eine Mütze getragen. War es ein Hammer gewesen, den sie in der Hand gehalten hatte?

Es war alles so schnell gegangen. Ein Faustschlag – sie musste sofort das Bewusstsein verloren haben.

Hatte sie das Gesicht wirklich nicht sehen können? Oder war es nicht vielmehr so, dass sie es nicht sehen wollte?

Da war dieser Geruch gewesen. Sie erinnerte sich wieder. Dieser Geruch, der ihr auch jetzt in diesem Moment wieder in die Nase stieg. Hier, festgehalten und geknebelt in einem Kofferraum liegend.

Sie kannte den Geruch. Und mit einem Mal wusste sie auch, woher. Es war dieses Parfüm.

Sie spürte augenblicklich ihren Herzschlag unter der Brust. Das konnte doch nicht sein. Das durfte nicht sein. Sie versuchte, Luft zu holen, merkte jedoch, dass ihr unregelmäßiger Atem dies kaum zuließ.

Ergab es einen Sinn? War das wirklich möglich?

Unter größter Anstrengung verlangsamte sie ihren Atem. Je ruhiger sie wurde, desto sicherer war sie sich. Auch wenn es ihr einfach nicht in den Kopf wollte. Kein Zweifel, der Person, die sie niedergeschlagen und offenbar im Kofferraum dieses Wagens verstaut hatte, stand sie so nahe wie keinem anderen Menschen in ihrem Leben. Und dieser Mensch lebte fast Tür an Tür mit ihr.

Sie lagen sich in den Armen und schienen sich gar nicht mehr voneinander lösen zu wollen. Wiebuschs Freude, die eigene Tochter in die Arme schließen zu können, überwog in diesem Moment die Sorge darüber, dass sie sich in keinem guten körperlichen Zustand befand. Dass sie womöglich um ein Haar ebenfalls Opfer der Senne-Mörderin geworden wäre.

Jans Gedanken fuhren Achterbahn. Er hatte so viele Fragen an die Frau, dass er gar nicht wusste, womit er anfangen sollte.

»Entschuldigen Sie, wir müssen dringend reden«, sagte er schließlich.

Es vergingen einige Sekunden, ehe sich Larissa Wiebusch von ihrem Vater löste.

»Wer sind diese Männer?«, fragte sie und musterte Jan und Cengiz dabei argwöhnisch.

Sie war eine groß gewachsene Frau mit breiteren Schultern, als er selbst hatte. Ihre blonden Haare trug sie versteckt unter einer Mütze. Sie hatte ein hübsches Gesicht, aber irgendetwas in ihrem Blick wirkte seltsam nüchtern. Und hart. Und gleichzeitig wachsam.

»Kripo Bielefeld, wir sind im Rahmen einer Mordermittlung hier«, sagte Jan steif.

»Ich verstehe nicht, was –«

»Es hat uns durch Zufall hierher verschlagen«, unterbrach Jan Wiebuschs Tochter. »Noch zufälliger sind wir auf etwas gestoßen, das aller Wahrscheinlichkeit nach mit dem zu tun hat, was Sie vorhin erlebt haben.«

»Wovon sprechen Sie?« Larissa Wiebusch versuchte es mit einem irritierten Blick, scheiterte jedoch. Jan fixierte sie. Zweifellos war sie auf der Hut.

»Ich freue mich einfach nur, dass es dir einigermaßen gut

geht«, sagte Wiebusch plötzlich. »Ich hatte mir solche Sorgen gemacht nach dem, was mir die beiden Polizisten erzählt haben.«

»Was haben sie denn erzählt?«

»Wir sagen es Ihnen gerne selbst«, ging Jan dazwischen. »Vorher müssen Sie uns aber einige Fragen beantworten.«

Larissa Wiebusch schwieg.

»Also«, fuhr Jan fort, »sagen Sie uns bitte, woher das Blut an Ihren Händen stammt.«

»Ich wurde angegriffen.« Larissa Wiebusch presste die Worte widerwillig über die Lippen.

»Wir sind darüber informiert, dass Sie in demselben Wohnblock wie Ihre Bekannte Mona Keller leben. Unsere Kollegen sind bereits vor Ort«, erklärte Jan. Er musste in die Offensive gehen, andernfalls würde sie ihn auflaufen lassen. »Beschreiben Sie bitte genau, was passiert ist.«

Larissa warf ihrem Vater einen wütenden Blick zu, schwieg jedoch.

»Noch einmal«, sagte Jan, »wie kommt es, dass Sie in das Geschehen verwickelt wurden?«

»Können Sie sich das nicht denken?«

»Ich möchte es gerne aus Ihrem Mund hören. Die ganze Geschichte. Was ist heute Vormittag passiert?«

»Es ging alles ziemlich schnell«, erklärte Larissa Wiebusch mit unruhiger Stimme. »Plötzlich war da jemand und schlug auf uns ein.«

»Uns?«

»Auf Mona und mich.«

»Wo passierte der Angriff?«

»In Monas Wohnung«, antwortete sie zunehmend genervt. »Ich dachte, Sie wissen, was vorgefallen ist?«

»Natürlich wissen wir das, allerdings …« Jan hielt inne und versuchte erfolglos, den Blick der Frau zu fangen. »Sie waren also mit Mona in ihrer Wohnung. Was passierte dann?«

»Jemand hat geklingelt, und Mona …«

»Ja?«

»Sie hat die Tür geöffnet, und danach herrschte nur noch Chaos.«

»Dieser Angreifer«, hakte Jan nach, »wer hat ihn niedergeschlagen?«

»Wie meinen Sie das?«

Jan beobachtete Larissa Wiebusch. Wieder wirkte ihre Irritation aufgesetzt.

»Es wurde ein schwer verletzter Mann vor dem Haus, in dem Sie wohnen, gefunden«, erklärte er. »Wir müssen davon ausgehen, dass er der Angreifer war. Waren Sie es, die ihn verletzt hat?« Er machte eine Kopfbewegung in Richtung ihrer Hände.

»Wir mussten uns doch zur Wehr setzen«, antwortete sie und verzog trotzig ihren Mund.

»Natürlich, das mussten Sie.« Jan nickte. »Kannten Sie ihn?«

»Wieso sollte ich?«

»Weil Sie ihm vielleicht schon einmal begegnet sind. Zum Beispiel hier im ›Sennekrug‹.«

»Was soll denn das jetzt?«, fuhr Wiebusch aufgebracht dazwischen. »Sehen Sie denn nicht, dass meine Tochter Hilfe braucht? Sie hätte sterben können. Genau wie die anderen Frauen.«

»Lass gut sein, Papa. Ich bin okay.« Ein kurzes Lächeln huschte über ihre Lippen. »Um auf Ihre Frage zurückzukommen«, sagte sie dann, »ich habe diesen Mann noch nie zuvor gesehen.«

»Mich würde interessieren, wie Sie sich zur Wehr gesetzt haben.«

»So genau weiß ich das gar nicht mehr«, antwortete sie. »Wir haben nach irgendwelchen Gegenständen gegriffen, die wir zu fassen bekamen.«

»Und dann sind Sie also raus aus der Wohnung und dem Haus gerannt und haben sich hinter Ihr Steuer gesetzt, um hierherzufahren, richtig?«

»Ich stand vollkommen unter Schock.« Sie zuckte mit den Schultern. »Außerdem wusste ich nicht, wie schwer der Mann verletzt war. Ich wollte einfach nur noch weg.«

»Und was war mit Ihrer Freundin Mona? Wissen Sie, was mit ihr passiert ist?«

»Nein, das weiß ich nicht«, antwortete Larissa Wiebusch mit besorgter Miene.

Zum ersten Mal zeigte sich eine emotionale Regung in ihrem Gesicht, die Jan als echt einschätzte. Auch wenn es ihm noch schwerfiel, ihre Sorge zu deuten.

»Als ich wegrannte, lag sie im Flur. Ich bin mir aber ziemlich sicher, dass sie am Leben war, obwohl dieses Schwein sie mit irgendeinem Gegenstand heftig erwischt hat.«

»Wir wissen nicht, ob sie lebt«, sagte Jan nüchtern. »Wir haben nicht einmal eine Ahnung, wo sie stecken könnte.«

»Ich habe ihr noch zugerufen, dass sie weglaufen soll. Kann das bedeuten, dass sie es geschafft hat?«

»Möglich«, antwortete Jan. Er wandte sich Cengiz zu und gab ihm ein Zeichen, kurz mit ihm sprechen zu wollen.

»Ich habe mein Handy im Auto liegen lassen«, sagte Larissa Wiebusch. »Bin gleich wieder da.«

Jan war abgelenkt, sodass er ihre Worte nicht sofort verarbeitete. Als er jedoch das Geräusch der zufallenden Eingangstür des »Sennekrugs« hörte, fuhr er augenblicklich herum. Larissa Wiebusch hatte den kurzen Moment genutzt, in dem er auf Cengiz zugegangen war.

»Sie darf nicht entkommen«, rief Jan Cengiz zu und rannte in Richtung Tür.

»Was willst du denn von ihr? Glaubst du ernsthaft, dass sie …?«

»Ja, das glaube ich.« Jan zog die Tür auf und lief weiter. »Wir müssen sie aufhalten.«

Er musste sich eingestehen, dass er mit seinen Verdächtigungen in den letzten Stunden und Tagen schon mehrmals falschgelegen hatte. Vielleicht hatte sein Spürsinn in der Zeit seines Sabbatjahrs tatsächlich gelitten. Aber jetzt spielte das alles keine Rolle. Es bestand kein Zweifel mehr, dass Larissa die Person war, die sie suchten.

Die Senne-Mörderin.

Nicht Althoff. Nicht Watermann. Nicht Henning Gronemeyer selbst. Und auch nicht seine Frau Constanze. Larissa Wiebusch war die Täterin. Sie hatte Simone Großjohann, Jennifer Niermann, Denise Möller und Jasmin Förster getötet.

Das Motiv war wahrscheinlich sehr viel simpler, als sie es sich vorgestellt hatten.

Eifersucht.

Weil Henning Gronemeyer nicht nur mit Larissa, sondern mit all diesen Frauen in den vergangenen Monaten eine Affäre gehabt hatte. Es fiel Jan schwer, zu akzeptieren, dass er die ganze Zeit in die falsche Richtung gedacht hatte. Trotzdem musste er jetzt einen kühlen Kopf bewahren.

Larissa Wiebusch saß bereits in ihrem Auto und startete den Motor. Sie hatte nicht vorgehabt, ihr Handy zu holen. Sie wollte abhauen, weil sie gemerkt hatte, dass sich die Schlinge, die Jan ihr umgelegt hatte, zuzog.

Er zückte seine Waffe und richtete sie auf Larissa. Aus dem Augenwinkel sah er, dass Cengiz es ihm gleichtat. Im nächsten Moment stürmte Axel Wiebusch an ihm vorbei und lief auf den Wagen seiner Tochter zu.

»Lassen Sie das!«, rief Jan, doch seine Worte erstarben unter dem Aufheulen des Motors.

Der Wagen setzte sich in Bewegung. Axel Wiebusch fasste nach dem Griff der Beifahrertür, kam jedoch zu spät. Mit quietschenden Reifen fuhr Larissa davon.

Schotter wirbelte auf.

Jan tauschte einen kurzen Blick mit Cengiz. Dann zielten sie und drückten ab. Der linke Hinterreifen zerplatzte im nächsten Augenblick. Cengiz musste getroffen haben.

Jan schoss erneut. Diesmal traf er die Kofferraumklappe.

»Was ist los mit dir?« Cengiz schüttelte den Kopf. Kurzerhand nahm er Maß und feuerte auf den rechten Hinterreifen.

Larissa Wiebuschs Wagen brach aus. Schlingernd bog sie vom Parkplatz des »Sennekrugs« auf die Landstraße ab. Das Auto, das aus Richtung Bielefeld entgegenkam, musste eine Vollbremsung hinlegen und konnte im letzten Moment noch ausweichen.

Larissa hatte die Kontrolle über ihren Seat komplett verloren, schien aber weiterhin Gas zu geben. Sie schoss über die Fahrbahn, durchbrach ein Werbeschild des »Sennekrugs«, das am Straßenrand stand, und kam nach knapp dreißig Metern auf einem Acker schließlich zum Stehen.

Jan und Cengiz zögerten keine Sekunde und rannten über die Straße. Auf der Hälfte des Wegs zwischen Straße und dem Wagen hielten sie plötzlich inne. Larissa Wiebusch war ausgestiegen und ging um ihren Seat herum.

»Bleiben Sie sofort stehen und heben Sie langsam Ihre Hände hoch«, rief Jan, während sie sich mit ihren Pistolen im Anschlag schrittweise näherten.

Larissa Wiebusch reagierte nicht. Stoisch ging sie weiter, bis sie am Kofferraum ihres Wagens stehen blieb.

»Haben Sie verstanden, was ich gesagt habe?«, fragte Jan. »Wir haben kein Interesse daran, unsere Schusswaffen noch einmal einzusetzen.«

Noch immer keine Reaktion. Stattdessen hantierte sie an der Kofferraumklappe, bis diese sich schließlich öffnete.

»Nehmen Sie sofort die Hände hoch. Wir werden andernfalls schießen.«

Sie schien ihn nicht zu hören. Nicht hören zu wollen. Larissa Wiebusch griff in den Kofferraum. Sekunden später hielt sie einen Hammer in der Hand.

»Was machen wir?«, flüsterte Cengiz.

»Keine Ahnung, was sie vorhat. Aber wir können nicht länger …« Jan stockte. »Verdammt!«, entfuhr es ihm, als er sah, dass sie den Hammer hob, um ihn ins Kofferrauminnere fahren zu lassen. »Siehst du, was sie da macht?«

»Geh zur Seite!« Cengiz stellte sich breitbeinig hin und umfasste seine Waffe mit beiden Händen. Im nächsten Moment peitschte erneut ein Schuss durch die Luft.

Die Kugel traf Larissa Wiebuschs rechte Hand. Ein Durchschuss. Mit einem metallischen Geräusch schlug sie in die Kofferraumklappe ein, woraufhin diese zuerst nach hinten prallte und dann zufiel.

Der Hammer rutschte Larissa Wiebusch aus der Hand und blieb im Acker stecken, während ihr Schmerzensschrei durch die graue Herbstluft hallte.

Jan rannte über das zerfurchte Feld, ohne die Frau aus dem Blick zu verlieren. Als er nur noch eine Körperlänge entfernt war, blieb er stehen, um sich zu überzeugen, dass sie keine weiteren Waffen bei sich trug. Dann warf er sich auf sie und riss sie zu Boden.

Sie wehrte sich nicht. Blieb einfach liegen und wandte lediglich ihren Blick von Jan ab, als er sich hochraffte und einige Erdklumpen von seiner Hose abschüttelte.

Cengiz packte Larissa Wiebusch am Arm und zog sie wieder hoch. Während er sie gegen die Seite des Seats presste, um sie abzutasten, trat Jan an den Kofferraum. Er war auf alles vorbereitet, als er langsam die Kofferraumklappe öffnete.

Als er im nächsten Augenblick in die erschrockenen, aber wachen Augen von Mona Keller sah, spürte er endlich so etwas wie Erleichterung. Zumindest ein Menschenleben hatten sie retten können.

Vorsichtig befreite er die Frau von dem Knebel und den Fesseln an Händen und Füßen, als plötzlich Axel Wiebusch neben ihm erschien.

»Hat sie das wirklich getan?«

»Das und noch viel schlimmere Dinge«, antwortete Jan hart. »Ihre Tochter hat mindestens vier Menschen getötet.«

Wiebuschs Augen wurden feucht. Er vermied es, seine Tochter anzusehen, die noch immer von Cengiz festgehalten wurde.

»Es ist vorbei.« Jan sah Mona Keller an und versuchte, so beruhigend wie möglich zu klingen. »Ein Krankenwagen ist gleich hier.«

»Ich bin in Ordnung«, sagte sie.

Jan lächelte vorsichtig. Allerdings sah die Wunde an ihrem Kopf alles andere als in Ordnung aus.

»Sie haben es gewusst, oder?« Jan wandte sich wieder Axel Wiebusch zu.

»Nicht gewusst, aber vielleicht geahnt. Das alles hätte auf jeden Fall verhindert werden können.«

»Wie meinen Sie das?«

»Gehen wir rein?«, fragte Wiebusch. »Ich erzähle Ihnen die ganze Geschichte.«

»In Ordnung.«

Jan hielt einen Moment lang inne und richtete den Blick in die Landschaft. Der Nebel war zurückgekommen und senkte sich wie ein Schleier über die Senne. Aus dem Hintergrund waren die näher kommenden Martinshörner der Einsatzwagen zu hören.

»Wollen Sie sich von Ihrer Tochter verabschieden?«, fragte er schließlich.

Wiebusch blickte ihn sekundenlang regungslos an. Dann schüttelte er den Kopf, wandte sich um und stapfte durch den Acker zurück in Richtung seines Dorfkrugs.

Schiefe Bahn

Als Jan aufstand und Axel Wiebusch die Hand schüttelte, nickte er ihm aufmunternd zu. Was der Wirt in den zurückliegenden Jahren erlebt hatte, war wahrscheinlich mehr, als ein Mensch normalerweise verkraften konnte. Im Leben Larissas war so ziemlich alles aus dem Ruder gelaufen, was Jan sich vorstellen konnte.

Dennoch ließ es ihn seltsam kalt. Vier Frauen waren tot, und deren Schicksale gingen ihm in diesem Moment einfach näher.

Fast eine halbe Stunde lang hatten sie miteinander gesprochen, während Cengiz und die anderen draußen alles geregelt hatten. Zwischendurch hatten sie immer wieder unterbrechen müssen, weil Wiebusch so aufgewühlt gewesen war, dass Jan befürchtete, er würde einen Nervenzusammenbruch erleiden.

Aber er hatte durchgehalten, sodass Jan auf die meisten seiner Fragen eine Antwort bekommen hatte. Wiebusch hatte viele Details erzählt – angefangen bei der Erkenntnis, dass seine Frau und er damals keine Kinder bekommen konnten und irgendwann auf die Idee gekommen waren, sich um ein Pflegekind zu bemühen.

Larissa war sechs Jahre alt gewesen, als sie zu ihnen kam. Anfangs hatten sie nur wenig über ihre leiblichen Eltern gewusst, doch nach und nach war immer mehr ans Licht gekommen. Über die Drogenvergangenheit ihrer Mutter und den alkoholkranken Vater, der die meiste Zeit in der JVA Bielefeld-Senne eingesessen hatte. Larissa hatte mit ihren beiden älteren Brüdern in prekärsten Verhältnissen gelebt. Gewalt, Drogen und Alkohol waren schon in jüngsten Jahren Alltag für sie gewesen.

Axel Wiebusch und seine Frau waren guter Hoffnung gewesen, als sie schließlich den Bescheid erhalten hatten, dass Larissa als Vollzeitpflegekind zu ihnen kommen konnte. Ein halbes Jahr lang hatte diese Hoffnung angehalten, dann waren die ersten Probleme aufgetreten. Anfangs vor allem in der Schule, wo sie sich immer öfter geprügelt und Lehrer beleidigt hatte. Dann aber auch zu Hause. An den ersten richtig großen Streit konnte sich Wiebusch noch genau erinnern. Larissa hatte einem Gast im Lokal das Portemonnaie aus der Jackentasche geklaut. Was damals noch ein kleiner Mädchenscherz gewesen sein mochte, war wenige Jahre später Alltag.

Mit zwölf Jahren sagte sich Larissa, frühreif, wie sie offenbar gewesen war, von ihren Pflegeeltern mehr oder weniger komplett los. Axel Wiebusch hatte berichtet, dass sie damals Teil einer Mädchen-Gang wurde, die weit über Schloß Holte-Stukenbrock hinaus bekannt und gefürchtet war. Die Mädchen klauten, schlugen sich und waren schließlich sogar mit Schusswaffen und Butterflymessern von der Polizei erwischt worden. Mit fünfzehn war Larissa das erste Mal verhaftet und schließlich nach Jugendstrafrecht zu Sozialstunden verurteilt worden.

Das war zu der Zeit gewesen, als Wiebuschs Frau schwer erkrankte. Der Krebs in ihrer linken Brust hatte viel stärker gestreut, als die Ärzte anfangs geglaubt hatten. Binnen weniger Wochen hatte sich ihr Zustand so sehr verschlechtert, dass sie in einer kalten Januarnacht schließlich friedlich eingeschlafen war.

Larissa bekam von alldem kaum etwas mit. Sie war nur noch selten zu Hause, das Schicksal ihrer Pflegemutter war ihr offenbar egal gewesen.

Axel Wiebusch hatte Tränen in den Augen gehabt, als er von seiner Frau erzählte. Und von der Verantwortung, sich von da an nicht nur allein um den »Sennekrug«, sondern auch um Larissa kümmern zu müssen.

Es war ihm nicht gelungen.

Wenige Monate später war sie in eine betreute Jugendwohngemeinschaft gezogen. Er hatte als Vater versagt, aber immer wieder hatte er sich auch die Frage gestellt, ob er es überhaupt hätte ändern können, ob Larissas Weg nicht vielleicht die ganze Zeit schon vorherbestimmt gewesen war.

Er wusste, dass er darauf keine Antwort hatte. Und auch keine bekommen würde. Von niemandem. In manchen besonders dunklen Momenten hatte er zumindest gehofft, dass seine Frau und er ihr Bestes getan hatten.

Wie viele Jahre es gewesen waren, in denen er und Larissa gar keinen Kontakt mehr gehabt hatten, konnte er nicht mehr sagen. Aber etwas mehr als fünf mussten es gewesen sein. Sie war Anfang zwanzig gewesen, als er sie eines Tages in der Bielefelder Fußgängerzone wiedertraf. Obwohl der Drang, einfach an ihr vorbeizugehen, ohne sie anzusprechen, durchaus da gewesen war, hatte er sich für den anderen Weg entschieden und war auf sie zugegangen.

»Ich hätte es nicht tun sollen«, hatte Wiebusch gesagt. »Mir wäre vieles erspart geblieben. Vielleicht wären diese Frauen noch am Leben.«

»Vielleicht«, hatte Jan geantwortet. Er hatte weitere Worte, die ihm auf der Zunge lagen, heruntergeschluckt. Dass Larissa auch ohne die Kontakte im »Sennekrug« möglicherweise zu derartigen Taten fähig gewesen wäre, wusste Axel Wiebusch wahrscheinlich selbst.

Vor einigen Jahren war sie schließlich wieder bei ihm eingezogen. Hatte ihm gelegentlich im Service des Lokals geholfen und sich um ein paar organisatorische Dinge gekümmert, wenn größere Feiern anstanden. Doch ein enges Verhältnis hatten sie trotzdem nicht mehr zueinander aufbauen können. Sie war wie ein Fremdkörper in seinem Leben gewesen. Dass sie wieder in ihrem früheren Kinderzimmer lebte, war reine Bequemlichkeit gewesen. Wiebusch hatte nicht gewusst, wo sie sich zum Teil tage- und nächtelang herumtrieb. Genauso wenig, wie er gewusst hatte, mit wem sie sich umgab, ob sie vielleicht einen Freund hatte.

Irgendwann war der Moment gekommen, in dem Jan genug gehört hatte. Ihn interessierte, wie es schließlich dazu gekommen war, dass Larissa Henning Gronemeyer kennengelernt hatte. Doch zu diesem entscheidenden Teil der Geschichte hatte Axel Wiebusch nur wenig sagen können. Weil sie über Privates nie miteinander gesprochen hatten, aber vielleicht auch, weil er die Augen davor verschlossen hatte, was in seinem Lokal vor sich ging.

Wiebusch hatte sich allerdings an einige Momente der letzten Wochen erinnert, die Zeichen genug gewesen wären. Im Nachhinein glaubte er, dass sie zumindest Hinweise darauf lieferten, dass etwas anders gewesen war als sonst.

Larissa war emotionaler als üblich gewesen. Hatte mehrfach gerötete Augen gehabt, doch er hatte nicht gefragt, weshalb sie geweint hatte. Was sie bedrückte. Vor einigen Wochen hatte er sie unter der Dusche entdeckt. Sie hatte dort zusammengekauert gesessen und das warme Wasser seit einer knappen Stunde über ihren Kopf laufen lassen. Er hatte das Badezimmer nach einigen Minuten wieder verlassen, in der Hoffnung, dass sie nichts bemerkt hatte.

Sie sprachen einfach nicht miteinander. Und das hatte nicht nur an Larissa, sondern auch an ihm gelegen.

Dass Henning Gronemeyer der Grund für ihre Traurigkeit war, hatte er dennoch gewusst. Es war an diesem einen Abend gewesen, als sie ihm im Lokal geholfen hatte. Wiebusch hatte sich erinnert, dass Gronemeyer an diesem Abend, wie auch schon in den Wochen zuvor, in Begleitung des untersetzten Mannes im »Sennekrug« erschienen war. Im Laufe des Abends hatte sich Larissas Stimmung immer weiter verschlechtert, denn Gronemeyer hatte nur noch Augen für eine Frau gehabt, die zuvor an der Theke gesessen hatte.

Larissa hatte Gronemeyer auf dem Weg zu den Toilettenräumen zur Rede gestellt. Und Axel Wiebusch hatte gelauscht.

Worum genau es bei dem Gespräch gegangen war, hatte Wiebusch nicht sagen wollen. Aber offenbar schämte er sich dafür, wie abfällig Gronemeyer mit seiner Pflegetochter umgegangen war. Er hatte nichts mehr von ihr wissen wollen. Es war eindeutig genug gewesen: Seine Tochter und dieser Politiker hatten eine Affäre miteinander gehabt.

Spätestens in diesem Moment musste Larissa den Entschluss gefasst haben, Rache zu nehmen. Die anderen Frauen zu töten. Die ersten beiden, Simone Großjohann und Jennifer Niermann, offenbar unmittelbar nachdem sie mit Henning Gronemeyer geschlafen hatten und er deren Wohnungen verlassen hatte. Denise Möller nach dem gleichen Schema. Nur bei Jasmin Förster war sie von ihrer Methode abgewichen. Jan zweifelte daran, dass sie jemals den Grund erfahren würden.

Axel Wiebusch hatte keine Erklärung dafür gehabt, was im Kopf seiner Pflegetochter vor sich gegangen war. Weshalb sie wegen einer flüchtigen Affäre mit Henning Gronemeyer zu einer Vierfachmörderin geworden war, konnte er sich nicht ansatzweise erklären. Am Ende ihres Gesprächs hatte er minutenlang nur noch mit den Schultern gezuckt.

Jan atmete tief durch, als er die Tür des »Sennekrugs« öffnete und ihm die frische Herbstluft entgegenströmte. Im nächsten Moment schnürte ihm der Anblick von Vera die Luft sofort wieder ab. Nach allem, was passiert war, wie sie sich selbst vorhin noch am Telefon verhalten hatte, hatte er keinerlei Interesse daran, sie nach der Festnahme der Senne-Mörderin als Erste zu sprechen. Eigentlich hatte er keine Lust, überhaupt noch ein Wort mit ihr zu wechseln.

Wortlos ging er an ihr vorbei in Richtung des Passats von Cengiz. Sein engster Kollege saß bereits hinter dem Steuer. Jan öffnete die Beifahrertür und setzte sich zu ihm ins Auto. Veras Worte, dass er gefälligst warten solle, weil sie mit ihm reden müsse, ignorierte er einfach.

»Fahr los«, sagte Jan. »Egal wohin.«

Cengiz fixierte Jan einige Sekunden lang. Dann startete er

den Motor und steuerte den Wagen an Vera und einigen anderen Kollegen des KK 11 vorbei vom Parkplatz des »Sennekrugs« hinunter auf die Landstraße in Richtung Bielefeld.

Auf den ersten zwei Kilometern redete keiner der beiden ein Wort. Kurz vor Sennestadt schaltete Jan den Funk aus, der die ganze Zeit gelaufen war.

»Ich will jetzt wissen, was zwischen dir und Vera tatsächlich vorgefallen ist.« Jan sah durch die Scheibe der Beifahrertür auf die Gebäude Sennestadts, die an ihm vorbeirauschten. Jedes Mal aufs Neue war er gleichermaßen fasziniert wie deprimiert von der Architektur dieser in den fünfziger Jahren geplanten Stadt. »Hast du gehört, was ich gesagt habe?«

»Natürlich habe ich das.«

»Und?«

»Es ist nicht so einfach, wie du denkst.«

»Wie kommst du darauf, dass ich das denke? Ich habe nun mal keine Lust, mit Vera darüber zu sprechen. Sag du es mir.«

»Na schön«, sagte Cengiz. »Lange kann es ohnehin nicht mehr geheim gehalten werden.«

Jan drehte sich zu ihm um und blickte ihn irritiert an. Er hatte eine Vermutung gehabt, weshalb das Verhältnis zwischen Cengiz und Vera so gestört war. Und warum sich Vera überhaupt so verändert hatte. Aber was redete er von irgendeinem Geheimnis? Irgendwie hatte er plötzlich das Gefühl, als würde ihm das, was Cengiz erzählen wollte, den Boden unter den Füßen wegreißen.

»Das alles begann ungefähr zwei Monate nachdem du weg warst«, sagte Cengiz. »Vera wandte sich von den anderen zunehmend ab. Sie war meistens an Vlothoerbäumers Seite zu sehen. Bettina war der festen Überzeugung, dass zwischen den beiden etwas lief, aber es war komplett anders.«

»Und wie?«

Cengiz zögerte mit seiner Antwort.

Jan spürte regelrecht, wie sich in jeder Sekunde, die verging, plötzlich ein Bild in seinem Kopf formte. Ein Gedanke, der ihm eigentlich unvorstellbar erschien.

»Kannst du es dir nicht denken?«

Jan schüttelte den Kopf. Er wollte es aus Cengiz' Mund hören.

»Vera und ich, wir beide hatten für eine kurze Zeit eine Affäre miteinander«, erklärte Cengiz. »Frag mich nicht, wie es dazu kommen konnte, immerhin kannten Vera und ich uns schon seit mehr als zehn Jahren. Aber es fühlte sich nicht falsch an. Wir haben in den ersten Wochen gedacht, es ginge alles gut. Aber dann fingen die Probleme an.«

»Was für Probleme?«

»Vlothoerbäumer hat Wind von der Sache bekommen«, antwortete Cengiz. »Irgendjemand muss es ihm gesteckt haben. Meine Vermutung ist, dass es Stahlhut war. Nicht auszuschließen, dass er uns beide beobachtet hat. Jedenfalls war von einem gewissen Moment an alles anders.«

Jan überlegte, ob er etwas erwidern sollte. Aber er war noch viel zu sehr damit beschäftigt, zu verstehen, was Cengiz ihm da gerade gesagt hatte. Er hatte sich spätestens nach dem Gespräch mit Isabel ernsthaft gefragt, ob mit ihm irgendetwas nicht stimmte, ob er sich in seinem Jahr auf Tournee so verändert hatte, dass ihre Vorwürfe gerechtfertigt waren.

Doch jetzt, wo er Cengiz' Geschichte gehört hatte, war er sich sicher, dass nicht er es war, der sich seltsam verhielt. Es waren die anderen. Die Menschen in seinem privaten Umfeld genauso wie die in seinem Job. Wie sie ihm gegenüber mit ihren Affären und Beziehungen umgegangen waren, verletzte ihn mehr, als er sich eingestehen wollte.

»Vera hat mir die kalte Schulter gezeigt«, sagte Cengiz achselzuckend. »Kein klärendes Gespräch, nichts.«

»Wo ist denn das Problem, wenn ihr beide ein Paar seid?«, fragte Jan. Er versuchte, so unbeeindruckt wie möglich zu klingen.

»Wenn ich das wüsste, wäre es wahrscheinlich nie zu dem ganzen Stress zwischen uns gekommen.«

»Du hast also nicht lockergelassen?«

»Natürlich nicht. Ich habe ihr nicht abgenommen, dass sie plötzlich nichts mehr von mir wissen wollte. Es gab ja keinen Grund. Aber je mehr ich sie drängte, desto abweisender wurde sie.«

»Was nicht unbedingt so überraschend ist, oder?«

»Für dich vielleicht.«

»Ich hoffe, du meinst das nicht ernst.«

»Ich habe keine Lust auf irgendwelche Belehrungen«, entgegnete Cengiz hart. »Auch nicht von dir. So wie Vera mit mir umgegangen ist, gönne ich ihr alles Schlechte auf dieser Welt.«

»Ich will ehrlich gesagt gar nicht wissen, was zwischen euch vorgefallen ist. Aber wie stellst du dir die Zukunft vor? Wie willst du mit Vera zusammenarbeiten? Wie soll überhaupt mal wieder bessere Stimmung ins Team kommen?«

»Es wird sich ändern«, antwortete Cengiz vielsagend. »Es ist nur noch eine Frage der Zeit.«

»Schmeißt du hin, oder worauf willst du hinaus?«

»Ich habe darüber nachgedacht, aber ich bin zu dem Schluss gekommen, dass das keine Alternative ist.«

Jan musterte seinen Kollegen. Huschte da etwa ein Lächeln über Cengiz' Lippen?

»Erinnerst du dich noch an Ben?«, fragte Cengiz plötzlich.

»Ben?«

»Ben Kregel. Wir haben die Polizeischule gemeinsam besucht. Er hat sie abgeschlossen, als wir im ersten Jahr waren.«

»Natürlich erinnere ich mich. Was ist mit ihm?«

»Er hat die letzten Jahre in Lübeck gearbeitet. War dort Leiter der Mordkommission. Er hat sich vor einigen Wochen bei mir gemeldet.«

»Weil?«

»Er will zurück in seine Heimat. Und da würde es sich ja

anbieten, wenn die Leitung des KK 11 demnächst neu zu besetzen wäre.«

»Das meinst du ernst?«

»Und ob«, sagte Cengiz grinsend. »Vielleicht muss ich in den sauren Apfel beißen, sodass Vera nach oben weggelobt wird, aber das wäre mir auf jeden Fall lieber, als dass sie noch länger unser Kommissariat leitet.«

Jan schüttelte den Kopf. Natürlich konnte er Cengiz verstehen. Wenn Vera wirklich so mit ihm umgesprungen war, war er der Letzte, der das nicht nachvollziehen konnte. Und trotzdem hatte er kein gutes Gefühl bei dieser Sache. Er kannte Vera viel zu lange, um jetzt einfach dabei zuzusehen, wie Cengiz gegen sie intrigierte und das Team womöglich komplett auseinanderbrach. Es sei denn, Vera rutschte tatsächlich hoch auf Vlothoerbäumers Posten.

»Bist du dir sicher, dass du bei dieser Sache am Ende nicht selbst den Kürzeren ziehst?«

»Nein, das bin ich nicht«, antwortete Cengiz achselzuckend. »Trotzdem ist es mir das wert.«

Diesmal nickte Jan. Er konnte Cengiz' Motivation nachvollziehen. Er war jedoch unschlüssig, ob es sich richtig anfühlte.

Aus dem Augenwinkel erkannte er das Ortseingangsschild von Bielefeld, das an ihm vorbeiraste. Zwei Herzen schlugen in seiner Brust. Einerseits wollte er, dass alles so blieb, wie es war. Doch andererseits war da dieser Wunsch nach Veränderung. Denn so wie es war, konnte es einfach nicht weitergehen.

Sie fuhren schweigend weiter. Sie hatten eine stille, unausgesprochene Übereinkunft getroffen. Und in diesem Moment war er sich verdammt sicher, dass diese noch lange bestehen bleiben würde.

Kein Mitleid

»Henning war einfach nicht der, der er vorgab zu sein.«

Jan nickte. Er hatte diesen Satz in den letzten Tagen oft gehört, aber aus dem Mund dieser Frau klang er noch glaubhafter.

Constanze Gronemeyer war eine Frau Mitte vierzig und bestimmt einen Meter achtzig groß. Mit schulterlangen dunkelblonden Haaren, die sie zu einem strengen Zopf gebunden hatte. Die große Narbe auf der rechten Gesichtshälfte war das Einzige, was die perfekte Fassade störte.

In den wenigen Minuten, die sie nun bereits vor ihm saß, war sie schweigsam gewesen. Sie wirkte zurückhaltend und reserviert. Jan rätselte noch, ob es Schüchternheit war oder aber eine diskrete Form von Überheblichkeit.

»Sie und Ihr Mann waren also getrennt?«

Constanze Gronemeyer nickte.

»Seit wann?«

»Ungefähr seit zwei Monaten. Aber es gab auch schon vorher Phasen, in denen ich für einige Tage ausgezogen bin, weil ich es nicht mehr ausgehalten habe.«

»Ich weiß, dass diese Frage sehr indiskret ist«, sagte Jan vorsichtig. »Aber mich würde trotzdem interessieren, was die Gründe für die Trennung waren.«

»Ich könnte Ihnen ziemlich viele Gründe nennen, aber ich glaube, das alles möchten Sie gar nicht wirklich wissen. Um es kurz zu machen: Henning war ein Tyrann. Das Leben an seiner Seite war die reinste Hölle. Vollkommen egal, was ich gemacht habe, es war nie richtig. Jede andere Frau wäre wahrscheinlich schon längst weg gewesen.«

»Ist er Ihnen gegenüber jemals gewalttätig geworden?«

»Gewalttätig? Wie kommen Sie denn darauf?« Constanze Gronemeyer klang entrüstet.

»Entschuldigen Sie, ich wollte nicht –«

»Henning war gewalttätig, natürlich«, unterbrach sie ihn. »Aber immer nur mit Worten. Und wissen Sie, das war vielleicht sogar noch schmerzhafter.«

»Das kann ich mir vorstellen.«

»Nein, das können Sie nicht«, entgegnete Constanze Gronemeyer barsch. »Niemand, der so etwas nicht erlebt hat, kann sich das vorstellen.«

Obwohl es nicht vergleichbar war, musste Jan in diesem Moment an seinen Vater und an Cord denken. Wie sie mit ihm umgegangen waren, als er noch zu Hause auf dem Hof gelebt hatte. Er schüttelte den unangenehmen Gedanken beiseite und konzentrierte sich wieder auf das Gespräch.

»Haben Sie gewusst, dass Henning Ihnen fremdgegangen ist?«, fragte er schließlich.

»Gewusst habe ich es nicht. Aber das lag vor allem daran, dass es mir schlichtweg egal gewesen ist. Unsere Ehe war seit Jahren kaputt.«

Jan musterte die Frau. Er war sich nicht sicher, ob sie in diesem Moment wirklich die Wahrheit sagte. Irgendetwas in ihrem Blick verriet ihm, dass sie sehr wohl gewusst hatte, was ihr Mann hinter ihrem Rücken so trieb.

»Kommen wir zu den letzten Tagen«, wechselte er das Thema. »Die Frage, die uns am meisten beschäftigt, lautet: Wo waren Sie?«

»Bei einer Freundin in Minden. Bei ihr bin ich in den letzten Jahren immer wieder untergeschlüpft.«

»Sie waren am Sonntagmorgen noch einmal in Ihrem Haus, richtig?«

»Ich habe noch ein paar persönliche Dinge holen müssen.«

»Wann haben Sie erfahren, dass Henning tot ist?«

»Ich habe es in den Radionachrichten am Samstagmittag gehört.«

»Und Ihnen ist nicht in den Sinn gekommen, sich früher bei

uns zu melden?«, fragte Jan nun mit einer gewissen Schärfe. »Ihnen dürfte klar gewesen sein, dass wir nach Ihnen suchen.«

»Natürlich war mir das klar.«

»Und weshalb haben Sie es dann nicht getan?«

»Ich konnte nicht die trauernde Witwe spielen.« Sie lächelte entschuldigend. »Wahrscheinlich verstehen Sie das nicht, aber es ging einfach nicht sofort. Ich wollte nichts mehr mit ihm zu tun haben, erst recht nicht, nachdem er tot war. Ich brauchte einfach ein paar Tage.«

»Wir haben nach Ihnen suchen lassen«, sagte Jan. »Sie wären fast zur Fahndung ausgeschrieben worden. Ich gehe davon aus, dass das noch ein Nachspiel haben wird. Immerhin haben Sie unsere Ermittlungen dadurch behindert.«

»Darum ging es mir wirklich nicht.«

Jan blickte auf den Zettel, der vor ihm auf dem Schreibtisch lag. Er hatte fast alle Fragen gestellt, die er sich notiert hatte. Eine letzte war allerdings noch offen.

»Wo waren Sie eigentlich am vergangenen Freitagabend?«

»Wie bitte?«

»Sie haben mich richtig verstanden«, sagte Jan. »Am vergangenen Freitag, wo waren Sie da?«

»Ich habe keine Ahnung, worauf Sie hinauswollen, aber ich war jedenfalls nicht in der Nähe, als Henning gestorben ist. Wie kommen Sie darauf, so etwas zu denken?«

Jan überlegte, was er sagen sollte. Ob er überhaupt etwas sagen musste.

»Welche Schuhgröße haben Sie?«, fragte er nach einigen Momenten des Schweigens.

Constanze Gronemeyer schüttelte den Kopf. Dann lächelte sie wieder. »Ich weiß nicht, was Sie mir da andichten wollen, aber vergessen Sie es einfach. Ich war es nicht.«

»Was waren Sie nicht?«

Plötzlich verfinsterte sich ihre Miene. Sie rutschte auf dem Stuhl zurück und verschränkte ihre Arme. »Gibt es irgendeinen ernsthaften Verdacht, den Sie gegen mich erheben wollen?«, fragte sie schließlich.

»Ich möchte lediglich Ihre Schuhgröße wissen«, sagte Jan gelassen.

»Und sagen Sie mir auch, weshalb das für Sie wichtig ist?«

»Vielleicht.«

»Sehen Sie«, sagte sie. »Das ist auch ein Grund, weshalb ich in den letzten Tagen abgetaucht bin. Wie Sie mich behandeln, ist einfach unerträglich.«

»Ich stelle Ihnen lediglich Fragen, die Sie ganz leicht beantworten können.«

»Ich spreche von dem Misstrauen mir gegenüber. Als wäre ich für Hennings Tod verantwortlich.«

»Sind Sie es?«

»Natürlich nicht«, gab sie aufbrausend zurück.

»Wo waren Sie am Freitagabend ab etwa dreiundzwanzig Uhr?« Jan blieb unbeeindruckt.

»Bei meiner Freundin in Minden.«

»Kann sie das bezeugen?«

»Selbstverständlich.«

»Ist es richtig, dass Sie Schuhgröße 41 haben?«

Die Veränderung in ihrem Blick war nur für den Bruchteil einer Sekunde zu sehen. Vielleicht wäre sie ihm gar nicht aufgefallen, hätte er nicht genau auf diesen Moment geachtet. Gehofft, dass es passiert.

Und tatsächlich. Sie hatte reagiert.

»Ich habe kein Problem damit, Ihnen meine Schuhgröße zu nennen, werde es aber trotzdem nicht tun.« Constanze Gronemeyer erhob sich von ihrem Stuhl und streckte Jan ihre Hand entgegen. »Solange ich nicht einmal weiß, weshalb Sie überhaupt den Tod meines Mannes untersuchen, werde ich Ihnen keine weiteren Fragen mehr beantworten.«

Jan stand ebenfalls auf, verzichtete jedoch darauf, ihre Hand zu schütteln. Stattdessen musterte er sie erneut.

»Sie dürfen gehen«, sagte er. »Aber halten Sie sich bitte bereit, wir werden mit Sicherheit noch ein weiteres Mal mit Ihnen sprechen müssen.«

Wortlos wandte sich Constanze Gronemeyer ab und verließ Jans Büro. Das Mitleid mit der betrogenen und schlecht behandelten Ehefrau, das er zu Beginn ihres Gespräches noch empfunden hatte, war komplett verschwunden.

Eine unangenehme Frau, dachte er. Die sich zudem noch unkooperativ zeigte. Ihre Motivation dabei erschloss sich ihm allerdings nicht, zumindest wenn sie tatsächlich nichts zu verbergen hatte. Sie hatte mit ihrem Mann längst abgeschlossen und hätte problemlos alle Fragen beantworten können.

Denn sie war nicht diejenige gewesen, die Henning Gronemeyer am vergangenen Freitag auf dem Weg hinab vom Johannisberg verfolgt hatte.

Es war die kurze Veränderung in ihrem Blick gewesen, die ihn überzeugt hatte, dass es nicht ihre Schuhabdrücke waren. In diesem Moment hatte er in ihren Augen nicht Schuld, sondern die Wut auf ihn, der sie allen Ernstes verdächtigte, gesehen.

Sie war es nicht gewesen. Wahrscheinlich genauso wenig wie es Sören Watermann gewesen war, den Cengiz und er gestern noch kurz vernommen hatten. Sein Zustand war stabil, und er hatte ihnen erklärt, weshalb er sich in Mona Kellers Wohnung aufgehalten hatte, als Larissa Wiebusch dort aufgetaucht war.

Watermann hatte behauptet, dahintergekommen zu sein, dass die Frauenmorde in Zusammenhang mit Gronemeyer stehen mussten. Denn jedes einzelne Opfer hatte eine Affäre mit seinem Geschäftspartner gehabt. Er hatte sie alle gekannt, war jedes Mal dabei gewesen, wenn Gronemeyer wieder eine Frau im »Sennekrug« angesprochen hatte. Nachdem er die Fotos der ermordeten Frauen in der Zeitung gesehen hatte, war Watermann nach und nach klar geworden, dass er Mona Keller warnen musste. Genau wie Larissa Wiebusch. Doch dann war alles ganz anders gekommen. Auf die Frage, weshalb er nicht einfach die Polizei verständigt hatte, hatte er geschwiegen.

Es blieb nach Jans Überzeugung also nur noch eine einzige Person übrig. Die Frau, die seit zwei Tagen in Untersuchungshaft saß und bislang beharrlich schwieg. Jan war überzeugt, dass sie noch länger schweigen würde. Vielleicht sogar für immer.

War es wirklich möglich, dass sie Gronemeyer an diesem Abend aufgelauert und ihn verfolgt hatte? Vielleicht hatte sie ihn zur Rede stellen wollen. Vielleicht hatte sie sich ihm sogar offenbaren wollen. Dass sie die Frauen, mit denen er geschlafen hatte, getötet hatte. Oder aber, und das würden sie wohl niemals in Erfahrung bringen, sie hatte ihn tatsächlich ebenfalls umbringen wollen. Allerdings hatten sie nichts gefunden, was darauf hindeutete. Auch keine Schuhe in ihrer Wohnung, die zu den Abdrücken am Johannisberg gepasst hätten.

Jan seufzte. Der Fall um die Senne-Morde war aufgeklärt, und dennoch hatte sich bei ihm auch achtundvierzig Stunden nach der Festnahme von Larissa Wiebusch noch kein Gefühl von Erleichterung einstellen wollen. Ihm war klar, dass das nicht nur mit Larissa Wiebuschs Schweigen zu tun hatte. Vielmehr lag es daran, dass heute ein ganz besonderer Tag war. Ein Tag, der ihm seit Monaten zu schaffen machte.

Im KK 11 hatte ihm heute Morgen niemand zu seinem vierzigsten Geburtstag gratuliert. Allerdings war mit Ausnahme von Horstkötter und Stahlhut auch niemand hier gewesen. Der Rest des Teams hatte sich krankgemeldet oder Urlaub genommen. Selbst die Tür zu Veras Büro war verschlossen gewesen. Wie es zwischen ihr und Cengiz weitergehen würde, war unklar. Im Grunde genauso wie die Zukunft des gesamten Kommissariats.

Das Vibrieren seines Handys holte ihn aus seinen trüben Gedanken. Cengiz hatte geschrieben. Jan griff nach dem Telefon auf dem Schreibtisch und entsperrte es, um die Nachricht seines Kollegen zu lesen.

»Kannst du ins Krankenhaus kommen? Haben gerade das Handy von Henning Gronemeyer gefunden. Es war in Watermanns Jackentasche.«

Er legte das Telefon zurück und schüttelte den Kopf. Sören Watermann hatte ihm tatsächlich die ganze Zeit etwas vorgespielt. Er war es also doch gewesen, der Gronemeyer am vergangenen Freitagabend offenbar verfolgt hatte.

Schon wieder hatte er sich beirren lassen.

Der Grund dafür, dass Watermann am späten Abend noch am Johannisberg unterwegs gewesen war, mochte der Streit vom Nachmittag gewesen sein. War er noch einmal zurückgekehrt und hatte die Meinungsverschiedenheit mit Gronemeyer bezüglich ihrer Planung eines Freizeitparks auf Teilen des Truppenübungsplatzes in der Senne klären wollen? Und hatte Watermann schließlich das Handy aufgehoben, nachdem er Zeuge des tödlichen Sturzes geworden war? Es gab keine Anzeichen dafür, dass Gronemeyer ermordet worden war. Aber vielleicht hatte Watermann ihn tatsächlich verfolgt. Was sie ihm auf jeden Fall anhängen würden, war die unterlassene Hilfeleistung. Jan war sich aber einigermaßen sicher, dass Watermann zumindest nicht vorsätzlich gehandelt hatte.

Sicher war er sich allerdings in den letzten Tagen schon allzu oft gewesen. Und immer wieder hatte er seine Meinung revidieren müssen.

Sie alle hatten Fehler gemacht. Der Rest des Teams genau wie er. Zu viele falsche Entscheidungen getroffen, Fehleinschätzungen vorgenommen. Es ärgerte ihn. Vor allem die Tatsache, dass letztlich er es gewesen war, der den Fall aufgeklärt hatte. Aufklären musste. Unter normalen Umständen wäre er noch gar nicht an den Ermittlungen beteiligt gewesen, sein eigentlicher Dienstbeginn war erst der kommende Montag.

Er wusste, dass die Fehler, die gemacht worden waren, in erster Linie mit den organisatorischen und zwischenmenschlichen Problemen im Team zu tun hatten. Wenn er eines in den Jahren zuvor gelernt hatte, dann war es die Erkenntnis, dass Vertrauen und guter Zusammenhalt die wichtigsten Voraussetzungen für erfolgreiche Ermittlungsarbeit waren. Und dahin mussten sie so schnell wie möglich zurückkehren.

Jan schaltete seinen Computer aus und schnappte sich seine Jacke. Watermann musste warten. Er hatte etwas anderes zu erledigen. Denn sein Geburtstag war nicht das Einzige, was ihn heute beschäftigte. Und wenn er ehrlich war, auch nicht das, was ihm am meisten zusetzte.

Als er zwanzig Minuten später mit seinem Mini auf die Laarer Straße einbog, spürte er das Pochen hinter seiner Brust. Der Gedanke, ihnen zu eröffnen, was er sich überlegt hatte, beschäftigte ihn, seitdem er am Morgen wach geworden war. Es fiel ihm schwer, einzuschätzen, wie sie reagieren würden. Aber sein Entschluss stand fest: Er würde auf den elterlichen Hof zurückkehren und in sein altes Jugendzimmer einziehen. Zumindest so lange, bis er mit seinen Eltern Frieden geschlossen hatte.

Der Dinge, die ihm seine Mutter und Isabel vorgeworfen hatten, fühlte er sich keineswegs schuldig. Aber mit ein paar Tagen Abstand nahm er sie ihnen auch weniger übel, als er anfangs geglaubt hatte. Solange er zurückdenken konnte, war die Beziehung zwischen ihm und seinen Eltern angespannt gewesen. Cord war immer schon der Liebling gewesen und hatte diese Rolle zu seinen Gunsten ausgenutzt. Weshalb hätte sich daran in dem Moment, als es seinem Vater gesundheitlich schlecht ging, etwas ändern sollen?

Was ihn antrieb, war allerdings größer als die Probleme, die sie miteinander hatten. Da war immer noch diese Hoffnung, dass er für seine Eltern eines Tages doch noch so etwas wie Liebe empfinden konnte. Und sie vielleicht auch für ihn.

Dass sein vierzigster Geburtstag und seine Gedanken ans Älterwerden dabei eine Rolle spielten, konnte er nicht leugnen. Wollte er auch gar nicht. Stattdessen wollte er das Verhältnis zu seinen Eltern endlich in Ordnung bringen, ohne vor ihnen klein beizugeben. Oder sich von Cord anfeinden zu lassen. Sie mussten ihn akzeptieren, wie er war. Kein Egoist, sondern jemand, der sich um sie kümmerte, wenn es darauf ankam.

Vielleicht reizte es ihn auch ein kleines bisschen, die Rolle Cords als unumstrittener alleiniger Nachfolger auf dem Hof in Frage zu stellen und ihn damit von seinem hohen Ross endlich herunterzuholen.

Es fühlte sich in diesem Moment richtig an, diesen Weg zu gehen. Er spürte tief im Innern, dass ihm nicht mehr viel Zeit blieb, die Dinge ins Lot zu bringen. Und da seine Eltern es offenbar selbst nicht schafften, würde er es eben tun.

Mit dieser Zuversicht bog er in die Hofeinfahrt. Augenblicklich kam das bekannte mulmige Gefühl zurück. Doch dieses Mal lag es ausschließlich an den zuckenden Blaulichtern des Krankenwagens, der auf dem Hof parkte.

Alle Bücher von Jobst Schlennstedt:
Auch als eBook erhältlich

Krimis mit Jan Oldinghaus

Westfalenbräu
ISBN 978-3-89705-768-5

Dorfschweigen
ISBN 978-3-89705-996-2

Krimis mit Birger Andresen

Tödliche Stimmen
ISBN 978-3-89705-561-2

Der Teufel von St. Marien
ISBN 978-3-89705-624-4

Möwenjagd
ISBN 978-3-89705-825-5

Traveblut
ISBN 978-3-89705-918-4

Küstenblues
ISBN 978-3-95451-110-5

Todesbucht
ISBN 978-3-95451-299-7

#hanseterror
ISBN 978-3-95451-813-5

Nebelmeer
ISBN 978-3-7408-0079-6

Lübsche Wut
ISBN 978-3-7408-0310-0

Krimis mit Simon Winter

Spur übers Meer
ISBN 978-3-95451-450-2

Lübeck im Visier
ISBN 978-3-95451-691-9

Hafenstraße 52
ISBN 978-3-7408-0002-4

Thriller

Küste der Lügen
ISBN 978-3-95451-534-9

111-Orte-Reihe

111 Orte an der Ostseeküste, die man gesehen haben muss
ISBN 978-3-89705-824-8

111 Orte in Ostwestfalen-Lippe, die man gesehen haben muss
ISBN 978-3-95451-109-9

111 Orte an der Ostseeküste Mecklenburg-Vorpommerns, die man gesehen haben muss
ISBN 978-3-95451-332-1

111 Orte in Lübeck, die man gesehen haben muss
ISBN 978-3-95451-564-6

111 Orte in der Lüneburger Heide, die man gesehen haben muss
ISBN 978-3-95451-844-9

111 Orte in Bielefeld, die man gesehen haben muss
ISBN 978-3-7408-0123-6